ヴァイキングの誓い

ローズマリー・サトクリフ 作
金原瑞人・久慈美貴 訳

BLOODFEUD
by Rosemary Sutcliff

Japanese language edition published
by Holp Shuppan Publications, Ltd.,Tokyo.
Printed in Japan.

日本語版装幀／城所 潤　装画／平澤朋子

目次

ビザンティン帝国略図(紀元10世紀末)

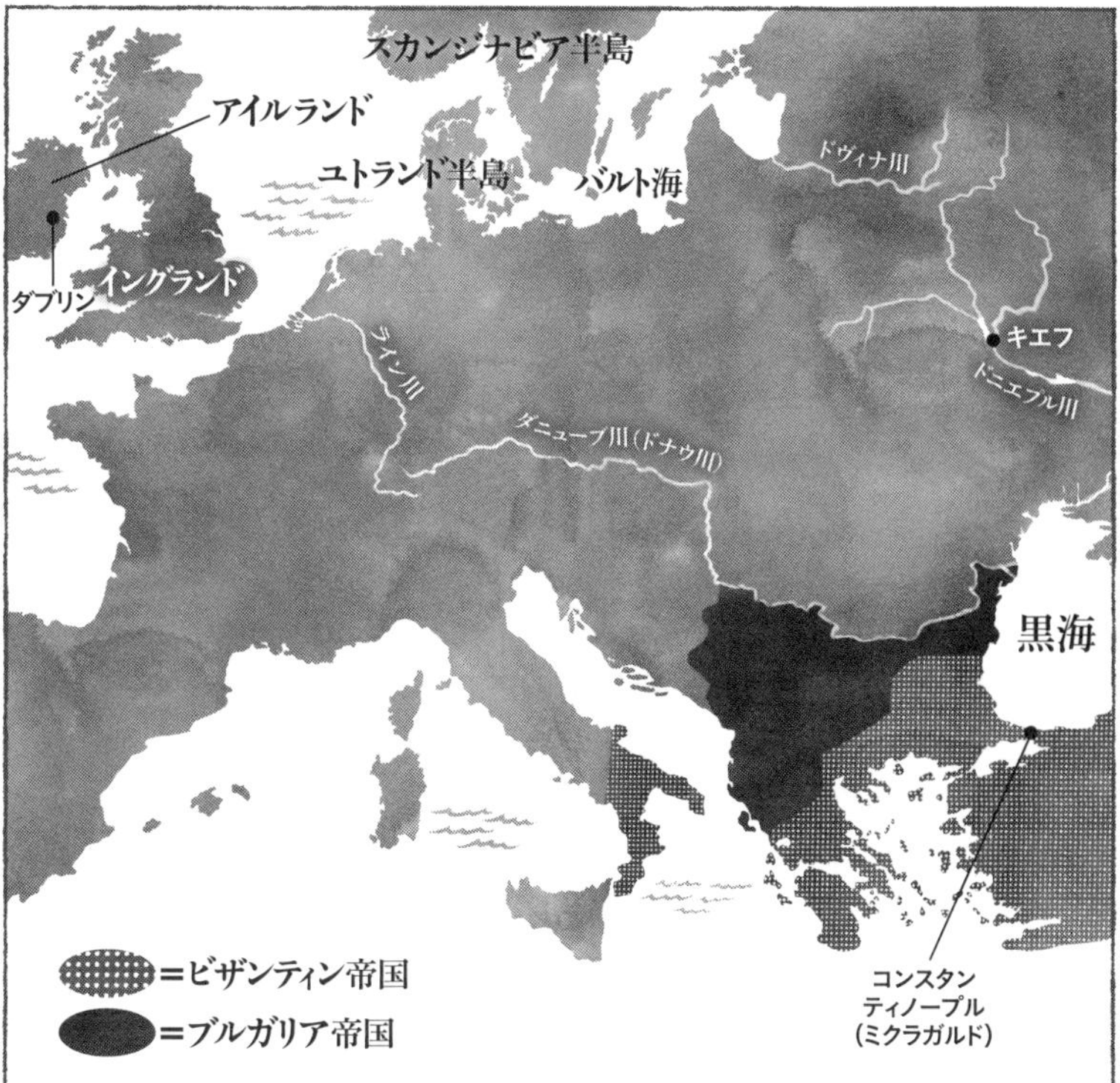

はじめに（ヴァイキングの歴史《れきし》）

スウェーデンやデンマークのバルト海沿岸《えんがん》に住んでいたヴァイキングは、海を渡《わた》って西へむかい、ブリテン島の海岸を襲《おそ》ってオークニー、アイスランド、グリーンランドに住みつき、もしかしたらアメリカにまで勢力《せいりょく》をのばしたかもしれない、というぐあいに考えられています。大河《たいが》を伝って南東へむかい、はるか黒海のコンスタンティノープルまで押《お》しよせ、さらに地中海まで商業活動の場を広げ、ときには黒い戦旗をなびかせて人びとを恐《おそ》れさせた、と考えることはまずありません。しかしこのヴァイキング族の南東侵攻《しんこう》は、平和的な商業活動のかたちでも貴族《きぞく》による武力制圧《ぶりょくせいあつ》のかたちでもあったのです。かれらのたどった道筋《みちすじ》が宿駅や集落となって残っており、なかにはノブゴロドやのちのキエフのように大きな都市になったものもあります。そして少しずつ、ヴァイキング族の血と、かれらの侵攻《しんこう》以前から東ヨーロッパをさすらっていたスラブ民族の血が混《ま》ざりあい、ロシアという国ができあがってきます。いまから千二百年以上も前のことです。

キエフ公国の大公カーン・ウラディミールは実在《じつざい》の人物です。建国初期の統治者《とうちしゃ》のひとりで、人びとにキリスト教をもたらした功績《こうせき》で、のちに聖人《せいじん》に列せられています。かれがなぜムハンマドの教え（イスラム教）ではなくキリスト教をもたらしたかは、この物語を読めばおわかりになるでしょう。カーン・ウラディミールは相応《そうおう》の金をもらって六千人のヴァイキングを率《ひき》い、コンスタンティノープルへむかい、国内の反乱《はんらん》と外国からの侵攻《しんこう》で苦境《くきょう》にたったビザンティン帝国皇帝《ていこくこうてい》バシリウス二世を救《すく》います。紀元《きげん》九八七年のことです。このとき出征《しゅっせい》した六千人のうち、本隊が北へ帰ったあともコンスタンティノープルに残った人びとがいます。かれらは皇帝《こうてい》の親衛隊《しんえいたい》として名を馳《は》せたヴァリャーギ隊となり、代々《だいだい》のビザンティン皇帝《こうてい》に仕えました。六百年後にビザンティン帝国《ていこく》がトルコ軍に滅《ほろ》ぼされたときも、そのころには隊員のほとんどがイギリス人に替《か》わっていたものの、ヴァリャーギ親衛隊《しんえいたい》はかれらの部署《ぶしょ》を守って死んでいったのです。

この物語にでてくる事件《じけん》や人物は、ほとんどがほんとうのことです。ただし、じっさいに物語のなかで活躍《かつやく》する人びと、語り手であるジェスティン、トーモッド・シトリクスン、アーンナス、ヘリュフ、ハーカン船長、医師《いし》ディミトリアデス、ふとっちょクロエ、アレクシアなどはみんな、想像《そうぞう》上の人物であり、血で血を洗《あら》う争いがこれらの人びとをわかちがたくむすびつけることになるのですが、その物語もまた想像《そうぞう》上のものです。

――ローズマリー・サトクリフ

第一章　西からの風

春の夕べは長い。北方の野蛮人《やばんじん》たちの教会、聖《せい》マリア・ヴァランガリカ教会の大屋根のむこうの空はまだ光を残している。金角湾《きんかくわん》の数多い埠頭《ふとう》や桟橋《さんばし》や、そこにぎっしりつながれた船のランタンには、かなり前から灯《ひ》がともっている。その光景は時間さえあればいつまでも見あきない。コンスタンティノープルの街の屋根におりてくる、澄《す》んだ緑のたそがれだ。

アレクシアがろうそくをもってくる。この役目はいつも、わたしたちの娘《むすめ》にも召使《めしつかい》にもまかせようとしない。春のたそがれが窓《まど》のむこうでふかまり、宵闇《よいやみ》に変わる。すると、家のてっぺんにあるこの狭《せま》く物があふれそうな書斎《しょさい》が、あたたかく闇《やみ》から浮《う》きあがる。だからアレクシアが出てゆくと、おなじ部屋がふたつ、目にうつることになる。ひとつは本物の部屋、もうひとつは窓《まど》わくで分断《ぶんだん》されたガラスにうつる部屋だ。棚《たな》にならんだたいせつな本。高価《こうか》で危険《きけん》な薬を鍵《かぎ》をかけてしまってある戸棚《とだな》。彩色《さいしょく》したつぼに生けた白いキョウチクトウはつぼみがわれて花ひらいたばかりだ。窓《まど》ガラスにはわたしのすがたもうつっている。他人をながめるように、わたしは机《つくえ》にむかう男のすがたを見る。机《つくえ》の上にちらばる本、標本、筆記用具。学ぶこと、記録しておくこと、覚え書きすることがいつでもひどくたくさんあるのだ。大きな男だ、とわたしは思う。やせて手足が長く、年とった猟犬《りょうけん》のようなふかいしわ。たてがみのような髪《かみ》の毛が、灰色《はいいろ》と黄色のまだらになっている。イギリス人ジェスティンとひとは呼《よ》ぶ。ほんとうは、半分がサクソン人、あとの半分は土着の民《たみ》の血がはいっているのだが。

アレクシアはいつもほんの少し、ろうそくをもってくるのが早すぎる。暗いのを無理して仕事をつづけては、と心配なのだろう。それとも、薄闇《うすやみ》のなかで思いにふけって故郷《こきょう》が恋《こい》しくなるのが心配なのか。たしかに宵闇《よいやみ》は思い出にふけるのにいい。そして春の夕暮《ゆうぐ》れは、いつにもまして故郷《こきょう》に心をむけるのにぴったりのときだ。思い出がつぎつぎにわきあがる。ほんのささいなことばかりだ。ハリエニシダのあまく香《かお》る岬《みさき》。横に広がる大波がのこぎりのような西の海岸に白くくだけちるとどろき。高原の荒地《あれち》を飛ぶダイシャクシギの鳴き声。群れからはなされた生まれたての子牛のにおい。しかしわたしは知っている。この空の下で生まれ育ったアレクシアには知る必要もないことだが、故郷《こきょう》とは土地ではなく、同胞《どうほう》、血のつながり、ともに歩んでいくための絆《きずな》をいうのだ。わたしはアレクシアと絆《きずな》をむすんだ。ゴールデン・マルベリー・ツリー街にあるこのひょろ高い、崩《くず》れおちそうな家で暮《く》らすための絆《きずな》を。そしてトラキアの丘《おか》にほられたあさい墓《はか》の主《ぬし》と、わたしが施療院《せりょういん》での治療《ちりょう》に多くの時間を費《つい》やした貧《まず》しい人びととも絆《きずな》をむすんだ。少年時代の土地には、家族も絆《きずな》も残っていない。思い出はあるが、はるかな旅路を帰りたいという気はさらさらないのだ。

わたしの父は流しの鍛冶屋《かじや》で、ブリテン島南西の角のように突《つ》きでた地方の生まれだった。あのあたりの人間は、自分たちはサクソン人の血など一滴《いってき》もはいっていない、ずっと古くからの住民だといっている。鍛冶屋《かじや》はひとつところにおちついていられない男にはけっこうな商売だし、仕事にあぶれることもなく、どこへ行っても歓迎《かんげい》される。母はサクソン人の農家の娘《むすめ》だったが、家族と別れて、父が西へもどるのについていったのだ。そしてわたしが生まれた。タマー川を西へ渡《わた》ったはるか先の、高原の荒地《あれち》の村だった。いちばんはじめの記憶《きおく》は、父の仕事場のそばの、太陽であたたまった土の上にしゃがんで、きいろい水玉模様《もよう》の小さな粘土《ねんど》の馬で遊んだことだ。この馬がわたしのだいじなともだちだった。父の金槌《かなづち》が、鉄床《かなとこ》をうつ音がひびいていた。母が仕事場の奥《おく》の住まいから出てくると、わたしをひょいとだきあげていう。「さあ、ぼうや、ねんねよ」

　なぜほかでもないあの夕方なのかわからない。ただあの夕方、わたしははじめて気づいたのだ。わたしに話しかけるのに使うことばを、母はほかのだれにも使わない。そして村のだれひとり、そのことばを使っていないことに。何年ものあいだ、これは母がわたしにだけ話すないしょのことばなんだ、母がわたしを愛してくれているあかしなんだ、と考えていた。そのうちそのことばがサクソン語だとわかった。なぜ母がわたしにだけそのことばを使ったのか、いまでもそれはわからない。もしかしたらあれは、母が暮《く》らしていた世界や、母とおなじ血が流れている人びととのあいだに最後に残された絆《きずな》のようなものだったのかもしれない。あとになってみると、これがたいへん役に立った。おとなになってからはずっと、両方のことばが必要になったし、三つめのことばを覚えなければならなくなったときにも、ひとつのことばだけで育ってきた子たちよりもらくに覚えられたように思う。

　わたしが生まれて五回目の夏、父が、蹄鉄《ていてつ》をうっていて馬にけられ、そのけががもとで死んだ。そのとき母はわたしを連れてもとの世界へ帰ってもよかったのかもしれない。しかしもとの世界では受けいれてくれない、ということも考えられた。それに族長の友人のひとりが、ずいぶん前から母に目をとめていた。それで母はそのひとのもとへ行くことにした。わたしは継父《けいふ》の家で大きくなった。犬や豚《ぶた》といっしょに走りまわり、男の子たちと種まきしたての大麦畑から鳥を追いはらい、もうすこし大きくなってからは牛の世話も手伝った。

継父《けいふ》は母が自分の子を何人も産んでくれるのを望んでいたはずだ。しかし母には子どもができなかった。継父《けいふ》がわたしをきらっていたのはそのせいだと思う。ひどいあつかいをされたことはなかった。けれど母が死んだ晩《ばん》、居間《いま》に横たえられた母の髪《かみ》がきれいにくしけずられ、両手がくみあわされ、頭と足元にろうそくがともされたその前で、継父《けいふ》はドアをあけ、わたしにいった。「戸はあいているぞ」

わたしは戸口を出て家をあとにした。だから司祭《しさい》がやってきて母のために十字をきるのも、母の魂《たましい》のために祈《いの》りを口にするのも、見ることはなかった。わたしは十二歳《さい》だった。たぶん、村のだれかの家に身を寄《よ》せようと思えば、なんとか頼《たの》みこめたはずだ。しかしそんな考えは思いうかばなかった。はっきりした考えはなにもなかった。それにたぶん、父の足が旅をもとめたように、わたしの足もそれをもとめたのかもしれない。夜明けが近づいていた。待っていてもなにも始まらないし、だれも来てはくれない。だからわたしは歩きだした。

闇《やみ》がうすれて白っぽい灰色《はいいろ》になるころ、村のある高台の下を通る古い通商路に出た。やわらかになぶるような風が西から吹《ふ》いていて、白っぽくしげっている荒地《あれち》の草をくしですくように一方向になぎたおしていた。細い雨がぱらつきだした。わたしは道を東にむかった。雨を顔で受けたくなかったからだ。

いまでもよく考える。あの灰色《はいいろ》の夜明け、風が東から吹《ふ》いていたら、わたしの人生はどんなふうになっていただろうか。

しばらくすると道がふたまたに分かれる場所にきた。わたしは左の道を選んだ。これにはちゃんと理由があって、そちらの道はすくなくとも最初の曲がりかどまでは下り坂になっていたからだ。それから数日の記憶《きおく》はぼやけてしまって、ふりかえっても荒地《あれち》の霧《きり》をすかして見るようなぐあいだ。だいたいは野のもので命をつないでいたはずだ。とはいえ鳥が卵《たまご》を産む季節は終わりかけていた。一度か二度、農家の前にいた女のひとに物乞《ものご》いをしたように思う。これははっきり覚えているが、男のひとが牛を追う手伝いをしたことも一度あった。その家の犬が脚《あし》を悪くしていたのだ。その日の夜は夕食と火の相伴《しょうばん》にあずかった。そしてある日の夕方ちかく、すりきれてぼろぼろのくつをはいたわたしは、木のしげった尾根《おね》の肩《かた》の部分をまわり、目をみはった。左手はるか、細い谷のずっと先に、鋼《はがね》のような灰色《はいいろ》のなにかが、高い山にはさまれてきらめいていたのだ。あれはそう、旅人の話でなんども聞いた、海にちがいなかった。

わたしはそちらへ足をむけた。尾根《おね》をくだると海は見えなくなり、かわって谷が目の前に広がった。うしろには荒地《あれち》の高原があり、強風のせいで育ちがわるい野生のオークの林があった。そして目の下には人間が切りひらいた、まばらに草の生えた土地があった。谷のむこうには土とわらでできた家がかたまった村があり、村の下のひらけた小さな畑では、村人が刈《か》り入れにかかっていた。足をとめて、どこにでもある畑の配置をながめわたしていたとき、とつぜん、自分が疲《つか》れて空腹《くうふく》なのに気がついた。母が死んだ夜以来、なにかをはっきり頭で考えるのははじめてのことだった。「もしかして、ここで仕事と食べものと眠《ねむ》る場所をもらえるかもしれない」とわたしは考えた。そして斜面《しゃめん》をくだり、谷底の浅瀬《あさせ》をえらんで渡《わた》った。澄《す》んだ水がまだらのある石の上をほそく流れていた。岸にあがるとそこは村をかこむ畑のはしで、男たちが夕方の最後のひと仕事に刈《か》り入れの大鎌《おおがま》をふるっていた。

風よけのサンザシのしげみにまぎれてようすをうかがい、もっと早く着いていればよかったのにと思った。女たちが昼の休みにバターミルクの大きな水差しを運んできて木蔭《こかげ》にすえるときに。そうやって立っていると、うしろで低いうなり声が聞こえた。はっとしてふりむくと、男がひとり、二頭のディアハウンド（グレイハウンドより大型《おおがた》の猟犬《りょうけん》）に引き綱《づな》をつけて、一スピア（槍《やり》の長さひとつぶん）もないほど近くに立っていた。狩猟用《しゅりょう》の投槍《なげやり》にもたれて、わたしを見おろしている。雨風にうたれたきびしい顔つきで、粗《あら》い毛織《けおり》のチュニックを身につけている。そこらの農夫が着るようなやつだが、腰《こし》には美しい真紅《しんく》の革《かわ》のベルトが巻《ま》かれていた。このベルトと、村人がみんな刈《か》り入れでいそがしいのに犬を連れて畑を留守《るす》にしているところを見ると、村の長《おさ》にちがいない。セイン（アングロサクソン時代の豪族《ごうぞく》）、と母ならいうだろうか。

わたしは敵意《てきい》がないしるしに、両手をひらいて武器《ぶき》をもっていないのを見せた。男はにっこり笑った。「安心したぞ。敵《てき》の首領《しゅりょう》がすがたを変えてやってきたのなら、おれたちはみんな、ふるえあがっていたところだ！　どこからきた、ぼうず？」サクソン語だった。わたしは母の世界へもどってきたのだとわかった。

「ずっと西から」わたしは答えた。からかわれて怒《おこ》る元気もなかった。「通商路をたどって」

「それでどこへ行く？」

わたしは片方《かたほう》の肩《かた》をすくめた。「わかりません」

「ひとりか？」

「はい」

「そのつら、こじきの子にも見えないな。もとの村から逃《に》げてきたのか？」

見ず知らずの者に食事も出さないでこんなことを聞くのは、ほんとうは無作法だ。まあ、おとなが相手なら、だが。けれどわたしはやっと十二歳《さい》だったし、どっちみちそんなことなど気にしていられなかった。食べものと寝《ね》る場所がどうしても必要だったし、どうやらこのディアハウンドを連れた男が知りたがっていることに答えれば、それがうまく手にはいりそうなのだ。「母が死んで、結婚《けっこん》していた相手の家にはいられなくなったんです」

「それで旅に出た、と。で、どうするつもりだ？　一生あちこちさまよい歩いて、行きあたった家の玄関《げんかん》でふんぞりかえって、客人としてむかえてもらうつもりか？」

「はたらきます。たいていの仕事はできるし、牛のあつかいならなれてます」

「ほほう。なら、あの連中といっしょに村へこい。食べものと一夜の寝床《ねどこ》が手にはいるぞ。

朝になったら、おまえの牛をあつかう手際《てぎわ》とやらを見せてもらおう」

男は犬を従《したが》えて歩きだした。村のほうを見上げると、セインの館のシダでふいた屋根が鯨《くじら》の背中《せなか》のようにまるくもちあがって、ごちゃごちゃかたまったそまつな家の上にそびえていた。

その晩《ばん》はキャベツのスープとチーズと大麦のパンを腹《はら》いっぱい食べた。暖炉《だんろ》のある大広間のドアのそばにうずくまって。それから泥炭《でいたん》の山と豚小屋《ぶたごや》の囲《かこ》いのあいだにはさまって、あたたかく眠《ねむ》った。つぎの朝は手荒《てあら》くゆすぶられて目がさめた。不機嫌《ふきげん》で小さな赤い目をした男に、一日じゅう寝《ね》ているつもりか、牛の世話をしろといわれた。

それが牛飼《うしか》いのガースじいさんとの顔合わせで、それから五年間、かれを親方とよぶことになった。

第二章　浜辺《はまべ》の闘《たたか》い

ガースといっしょの五年間、わたしはとてもしあわせだった。友だちはなかったが、べつにめずらしいことでもない。それまでも、なんとなく一匹狼《いっぴきおおかみ》みたいなところがあったのだ。わたしには牛の群れがあったし、牛追いにつかう、大きくて気の荒《あら》い犬も二頭いた。それになにより、雌犬《めすいぬ》のブリンドルがいた。わたしはブリンドルにブリトン語で話しかけるようになった。母がサクソン語でわたしに話しかけたように。そしてたぶん、母とおなじ理由で。

生活はきびしく、つらいこともたくさんあった。冬の夜、迷《まよ》いでた子牛を夜どおしさがし歩いたこともあった。祭りの日には、枝《えだ》を編《あ》んで粘土《ねんど》のうわぬりをしただけの、そまつな壁《かべ》の小さな教会で祈《いの》りのことばを唱《とな》えると、たちまちどんちゃん騒《さわ》ぎがはじまり、酔《よ》っぱらったガースになぐられた。しかし十五歳《さい》になる前に、なぐられることはなくなった。

わたしのほうがガースより背《せ》が高く、力も強くなってしまったからだ。

そして楽しいときもたくさんあった。長くけだるい昼間、岬《みさき》のハリエニシダのしげみに寝《ね》ころぶと、夏の海のやさしいさざめきがはるか下から聞こえてくる。横ではブリンドルが、ゆっくり草を食《は》んで移動《いどう》する群れから一頭の牛も迷《まよ》いでないよう気をつけている。頭上の空にはチョウゲンボウが一羽《わ》、風に浮《う》かんでいる。牛の出産の季節には小さくて脚《あし》のひょろながい子牛を、生まれたてのぬれたままだきあげて母牛のわき腹《ばら》に押《お》しつけ、乳《ちち》を吸《す》うのをたすけてやる。ガースも出産の時期だけはやさしかった。とくに難産《なんざん》で、子牛を産ますのにひとの手だすけがいるようなときには。ガースは五つの荘園《しょうえん》でいちばんの牛飼《うしか》いであり、牛の医者だった。ガースはわたしをなぐったが、牛の扱《あつか》いかたも教えてくれた。そんなふうにガースと牛の世話をしているときに、ひとつ知識《ちしき》を身につけた。それも、知っていてよかったと思えるような知識《ちしき》を。もっとも、それが役に立ったのは何年もあとになってからだったが。

ガースと牛たちとの生活に終わりがきた。

ある晩《ばん》、嵐《あらし》がやってきた。そう大きな嵐《あらし》ではない。夏の終わりの大風が、黒い牙《きば》をならべたような海岸沿《ぞ》いを吹《ふ》きあれて、舟《ふね》が小さくてもいいから避難《ひなん》できる場所をさがしてことなきをえる、ということはよくあった。しかしこのときの嵐《あらし》は不意打ちだった。その日は晴れて、やわらかなそよ風が陸から沖へ一日じゅう吹《ふ》いていた。シダとギンバイカの香《かお》りで眠《ねむ》たくなるような日だった。と、風がやんでつぎのひと吹《ふ》きがやってくるその瞬間《しゅんかん》、風むきが変わり、さっきとは打って変わって地面すれすれの強い風が吹《ふ》きだした。イバラのやぶが下からあおられてくすんだ銀色に変わった。あっというまに空は薄《うす》い雲でおおわれた。雲というよりあたためた牛乳《ぎゅうにゅう》の薄皮《うすかわ》のように見えた。そして遠いどよめきが海からのぼってきた。しかし天気のことなら仲間のだれにもおとらずよく知っているガースでさえ、嵐《あらし》があんなにいきなり襲《おそ》ってこようとは考えもしなかったのだ。ガースは犬のように風を嗅《か》ぎ、目をすがめて空を見上げた。「朝までにかなり風が強くなるぞ。雨もだな。まちがいない。ブリンドルを連れていけ。一年仔《いちねんご》をブラックヘッド岬《みさき》からおろしとくほうがいいな」

わたしは口笛を吹《ふ》いて年寄《としよ》りの雌犬《めすいぬ》を呼《よ》びよせ、出発した。ところがブラックヘッド岬《みさき》への道を半分もいかないうちに、風はうなりをあげてオークの林を吹《ふ》きぬけ、空には動きの速い雲が黒く群がって、追いたてられるヒツジの群れのようにひしめきだした。ふかい入り江《え》の上に広々《ひろびろ》とひらけた丘《おか》の頂《いただき》にたどりついたころには、雨は薄《うす》い灰色《はいいろ》の布《ぬの》のように西から吹《ふ》きつけ、二スピアスロー（槍《やり》二投ぶん）むこうはよく見えなくなった。牧草地には黒っぽい岩があちこちに露出《ろしゅつ》していた。ブラックヘッド岬《みさき》の名はこの岩からとられている。一年仔《いちねんご》はほとんど草地にかたまっていたが、三、四頭すがたが見えなかった。風が吹《ふ》きだす前に草地の斜面《しゃめん》をのんびりおりていったのだろう。ブリンドルを群れの見張《みは》りに残して、迷子《まいご》をさがしに急いだ。

迷子《まいご》の子牛はあちこちにちらばってしまっていたので、みんなかりあつめたころには雨でうすれた昼間の光が夕闇《ゆうやみ》にとけこみはじめ、ようやく群れのところへもどったときにはすっかり暗くなる寸前《すんぜん》だった。群れはちゃんと岩陰《いわかげ》に風をよけてかたまっていて、ブリンドルがしっかり番をしていた。暗がりのなかでわたしのすがたを見わけると、ブリンドルはお帰りとしっぽをふった。わたしはちょっとだけ時間をさいて、大きくて粗《あら》い手ざわりの頭をなで、ほめてやった。「よしよし、よくやったぞ、いいこだ。さあ、うちへ帰ろうな」

ブリンドルは仕込《しこ》まれたとおりに牛を集め、わたしたちは協力して群れを追いはじめた。風を背《せ》にして丘《おか》をくだり、谷の奥《おく》へすすんでいけば、小さな家がならぶ村があり、ガースの家の戸口から火《ほ》あかりがもれているはずだ。

けれどわたしたちは、そこへはたどりつけなかった。

ほんのちょっと行くと、岩と雑草《ざっそう》になかば埋《う》もれた小道が、それまでたどってきた踏《ふ》みわけ道から分かれ、いきなり下り坂になって、崖《がけ》っぷちから下の入り江《え》へとつづいている。そこまで来たとき、風が吹《ふ》いて雨の幕《まく》が横に吹《ふ》きながされ、崖《がけ》の横穴《よこあな》が一瞬《いっしゅん》はっきりと見えた。岩のあいだに暗い灯《あか》りがまたたいている。わたしは足をとめて、じっと下をのぞきこんだ。だれかが砂利《じゃり》の浜辺《はまべ》で火をたいているのだ。あそこなら、とがった背《せ》の高い岩がくしの歯のようにならんでいるから、うちよせる波からまもってくれる。流木も、砂利《じゃり》の岸と海をさがせばいつでも手にはいる。稲妻型《いなずまがた》に切れこんだ崖《がけ》のふもとは、雨もとどかず乾《かわ》いているはずだ。まだなにか、前にはなかったものが横穴《よこあな》のところにある。細長い黒っぽい影《かげ》が、白っぽい砂利《じゃり》の上に見える。風と雨をすかしてじっと見つめて、やっとわかった。舟《ふね》だ。嵐《あらし》が到来《とうらい》する前に避難所《ひなんじょ》をもとめてやってきた舟《ふね》が、幸運か船乗りのすばらしい腕《うで》のおかげか、いまは安全に岸に着き、わきかえるような波もとどかない入り江《え》の岩の上に引きあげられているのだ。

商人か、それとも海賊《かいぞく》か？　その両方ということもよくある。ヴァイキングの商船が、商売がうまくいかないまま北へ帰るとき、村を荒《あ》らしていくことがある。あるいは自分たちのほうが海賊《かいぞく》にやられて積荷を奪《うば》われたあとなども。

鼓動《こどう》が一気に速くなった。こころのなかで「たいへんだ!」と叫《さけ》ぶ声がする。崖《がけ》っぷちから身をひるがえし、あわてて群れを急がせにかかった。けれどもう、おそかった。一スピアスロー(槍《やり》一投ぶん)もすすんだだろうか。ブリンドルは、押《お》しあいへしあいする子牛の足元をぬって、せわしなく前にうしろに走りまわっていた。と、とつぜん闇《やみ》がうごめき、風に吹《ふ》きみだされたシダのしげみから男たちがとびだしてきた。

たぶん六人かせいぜい八人だったろうが、嵐《あらし》の闇《やみ》のなかでは軍団《ぐんだん》のように思えた。世界がはじけとび、男たちの吠《ほ》え声とおびえた子牛の鳴き声でなにがなんだかわからなくなった。一年仔《いちねんご》の群れはみるみるちりぢりになっていく。わたしはすぐにわれにかえった。ベルトからナイフを引きぬき、とつぜん目の前に立ちふさがった大きな影《かげ》めがけてとびかかった。ぬれた芝草《しばくさ》に足がすべり、抜《ぬ》き身の鋼《はがね》がひゅっと風を切って耳もとをかすめるのと、からだが地面にほうりだされるのが同時だった。転んだおかげで命がたすかったのはまずまちがいない。つぎの瞬間《しゅんかん》、頭はもうろうとしていたが、からだの上もまわりも男たちと子牛が駆《か》けまわっていたことと、ブリンドルがうなり声をあげて海賊《かいぞく》のひとりの喉《のど》もとにとびかかっていったことは覚えている。とたんに、逃《に》げまどう子牛のひづめに頭の横を直撃《ちょくげき》された。目の奥《おく》でまぶしい火花が散った。わたしはするどい苦痛《くつう》の闇《やみ》のなかへつっこんでいった。

意識《いしき》がもどったとき、雨はもうやんでいた。あおむけに手足を投げだしたまま、ぼやけた月が空高くのぼり、ちぎれた嵐《あらし》の雲がどんどん流れていくのを見つめていた。倒《たお》れたまでしばらくぼんやりと、ここはどこだろう、なんで頭がこんなに痛《いた》むんだろう、と考えていた。とつぜん記憶《きおく》がもどって、腹《はら》にずんときた。ごろりと転がり、顔をふせて吐《は》いた。のろのろとひじをつき、やっとの思いでひざ立ちになった。

風と波のうなりだけで、ほかはすっかり静まりかえっていた。動くものといえば風に吹《ふ》かれるシダばかり。男たちも子牛もいない。どうにか立ちあがると、世界がすうっとしずみこみ、ゆらぎだした。ブリンドルの死骸《しがい》だった。歩きだした一歩めで、なにかにつまずいた。わたしはひざをついた。ブリンドルの死骸だった。手をのばして、ぬれて固まった毛にふれた。からだにはもう命のかけらも残っていなかった。手をはなすと指がねばついた。ブリンドルの喉《のど》には大きな傷《きず》がぱっくり口をあけていた。わたしは草の葉に指をこすりつけた。そうしていると、赤い大波のようなものがからだの奥《おく》からわきあがってきて、すべてをのみこんでいった。そしてただひとつ、殺《ころ》してやる、という気持ちだけが残った。

あれから長い年月のうちに、あのときの頭のけがが、そのあとにつづいて起こったことにどれだけ大きく影響《えいきょう》したかわかってきた。ああいう打撃《だげき》を受けると、まるっきり頭がおかしくなったような行動をとることもあるし、ものがみな二重に見えて眠《ねむ》ってばかりになることもある。あるいはまた、何時間か何日かのあいだ、ひどく好戦的になることもあるのだ。

地面を手さぐりして自分のナイフを見つけ、また立ちあがった。つまずきながら最初に横穴《よこあな》の火に気がついた場所までもどった。火はまだ燃《も》えていた。炎《ほのお》のむこうに、細長い舟《ふね》の影《かげ》も見えた。火《ほ》あかりではよくわからないが、ひとの動きもあるようだった。あんな焚《たき》火《び》なんかして、やつらはだれに見られても平気なんだ、とわたしは思った。ヴァイキングが上陸すると、まともな人間は近づかないからだ。自分では頭がすごくはっきりしているつもりだったし、ばかなまねをしているとはすこしも思わなかった。崖《がけ》の小道を這《は》いおりていくのだ。ナイフ一本を手ににぎって。やつらはわたしの犬を殺《ころ》した。この世でわたしが愛してやれるたったひとつのものを。だからわたしも殺《ころ》してやる。ひとりでも多く仕返しだ。

横穴《よこあな》のそばまできてずり落ちてしまった。起きあがったときにもナイフはちゃんとにぎっていた。わたしは焚火《たきび》をかこむ黒い人影《ひとかげ》にむかって突進《とっしん》した。眼《め》に赤いもやがかかっていたが、それでいて、あらゆるものがくっきり浮《う》きあがり、一瞬《いっしゅん》凍《こお》りついたように静止した。まるで壁画《へきが》を見るようだった。ひどくこわれた船、風に吹《ふ》きあおられる炎《ほのお》。三頭の子牛の死体が血によごれた小石の上に横たわり、大きく切りわけた肉がいくつも槍《やり》の穂先《ほさき》に突《つ》きさして炎《ほのお》の中心にかざしてある。すでに火が通ったのもあれば、こげかけているのもある。男たちがいっせいにこちらをふりむいた。船乗りが着る黒っぽい粗《あら》い布地《ぬのじ》の服を身につけている。わたしは走った。

あのときなぜ殺《ころ》されなかったのか、いまでもわからない。投槍《なげやり》一本あれば、かんたんにたおせただろうに。こちらがひとりなのを見てとって、わざわざ手をくだすまでもない、まずはちょっとからかって遊んでやろうと考えたのかもしれない。

男たちの輪にとびこんだとたん、静止していた世界がいっぺんにはじけた。ひとりがにやにやしながらわたしの前に立ちふさがった。潮《しお》やけした顔に白い歯が獣《けもの》のようにひらめいた。短剣《たんけん》の刃《は》が焚火《たきび》でぎらりと光った。わたしは相手にとびかかっていった。ふくれあがる怒《いか》りと悲しみで喉《のど》がつまった。「よくも犬を殺《ころ》したな、悪魔《あくま》め、よくも殺《ころ》したな！」どっと笑い声がおこった。うしろから出てきた一本の腕《うで》がわたしをかかえこみ、押《お》しつぶさんばかりの力でおさえこんだ。ナイフをもった手をつかまれ、ねじりあげられる。わたしは罠《わな》にかかった獣《けもの》のようにもがいた。ナイフをもぎとられると、首をねじまげて、おさえこんでいる腕《うで》にかみついた。歯のあいだに血の味が広がった。笑い声が不意をつかれた驚《おどろ》きと苦痛《くつう》の叫《さけ》びに変わったが、それでも腕《うで》はゆるまなかった。

「おっと、かみつきやがった。オオカミの子だな、まるで」だれかがいった。そのことばはサクソン語に近い。まっ赤な怒《いか》りのもやにつつまれてはいても、どうにかことばの意味はわかった。

「さっきの牧童だな。おまえ、殺《や》ったんじゃなかったのか？」

「ちがったらしい。しかし、いまからでもおそくないさ」

「よくも犬を殺《ころ》したな！」わたしはもう一度叫《さけ》んだ。

「オオカミの子みたいに、きゃんきゃんいうぜ」

腕《うで》がほどけて、見上げるような大男がわたしの目の前に立った。短剣《たんけん》のきっ先が喉《のど》をくすぐった。「おまえも殺《ころ》してやろう。そうすりゃ万事《ばんじ》きれいにかたがつくってもんだ」男はおさえつけるような声でいった。あとの連中がとりまいて笑い声をあげた。わたしはもがくのをやめて、じっと立った。あと二、三回呼吸《こきゅう》したら、自分は死んでいるんだと、はっきり悟《さと》っていた。それでいて、まるで自分のからだからぬけだして、だれかほかの人間が死ぬのを見ているような感じだった。

ところが、べつの男が短剣《たんけん》をはらいのけて「やめておけ」といった。この男が親分らしい。

大男はちょっと歯をむいて、さからうようなそぶりをみせたが、短剣《たんけん》をもった手はおろした。「なんでだ？　こいつ、あんたの生き別れの弟か？」

「ばかなまねはよせ、アズラック。こいつを殺《ころ》したからって、なんになる？　子牛みたいに食えるわけでもなし――」

「どっちみち、肉なんかひとくちぶんもありゃしねえ。骨《ほね》ばっかしだぜ」だれかがげらげら笑っていった。「それにオオカミの肉なんざ、腹《はら》にもたれらあ」

「生かしとけば、ダブリンの奴隷市場《どれいいちば》で値《ね》がつくだろう。こんどの商売はうまくなかったからな。せっかく転がりこんだもうけを、ほうりだすのはおしいぜ」

みんなが賛成《さんせい》するようになった。短剣《たんけん》をかまえていた大男はしかたなさそうに笑って肩《かた》をすくめ、短剣《たんけん》を腰帯《こしおび》にもどした。

「しばって、むこうの岩のかげにほうりこんどけ。じゃまにならんようにな」親分らしい男が波よけになっている岩のほうを親指でさししめした。

船からとってきたひもで足首をしばられ、手首も背中《せなか》でしばりあげられた。それから岩の上に引きずりあげられ、突《つ》きおとされた。焼印を押《お》される子牛みたいな扱《あつか》いだった。男たちは自分たちの仕事にもどっていった。

まわりのことがみんな、遠くかすんでしまったようだった。意識《いしき》がうすれていった。そして――たぶん、だいぶ時間がたっていたにちがいない――気がつくと、口もとに肉がつきつけられていた。焼けて熱い湯気のたつ肉が短剣《たんけん》の先に突《つ》きさしてあった。

「食え！　殺《ころ》しゃせん。食うんだ！」

親分が、耳までさけたような笑いを浮《う》かべていった。脂身《あぶらみ》の大きなかたまりが、口から半分とびだしている。「おまえが――おまえの仲間がくれた肉だからな。おれたちといっしょに、いい思いをするのが公平ってもんだ」

べつの男が口をはさんだ。「もてなし役は客人がくつろげるように、食事の相手をするもんだぜ」

「おまえの仲間はだれもすがたを見せんようだから……」

「おまえ、連中のために牛を追ってても、うまい赤身の肉を腹《はら》いっぱいつめこむことなんざ、そうはなかったんだろ？」

たしかにそうだった。そして肉のかたまりはまだ、わたしの口もとに突《つ》きつけられたままだった。わたしは口をあけてかぶりついた。

そうしないと殺《ころ》されると思ったからではない。もっと深く複雑《ふくざつ》な理由からだった。母方の一族にどんな借りがあるっていうんだ？　それはどのくらいだいじなものなんだ？　だいたい、だいじなものなんかあるのか？　そう考えたのだ。わたしのブリンドルは死んでしまったのに。

わたしは肉を食べた。食べながらも、すぐそばにあるあの世界へは二度ともどれなくなったのに気がついた。たとえなんとか殺《ころ》されずにすんで、村へ帰れても。わたしはしてはならないことをしてしまったのだ。牛飼《うしか》いの心にきざまれた法をやぶって、自分が番をしていて盗《ぬす》まれた牛の肉を食べたのだ。禁《きん》じられたことをしてしまった。すぐあとで、ほとんど吐《は》いてしまったが、頭をなぐられたような衝撃《しょうげき》は消えなかった。わたしはタブーをおかした。もうあともどりはできないのだ。

食べて、吐《は》いて、眠《ねむ》った。目が覚めたときも頭が割《わ》れそうに痛《いた》んだ。

朝になっていた。

海は凪《な》いで、男たちが船を波に押《お》しだしているところだった。

食べのこしの肉を船の横木の下にいれると、わたしもいっしょにつめこまれた。足首のひもはゆるめ、手首はからだの前でむすびなおしてもらえた（牛飼《うしか》いならだれでも知っているが、市場にだす子牛の状態《じょうたい》がよければそのぶん高く売れるのだ）。

こうして男たちは浅瀬《あさせ》に漕《こ》ぎだした。わたしは船荷と肉のすきまに横になったまま、漕《こ》ぎ手の背中《せなか》がいっせいにゆれるそのむこうを見ていた。ゆらぐ空を背景《はいけい》にして、海岸の崖《がけ》の上の部分が船尾《せんび》にしずんでいった。舵《かじ》とりオールをにぎってふんばっている船長のすがたが、黒く影《かげ》になって見えた。調子をとって「それ！　それ！」とかけ声をかけるのが聞こえ、そこでようやく、体の下の船が西の海の大きなうねりに乗ってちょっとゆれ、またうねりの底につっこんでいく、いきいきした動きが感じとれた。

怒《いか》りの赤いもやは消えさり、寒々《さむざむ》として吐《は》き気がした。ひどくうつろな気分だった。ブリンドルを思って悲しむことすらできなかった。なにもかもが遠い昔のことのように思われた。

第三章　ヴァイキングの血すじ

ダブリンはすばらしい町だ。通りにはヴァイキングが羽毛を逆《さか》だてた軍鶏《シャモ》のようにいらだって行き来し、肩《かた》がふれたといってはスペインからきたサラセン人やヴェニスやライン川流域《りゅういき》からきた商人相手にけんかをふっかけている。ダブリンはヴァイキングがアイルランドに建設《けんせつ》した最初の町であり、最高の町だと聞かされていた。しかしわたしがはじめて連れていかれたときには、この町はまだターラの館に住まう上王マラキに貢《みつ》ぎ物を送らされていた。といっても、はじめの何日かは町で見たものといえば船着場のそばの露天《ろてん》の囲《かこ》いだけだった。ここに奴隷《どれい》をあつめておいて、こういう売り物に用がある商人が買いにくるのだ。

船いっぱいに奴隷《どれい》ばかり積んだ船の乗組員が、自分たちの手で商品をさばくこともたまにある。しかし、ひとりかふたりの奴隷《どれい》しかないときは、奴隷《どれい》商人に売りつけるほうが手間がかからない。もちろんそのぶん儲《もう》けはすくなくなるのだが。そういうわけでわたしは仲買人に売りわたされた。買った男はわたしの首に鋲打《びょうう》ちの奴隷《どれい》首輪をつけ、しばらく奴《ど》隷《れい》小屋の裏手《うらて》に置いておいた。頭の傷《きず》がほぼふさがるまでのあいだのことだ。そのあとは小屋のおもてに出されて、おなじ境遇《きょうぐう》の何人かとなわでつながれて通行人の前に陳列《ちんれつ》された。

わたしはずっと冷たくうつろな気持ちのままで、まわりのものもひとも、ほんとうにあるとは思えなかった。すこしでも印象があるのは、奴隷《どれい》仲間のうちのひとりだけで、それもたぶん、わたしのすぐとなりにつながれていたからだった。大きなからだにまぬけな顔つきの男で、自分はブリストウの町からきた、うちが貧乏《びんぼう》で、おやじがおれか牝牛《めうし》かどっちか売らなきゃならなかったんだと話してくれた。すっかりあきらめたようすで、ひざをかかえてすわりこみ、船着場にずらりとならんだ船や湾内《わんない》の灰色《はいいろ》の水をながめていた。

正午をすこしまわったころ、商人がひとり、奴隷《どれい》小屋の前を歩きながら、あれとこれ、というぐあいに商品を選びだした。ジャール（北欧《ほくおう》の部族の族長）の注文でオークニーへ運ぶ荷をそろえているのだ。商人がまだ遠くにいるうちから、その声はわたしたちみんなに聞こえた。大声でしゃべっていたし、買い手がつきそうなときはどの小屋も静まりかえるからだ。ブリストウの男も選ばれ、例によって値引《ねび》き交渉《こうしょう》がはじまった。

「せいぜい金貨一枚《まい》ってとこだな。頭も悪そうだし」

「この肩《かた》を見なよ！　犂《すき》をひかせりゃ、どんな雄牛《おうし》にだってまけない。雄牛《おうし》に頭なんかいらんだろう。うしろに鞭《むち》をもった人間がいりゃあいいんだ」

けっきょく、相手の言い値《ね》がとおって、ブリストウの男は奴隷《どれい》首輪になわを通してひっぱっていかれた。一度だけふりむいたけれど、商人の下男に乱暴《らんぼう》になわをひっぱられて、ひとごみのなかに見えなくなった。

名前も知らない男だった。そして二度と会うこともなかった。

わたしの番はつぎの日にやってきた。

あんまり長いあいだしゃがみこんで、買い手がやってきては奴隷《どれい》小屋の前の空き地を歩いていくのをながめていたので、わたしはぼんやり夢《ゆめ》をみているような状態《じょうたい》になっていた。歩きまわる足だけで、ほかにはなんにも出てこない夢《ゆめ》。だいたいは鹿革《しかがわ》の長靴《ながぐつ》か、生皮の短靴《たんぐつ》にすねあてをつけた足だった。そんなふうに足ばかり見ていたので、めあたらしい足がやってきても、わざわざ顔を上げてみる気にもならなかった。すると動いていた足のつま先がゆっくりとこちらをむいてとまった。足の主《ぬし》の影《かげ》が、夕日に長くのびてわたしに落ちかかった。

「こいつはどうだ？」声がいった。

わたしは顔を上げた。足の動きといっしょに金属《きんぞく》がぶつかる音が聞こえていたわけが、それでわかった。そこに立ってわたしを見おろしているのは、本物のヴァイキングの格好《かっこう》をした本物のヴァイキングだった。それまでいろんなうわさ話を聞かされて、生きてお目にかかることなどないよう神様に祈《いの》るがいいぜといわれていた部族だ。革《かわ》かたびらに鉄の輪をびっしり通して補強《ほきょう》した鎧《よろい》を身につけ、鉄の帯を巻《ま》いた兜《かぶと》をかぶり、長いまっすぐな剣《けん》を吊《つ》っている。ひとりは銀の腕輪《うでわ》をはめ、ひとりはベルトの留《と》め金に珊瑚《さんご》の珠《たま》をいくつもはめこみ、もうひとりはごついオオカミの毛皮のマントをまとっていた。

「それにしても、まだわからないな、なぜ奴隷《どれい》など買うんだ？」腕輪《うでわ》の男がいった。

もうひとりが笑った。けんかっぱやそうな、ほそおもての男で、鎧《よろい》の衿《えり》もとのバックルに夏のなごりのエリカの小枝《こえだ》がさしてある。「自分で武器《ぶき》をみがくのがいやになったからさ」

「春にくにへ帰るときになったら、そいつをどうするんだ？」

「売ってしまえばいい」

奴隷《どれい》商人がどこからともなくあらわれていた。商人の下男がわたしをけとばした。「立つんだ、こら」

商人も下男も、ほんとうに売れるとは思っていなかったのではないだろうか。北方の男たちは暇《ひま》つぶしのひやかしにきている感じだった。それでも見込《みこ》みだけならいつだってあるわけだし、ほんのかすかな見込《みこ》みでも見すごしていては金などたまらない、というつもりだったのだろう。

腕輪《うでわ》の男が肩《かた》をそびやかした。「いくらだ？」

「金貨十二枚《まい》で」

「ふざけるな、それだけ出せばりっぱな小馬が買える」

奴隷《どれい》商人は両方の肩《かた》が耳につくぐらい大げさに肩《かた》をすくめてみせた。「なら、小馬を買いにおいでになるんですな。だんながたは奴隷《どれい》がご入用じゃなかったんで？」

「金貨七枚《まい》」もうひとりが小屋の柱にもたれていった。

「だんなのほうこそ、ごじょうだんを」

「いいや、じょうだんではない。しかしなあ、いま気がついたが頭にこんな傷《きず》があっては……」男は仲間たちに目くばせした。「ほかをさがそう。傷《きず》ものを買ってもしょうがない」

「なんと！」奴隷《どれい》商人が抗議《こうぎ》の声をあげた。「ほんのすり傷《きず》ですよ、つかまったときの。ひと月もすれば、つめの先ほどの傷跡《きずあと》も残りゃしませんよ」

「そんな話、カモメにでも聞かせるんだな」

「金貨八枚《まい》」オオカミの毛皮の男がふいに口をひらいた。

男がしゃべったのはこのときが最初だった。その声にはなにかがあった。淡々《たんたん》としているのに生気があって、すこし笑いをふくんだような声だった。無気力のもやにつつまれていたわたしの耳にも、その声はとどいた。わたしはさっとそちらをふりむいた。男のすがたが目にはいった。影《かげ》にすぎないまわりの男たちに混《ま》じって、かれだけがほんものだった。わたしよりせいぜいふたつか三つ年上だろう。ヴァイキングにしてはやや背《せ》が低い。頭をささえる首はごつくて、肩幅《かたはば》も背丈《せたけ》と不釣合《ふつりあ》いなほど広かった。目は剣《けん》の刃《は》のような灰色《はいいろ》。太い赤茶色の眉《まゆ》が、鼻の上で左右つながりそうだ。口もとは声にふさわしく、幅《はば》があってまっすぐで、くちびるの両端《りょうたん》が笑いをふくんでつりあがっている。

とくに忘《わす》れがたい顔というわけではなかったが、ほんとうにひさしぶりに、ほんものの人間に見えたのだ。だからそのときの顔は何十年もたったいまでも、はっきりと思いだせる。

「よせよ、トーモッド」腕輪《うでわ》の男がいった。「奴隷《どれい》なんかべつにいらないだろう。それだけの金貨を使いたいっていうのなら、もっとおもしろい使いみちがいくらもあるだろう」

だれも聞いてはいなかった。

「奴隷《どれい》がほしいんだ」トーモッドという男がいった。男とわたしの目が合って、そのままはなれなくなった。

「十枚《まい》」奴隷《どれい》商人がいった。「それでも損《そん》を覚悟《かくご》の値段《ねだん》です。でも、この時期、遅《おそ》くなると売れなくなるばかしだし、まあここに置いといてもしようがないんでね。金貨十枚《まい》。これ以上はまかりません」

「九枚《まい》」トーモッドが返した。

小屋の支柱《しちゅう》にもたれていた男がしびれをきらして立ち去りかけた。「やめとけ、トーモッド。いいかげん長居《ながい》したぜ」

「いや、まだだ」トーモッドが答えた。

「こんちくしょう、よし、九枚《まい》だ！」仲間うちのやりとりが、なぜだか奴隷《どれい》商人とオオカミの毛皮の男とのかけひきにすりかわってしまっていた。トーモッドは鎧《よろい》の胸《むね》から細長い皮袋《かわぶくろ》をひっぱりだすと、なかみを商人の手の上にふりだした。見ていると、銀貨や銅貨《どうか》がざらざら出てくるなかに金貨がきらりと混《ま》じっていた。ところが金貨はそう多くはない。それどころか、ぜんぜん足りなそうだ。

トーモッドは笑って、衿《えり》の留《と》め金に花をさした男をふりかえった。

「ハーキ、袋《ふくろ》にいくらもっている？」

「金貨三枚《まい》だ」ハーキが答えた。「かぞえるまでもない」

「二枚貸《まいか》してくれ。そうしたら、こっちの盾《たて》もち奴隷《どれい》におまえの装備《そうび》の手入れもさせよう」

「よし、約束は守れよ」ハーキは鎧《よろい》の内側をさぐって金貨二枚《まい》をとりだすとトーモッドに投げてよこした。トーモッドは受けとめた金貨をもう一度ほうりあげ、じょうずにつかんだ。

「それでこそ船乗り仲間だ！　だがまだ不足だ。どうだい、エリク？　トスティグ？　だめか？　ちえっ、けちな連中だな！」

「金貨三枚《まい》足りません」奴隷《どれい》商人が口をはさんだ。「あたしは夕方いっぱいおつきあいするわけにはいきませんで。だんながたはお暇《ひま》か知りませんが」

わたしはぞっとして吐《は》き気を覚えた。オオカミのマントの男がわたしを残していってしまったら、どうしよう。……焦《あせ》りと恐怖《きょうふ》がしぐさに出てしまったらしい。トーモッドの目がふたたびわたしの目をとらえた。

「ないとはいってないぞ。待っていろ、不足ぶんもちゃんとはらってやる」

片手《かたて》に金貨をにぎり、空いているほうの手でマントの肩《かた》を留《と》めた重そうな銀のブローチをはずし、重たいオオカミの毛皮をさっと脱《ぬ》いで、奴隷《どれい》商人の足もとに投げた。「これでどうだ。上等のマントだ。新品同様だしな。このブローチひとつでも、金貨一枚《まい》ぶん以上の値打《ねう》ちがあるはずだ」それから手ににぎった金貨をマントの上にほうった。

「そんなことをして」トスティグと呼《よ》ばれた男がきつい声をだした。「冬になったらどうするつもりだ。ここの山おろしはきついぞ」

「ふるえているまでさ」トーモッドは愉快《ゆかい》そうに答えた。

商人はまだしばらくぶつぶついったけれど、こうしてなかば悪ふざけのようなぐあいで、わたしは金貨六枚《まい》とオオカミの毛皮のマントとひきかえに、ダブリン守備隊《しゅびたい》のトーモッド・シトリクスンの盾《たて》もち奴隷《どれい》になった。

第四章　琥珀《こはく》のお守り

　ダブリンのヴァイキング守備隊《しゅびたい》は当時——たぶんいまでもおなじだろうが——混成《こんせい》部隊でしょっちゅう入れ替《か》わりがあった。なかには定住して家庭をもち妻《つま》や子どもがいる者もあったが、ほとんどは命しらずの乱暴者《らんぼうもの》で、なにかしでかして本国にいられなくなった者もいれば、財産《ざいさん》のもらえない年若《わか》い息子《むすこ》たちが、剣《けん》にみちびかれるまま流れてくることもあった。ときにはひとつの船の乗組員全員が数カ月か、長いときには数年も軍務《ぐんむ》についた。かれらの船はそのあいだ艇庫《ていこ》にいれられる。つぎの春かそのまたつぎの春に先祖《せんぞ》ゆずりのヴァイキングの血がまた騒《さわ》ぎだすまで。

　かれらの住まいはむかしの王宮の裏手《うらて》の、泥炭《でいたん》小屋がごちゃごちゃならんだあたりにあった。そこにはヴァイキングの兵士《へいし》たち、小馬と犬と奴隷《どれい》と取《と》り巻《ま》きの連中、それに兵士《へいし》たちがかりあつめてきた女たちが群がっている。雑然《ざつぜん》としておおざっぱながら、町のなかにもうひとつ町ができたようだった。あっちでもこっちでも、女が戸口で糸をつむいだり、犬がノミをかいたり、斜《なな》め十字にたてた槍《やり》二本にオオカミの毛皮をかけて乾《かわ》かしてあったり、豚《ぶた》とカモメがいっしょになってゴミの山をうろついて餌《えさ》をあさったりしていた。

トーモッドとハーキとトスティグとエリクはみんなおなじ船に乗り組んでいて、泥炭《でいたん》で屋根をふいた小屋のひとつにいっしょに寝泊《ねと》まりしていた。わたしは扉《とびら》さえない戸口の前に敷《し》かれたマットの上で眠《ねむ》った。はじめの二、三日は眠《ねむ》るとき犬のようにひもでつながれていた。わたしはトーモッドの盾《たて》もち奴隷《どれい》になったわけだが、トーモッドは自分の持ち物を気前よくひとに貸《か》したから、わたしはほかの三人の用事もどんどんいいつけられた。たいして気にはならなかった。奴隷《どれい》にはどのみち自由などないし、武具《ぶぐ》をみがいたりビールを運んだりするのは、ひとりぶんでも四人ぶんでもほとんどちがいがない。そうはいっても、四人のうちトーモッドこそがわたしの主人なのだと心得《こころえ》ていることは、わたしにとってはとてもだいじなことだった。

時がすぎた。日暮《ひぐ》れが早くなり、ガンの群れが北から渡《わた》ってきた。冬が近づいていた。半分アイルランド人半分ヴァイキングの町ダブリンが、わたしにもいくらかわかってきた。ブリトン語を話したので、アイルランド人のいうことは曲がりなりにもわかったし、こちらのいいたいこともなんとか通じさせられた。おかげでトーモッドも仲間たちもどこかへ出かけるときはわたしを連れ歩くようになった。わたしに話をまかせて相手の言い分を伝えさせるほうが、アイルランド人のことばを習うよりらくだったからだ。船着場ぞいの艇《てい》庫《こ》にもついていった。長くすんなりした船がずらりと、厩《うまや》につながれた馬のようにならんで、春がめぐってきてまた船路をたどるのを待っていた。ウミツバメ号もそこにあった。市場には世界じゅうから商人と船乗りがあつまってきて、毛皮や穀物《こくもつ》や銅《どう》、バルト海沿岸《えんがん》産のきいろい琥珀《こはく》の原石、猟犬《りょうけん》や奴隷《どれい》に値《ね》をつけあっていた。ごちゃごちゃならんだ小屋のあいだを曲がりくねった通路が通っていた。泥炭《でいたん》と角材で作った小屋もあれば、船の帆《ほ》げたと天幕《てんまく》でまにあわせたものもあった。聖《せい》コロンバ教会も、外側だけだけれど見知っていた。切妻壁《きりづまかべ》に取りつけた十字架《じゅうじか》が空を背《せ》にしてそびえている。クウィラーン王がキリスト教徒なので、王の統治《とうち》する町もそれにならってキリスト教を奉《ほう》じているのだ。といっても、多くのヴァイキングはいまでも雷神《らいじん》トールの環《わ》に誓《ちか》いをたてる。うす暗い小さな神殿《しんでん》が船着場のむこうにあって、戸口の脇柱《わきばしら》には生贄《いけにえ》の血をはねかけた斑点《はんてん》がついていた。牛小屋や納屋《なや》や物置小屋にかこまれた、木造《もくぞう》で塗料《とりょう》をほどこされた王の館も目にしたし、町じゅうにちらばったビールやワインを飲ませる酒場も一軒《けん》のこらず知っていた。

しかしいつでもかならずお供《とも》についていったわけではない。冬至《とうじ》の日——あるいはクリスマス、またはユルの祭りといいかえてもよいだろう——に、かれらが楽しもうと町へくりだすときも、わたしはいっしょではなかった。わたしはひとりで食事をすることになっていた。食事はいつも用意されていた。奴隷《どれい》も自由人も関係なくだれにでも、王の館の裏《うら》の調理小屋で食べものがもらえた。わたしはバノック（酵母をいれないパン）と羊の乳《ちち》のチーズをたっぷり腹《はら》につめこんだ。トーモッドたちの小屋にもどると、部屋の中央に切った小さな炉《ろ》に火をおこして武具《ぶぐ》の手入れに取りかかった。務《つと》めからもどったとき、みんながそこらにほうりだしていったものだ。いまも思いだす。わたしはすわってトーモッドの兜《かぶと》をひざにのせ、縁《ふち》に巻《ま》かれた鉄の帯をみがいていた。そして耳をすませていた。みがき布《ぬの》が鉄をこする音、炉《ろ》の火がはぜる音、からっぽの小屋の静寂《せいじゃく》のむこうに、潮騒《しおさい》のように冬至《とうじ》祭りを祝うダブリンのにぎわいが聞こえていた。

前の年はいつものように村の上手のイバラの生えた丘《おか》のてっぺんで冬至《とうじ》祭りの火を焚《た》いた。そしてこれまたいつものようにオルドリッド司祭の怒《いか》りをかった。司祭は自分が守ってやっている神の子羊たちが、太陽が力をとりもどし夏を連れてきてくれるよう異教徒《いきょうと》の神を祭《まつ》るのを憤《いきどお》って、毎年おなじことをいう。今年も丘《おか》の火は燃《も》えあがり、オルドリッド司祭はまたおなじ怒《いか》りにかられたことだろう。気のどくに。そのとき、ぎくっとした。わたしはどこで、だれの奴隷《どれい》になって、来年の冬至《とうじ》祭りの火がともるのを見るのだろう？

「春にくにに帰るときがきたら、こいつをどうするんだ？」トスティグがあの最初の日、奴隷《どれい》小屋の前でいった。そしてハーキが答えた。「また売ればいい」春になって航海日和《こうかいびより》の天気にめぐまれれば、みんなはウミツバメ号を船路に押《お》しだして故郷《こきょう》へむかうだろう。そしてわたしは奴隷《どれい》小屋にもどされ、新しい主人に買われる。わたしは思わず立ちあがっていた。胃《い》がよじれるような衝撃《しょうげき》だった。トーモッドはとくにやさしい主人というわけではなかった。しかし、それまでもたいしてやさしい扱《あつか》いをされたことなどなかったし、やさしくないからといって、どうということはなかった。あのとき奴隷《どれい》小屋でトーモッドは、男が男を見る目つきでわたしを見たように思えた。だがすぐに犬を呼《よ》ぶように口笛を吹《ふ》いて、ついてこいと命じた。そして犬のように、わたしはついていったのだ。それでも、これだけはわかっていた。トーモッドが主人でいるかぎり、わたしは奴隷《どれい》のままでも生きられる。しかしほかのだれかに買われたら、とうていがまんなどできないだろう。

わたしはもの思いをふりはらうように、トーモッドの寝床《ねどこ》の足もとにひろげてあった、すりきれた革《かわ》の鎧《よろい》に手をのばした。もちあげると、なかにひっかかっていたなにかが転がりおちた。みがいていないきいろい琥珀《こはく》のかたまりだ。なんとなく鎚《つち》のようなかたちで、片方《かたほう》のはじに穴《あな》があけてあった。穴《あな》に通した革《かわ》ひもが切れてぶらさがっていた。トーモッドが寝《ね》るときや、昼間の狩《か》りでついた泥《どろ》や血の汚《よご》れをこすりおとすのに裸《はだか》になったときに、首にかけているのをしょっちゅう目にしていたものだ。トーモッドはこれを、いつも肌着《はだぎ》の下につけていた。とすれば、飾《かざ》りとしてではなく、お守りか、なにかほかの者にはわからない理由があって身につけているにちがいない。もしかしたら、かたちに意味があるのかもしれない。ヴァイキングの男たちの多くは、骨《ほね》を彫《ほ》ったり金属《きんぞく》をたたいたりしてつくった雷神《らいじん》トールの鎚《つち》を一種のお守りとして首に巻《ま》いている。この琥珀《こはく》は自然のままで鎚《つち》のかたちをしている。もしかしたら特別な力をもっているかもしれない。トーモッドがこのお守りを首からはずしたところなど、そのときまで一度も見たことがなかった。革《かわ》ひもがちぎれそうになっていて、鎧《よろい》をぬぐときいっしょにひっぱられてしまったのだろう。

すわりこんで手のひらにお守りを転がし、火《ほ》あかりでながめた。蜂《はち》の巣からしたたる蜜《みつ》の色だった。ところどころ、ほぼ透明《とうめい》で、その部分から火がすけて見えた。片方《かたほう》のはじは乳色《ちちいろ》の影《かげ》のようなくもりがはいっていて、それがまるで、シダの葉の幽霊《ゆうれい》が黄金色の液体《えきたい》にとじこめられたかのようだった。美しい琥珀《こはく》だった。すわりこんで両手につつんでいるうちに少しずつ温まり、妙《みょう》に生きもののような感触《かんしょく》があった。それがいかにも琥珀《こはく》らしく、生きた樹木《じゅもく》がながした涙《なみだ》が、日の光で温められた昔を忘《わす》れかねているように思えた。

こんなことを考えたのを覚えている。「これには力があるんだ！　ぜったい、なにか力があるんだ！　あのひとがこれがないのに気づいても、こんな夜中じゃ、どこでなくしたかわからないだろう。ないのに気がつかなかったとしても、もしかしたら、これを身につけていないと、たいへんなことがあのひとの身にふりかかるかもしれない」こんな考えを聞いたらオルドリッド司祭は冬至《とうじ》の火祭りのことにおとらず怒《いか》りくるうだろう。だけど、そんなことはかまうものか。大急ぎで切れた皮ひもをむすびあわせ、お守りをじぶんの粗《あら》いチュニックの胸《むね》におしこんだ。炉《ろ》の火に灰《はい》をかぶせて、だれかの予備《よび》のマントをひっぱりだした。自分のマントなどもっていなかったし、外は凍《こお》るような北風にのってみぞれが音をたてていた。トーモッドの狩猟《しゅりょう》用ナイフを寝床《ねどこ》の上の棚《たな》からとって、ベルトにはさんだ。ドアをあけると、びしょぬれになった革製《かわせい》のちょうつがいがきしんだ。わたしは夜のなかへとびだしていった。

王の館の前庭では、下の町にもおとらないお祭り騒《さわ》ぎがはじまっていた。ユルの祭りで、町へ通じる門にしっかり目をひからせている番人などだれもなかった。さもなければ奴隷《どれい》がひとりで暗くなってから守備隊《しゅびたい》の屯所《とんしょ》をはなれるのに、きちんと説明をつけなければならなかっただろう。じっさい、借りてきたマントを奴隷《どれい》首輪をかくすように高めに巻《ま》きつけていたので、わたしはあっさり門をくぐって、狭《せま》く曲がりくねった路地にとびだした。道は人でいっぱいだった。だれもが松明《たいまつ》やビールのはいったジョッキを手にして右往左往《うおうさおう》していた。

小路をつぎつぎにぬけ、酒場から酒場へとびこみ、通りすぎる男たちを、暗くかげになった顔も松明《たいまつ》に照らされた顔も、残らずのぞきこんだ。守備隊《しゅびたい》で見たことのある顔がいくつもあったし、なんどかウミツバメ号の乗組員にもぶつかった。けれどトーモッドはその気配すらなかった。波止場近くの酒場でようやくハーキのすがたを見つけたのに、トーモッドはいっしょではなかった。なにかの用事で出かけてしまったのだ。

そのころには町のあちこちでけんかがはじまっていた。わたしは暗い路地にとびこみ、波止場から聖《せい》コロンバ教会のほうへひきかえした。路地のむこうはじのひらいた戸口から松明《たいまつ》の明かりがもれていて、男たちの一団《いちだん》がもみあいながら路上にこぼれだしてきた。もつれあう男たちのあいだでナイフの刃《は》がぎらっと光るのが見えた。と同時にうなりののしる声のなかからひときわ高く、呼《よ》び声があがった。小さな軍船の艫《とも》から舳先《へさき》まで、まっこうから風を受けてもとどくようにきたえあげられた声だった。「ウミツバメ、ウミツバメ！　きてくれ！」

以前にも聞いたことがある。船の乗組員がもめごとに巻《ま》きこまれたとき、たすけを呼《よ》ぶ合図だ。同じ船の仲間でこの声を聞いた者はだれでも、ひとり残らずたすけに駆《か》けつけることになっている。わたしには、いまの声がだれのものか、すぐわかった。たとえ地獄《じごく》の口から直接《ちょくせつ》ひびいてきたとしても、ちゃんとわかったことだろう。

わたしはそれに応《こた》えて大声をあげた。「ウミツバメがいくぞ！」小路を走りながらベルトにさした狩猟《しゅりょう》用ナイフを抜《ぬ》き、わくわくしながらけんかの輪にとびこんだ。男たちにかこまれたトーモッドは壁《かべ》を背《せ》にして守りをかため、血に飢《う》えた五、六人のアイルランド人を近よせまいとしていた。わたしは勢《いきお》いにまかせて男たちのひとりを肩《かた》ではねとばし、ふたりの男のあいだをねじわって、トーモッドの横にならんだ。わめいている顔がせまってきた。自分の肩《かた》がトーモッドの肩《かた》にぎゅっと押《お》しつけられている。血のにおいが鼻の奥《おく》にきた。ナイフがひらめいた。自分のナイフを上にむけて受けとめる。ふたつのナイフがぶつかり、衝撃《しょうげき》が腕《うで》につたわる。けれどわたしについていえば、このけんかは牛泥棒《うしどろぼう》あいてのときとおなじくらいあっけなく終わってしまった。べつの一撃《いちげき》をはらいのけ、自分のナイフがひらめくのを見たと思った瞬間《しゅんかん》、だれかに足ばらいをくわされ、わたしは争いあう男たちの足のあいだに倒《たお》れこんだ。だれかのかかとが、頭の横の古傷《ふるきず》をとらえた。混乱《こんらん》のさなか、トーモッドがわたしをまたいで立っているのがわかった。そしてわたしの頭の上で、このけんか騒《さわ》ぎを圧《あっ》するように、トーモッドが勇壮《ゆうそう》なヴァイキングの戦いの雄《お》たけびをあげるのを聞いた。そのとき以来、十いくつもの戦場で耳にすることになる叫《さけ》びだった。

そのあとはすべてがうなりをあげながら霧《きり》につつまれていった。どこか遠くのほうから「ウミツバメがいくぞ！」という声と、小路を走ってくる足音が聞こえていた。しばらくは乱《みだ》れた足音や争いあう物音がつづき、急にあたりが静かになった。わたしは夜の闇《やみ》とはちがう闇《やみ》のなかから浮《う》き上がっていった。気がつくと、わたしは壁《かべ》にもたれてべったりすわりこんでいた。松明《たいまつ》の明かりが、まださっきの戸口からこぼれていた。そのきいろい光のなかで、だれかがジョッキいっぱいの氷のように冷たい水をわたしの頭にぶちまけているところだ。わたしはあえぎ、ふるえる手で頭をさわってみた。古傷《ふるきず》のあたりに血がねばついているのがわかった。一瞬《いっしゅん》、いまいるところが波止場の小路なのか、あの嵐《あらし》の海岸なのかわからなくなった。

「気がついたぞ」だれかがいった。

するとトーモッドの声が、わたしの混乱《こんらん》した頭にひびいてきた。なぜか不機嫌《ふきげん》そうな、ぎすぎすした声だった。「雷神《らいじん》の名にかけてきく。いったいここでなにをしているんだ？」

「あとにしろ」夜の闇《やみ》とふりしきるみぞれのむこうからハーキがいった。「オオカミ闇《やみ》だ。こんなとこじゃ、安心できん。やつらがほんとうに逃《に》げたかどうかもわからん」ハーキが道に転がっていたなにかをけとばすと、うめき声があがった。「背中《せなか》からナイフでぐっさりなんざ、ごめんだからな。おまえはどうか知らんが」

べつの声がした。「そら、立て」

さっきから立ちあがろうともがいていたのだが、わたしの脚《あし》は練り粉《こ》でできているかのようだった。するとトーモッドが腕《うで》をわきにまわして、わたしをひっぱり起こした。「さあ、ハーキ、そっちがわをささえてくれ。こいつ、ぬれた下着みたいにへたってやがる」

「ひどいざまだ、歩けるのか」ハーキが答えて、じょうだん混《ま》じりにつけくわえた。「まあ、そうまでしてやる価値《かち》があるとおまえが思うなら……」

「思うね」トーモッドがいった。「それにいいか、この奴隷《どれい》をうしなうようなことがあれば、おまえも金貨二枚《にまい》をとりもどせなくなるぞ」

屯所《とんしょ》までの帰り道のことはあまりはっきり覚えていない。急に暖《あたた》かく感じたときにはもう、寝泊《ねと》まりしている家の屋根の下だった。エリクが灰《はい》のなかをつま先でついて炎《ほのお》を燃《も》えたたせた。そのころにはなんとか自力で立てるようになっていたが、まだ部屋がまわりでゆれているようで気分が悪く、たちまち炉《ろ》のそばにひざをついてしまった。トーモッドが小さな杯《さかずき》を部屋のすみのビールのつぼにつっこんで、わたしの歯のあいだからほんのすこし流しこんでくれた。ハーキの腕《うで》にはあさいが長い傷《きず》が口をあけていて、垂木《たるき》の上を手さぐりして血止めのくもの巣をあつめていた。

だんだん頭がはっきりしてきた。琥珀《こはく》のお守りのことを思いだし、こんどはあわてて胴《どう》着《ぎ》の胸《むね》のなかを手でさぐった。お守りはちゃんとかかっていた。わたしはそれをひっぱりだして、トーモッドにさしだした。

「あなたの琥珀《こはく》です――ひもが切れて、鎧《よろい》といっしょにぬげてしまったんだと思います。それで心配になって、あの――思ったんです……」

なにを思ったのか、自分でももう、はっきりわからなかった。

トーモッドはお守りを手にとり、片方《かたほう》の眉《まゆ》をつりあげた。まるで「これがないと、おれに災《わざわ》いが起こると思ったのか？」とでもいうように。けれど口ではそうはいわなかった。

「朝になったらあたらしい皮ひもをつけるとしよう。まあ、いまはこれでまにあうだろう」

皮ひもに頭をくぐらせ、大きな黄金色の石を肌着《はだぎ》の衿《えり》からなかへ入れた。酒を飲んだり頭に強い衝撃《しょうげき》を受けたりすると起こることだが、わたしもそのとき、なにからなにまで、ぜんぶこと細かに説明しなければ気がすまない状態《じょうたい》になっていた。「でも、あなたが見つからなくて。ハーキも居所《いどころ》を知らなかったし。そしたら、あなたが叫《さけ》ぶのが聞こえたんです――」

「もう一杯《いっぱい》のめ」トーモッドがいった。「それで、たすけにきてくれたのか」

エリクが鼻をならした。「たすけだと！　どうせまだ目もあかない子牛みたいに、むちゃくちゃにつっかかっていったんだろう。おれたちが駆《か》けつけたときには、こいつ地面にのびていて、おまえがこいつをまたいでたじゃないか！」

トーモッドがにっと笑うと、白い歯がきらっと光った。「そらな、ひとつわかったろう。こいつがいちばんに駆《か》けつけてくれたんだ！」

そのころには小屋の棟木《むなぎ》にとりつけた松明《たいまつ》受けに、だれかが松やにをしみこませた松明《たいまつ》をさしこんでいた。くすぶる火の下で、今夜のけんかで傷《きず》をうけた仲間が傷《きず》を洗《あら》った。ハーキが腕《うで》の傷口《きずぐち》から目を上げた。「それにしても、トーモッド・シトリクスン、ひとりであんなふうに出かけるなんて、いったいなにしてたんだ？」

「狩《か》りだ」トーモッドが答えた。

「女か？　それもだれかの女だな？」

「まさか。雪クマだ。おれはいつも暗くなるとダブリンの通りという通りを雪クマを追いつづけているのさ。そのほうが見つけやすいんだ」トーモッドはからになった杯《さかずき》をハーキの頭めがけてほうった。一同が笑い、やがて狭苦《せまくる》しい小屋がゆれるような大笑いになった。

　わたしはそのあと、いつもの戸口の寝場所《ねばしょ》でまるくなった。奴隷《どれい》首輪がこすれて気になった。らくな姿勢《しせい》になろうとからだを動かしながら、ふたたび寝《ね》ようとした。けれど目覚めと眠《ねむ》りのあいだの一瞬《いっしゅん》、頭にあったのはもう、奴隷《どれい》首輪のことではなかった。とつぜん、あの熱い感覚がよみがえって思いだしたのだ。あの暗い小路でトーモッドの肩《かた》がわたしの肩《かた》に、わたしの肩《かた》がトーモッドの肩《かた》にぐっと押《お》しつけられていたときのことを。

第五章　はじまりの朝

季節はゆっくりと闇《やみ》からぬけだし、ふたたび春へむかっていった。河岸《かし》沿《ぞ》いのハンノキは枝先《えださき》まで樹液《じゅえき》であふれる勢《いきお》いをとりもどし、緑のもやがかかったように新芽を吹《ふ》きだした。ウミツバメ号の乗組員たちは船腹《せんぷく》にタールをぬり、装備《そうび》の点検《てんけん》にとりかかった。作業を手伝いながら、自分がこれからどうなるのか、わたしは知らされずにいた。トーモッドがわたしもいっしょに連れていってくれればいいのにと心から願っていたが、確信《かくしん》はなかった。トーモッドはそのことについてはなにもいわなかったし、わたしも口に出せなかった。ほんのひとこと聞けばすむのに、喉《のど》の奥《おく》でなにかに引っかかったように、その質《しつ》問《もん》が出てこないのだ。

ついにある日、船長のシグアッドが王の館へ出かけていった。帰《き》還《かん》のとき餞《せん》別《べつ》としてもらうことになっている金をとりにいったのだ。船長が館からもどると、みんなは慣《かん》例《れい》どおり艇庫《ていこ》まで降《お》りていって、金の分配をした。

ウミツバメ号はほぼ進水の準備《じゅんび》も整って、船架《せんか》の上で早春の日ざしをあびていた。マストと帆布《はんぷ》と索具《さくぐ》などはまだ小屋のなかに積んであった。あの日のことを思うと、たちまち目に浮《う》かんでくる。日光が水面に反射《はんしゃ》して、銀色のさざなみもようが小屋の暗がりに射《さ》しこんでいた。小屋にあつまった男たちの顔も、波の照りかえしをうけて明るみ、まるでもう大海原《おおうなばら》にのりだしたように見えた。吠《ほ》える竜《りゅう》の首の船首像《ぞう》も、絵具をぬりかえられ、じきにガレー船の舳先《へさき》に取りつけられるのを待ってゆらめく光をあびていた。

シグアッド船長は水樽《みずだる》を立てた上で金を数えた。アイルランドの金貨と、世界じゅうの商人がもちよったさまざまな硬貨《こうか》が混《ま》ざっていた。乗組員がひとりひとり進みでて、それぞれの取り分をもらった。分配がすむと、みんなは金貨を自分の皮袋《かわぶくろ》にしまった。トーモッドが自分の分け前から金貨を二枚《にまい》つまんで、ハーキにほうった。「そら、借りを返すぞ」

ハーキは金貨を受けとめても、すぐには財布《さいふ》にしまおうとしなかった。「そいつを売りはらってからでも、よかったんだがな」

わたしは、あたりがいきなり静まりかえったような気がした。さざなみが船架《せんか》にひたひたとよせる音が聞こえた。カモメが鳴いていた。あとは、いきなり高鳴りはじめた自分の心臓《しんぞう》の音だけだった。

トーモッドが答えた。「売るつもりはないんだ」

エリクが口をはさんだ。「スヴェンデールに奴隷《どれい》を連れ帰ってどうするんだ?」

「奴隷《どれい》なんかじゃない。肩《かた》をならべて闘《たたか》ってくれた男を奴隷《どれい》首輪をつけたまま異国《いこく》の地に置きざりにしたなどと、あとあとまでいわれたくない。それだけだ」

トーモッドは財布《さいふ》をしまうと、くるっとふりむいて、わたしにあごをしゃくってみせた。

「さあ、行くぞ。鍛冶屋《かじや》のグリムにひと仕事してもらおう」

あきれたような笑いと鼻をならす音をうしろに聞きながら、わたしはトーモッドについて艇庫《ていこ》をあとにした。王の館の前庭のほうへのぼっていくと、門のわきに鍛冶《かじ》場があって、グリムと徒弟《とてい》が守備隊《しゅびたい》の兵たちのために武具《ぶぐ》をつくったり修理《しゅうり》したりしている。グリムはちょうど盾《たて》の打ちだし飾《かざ》りにできたへこみを打ちなおしているところで、背後《はいご》では徒弟《とてい》の少年がヤギ皮のふいごを両手でもむようにして風を送り、炉《ろ》の火を熱く燃《も》えあがらせていた。

トーモッドが戸口で足をとめると、グリムはちらっと見上げただけで仕事をつづけた。

トーモッドも脇柱《わきばしら》にもたれると、だまって待った。鍛冶屋《かじや》が手を動かしているときにじゃまする者はいない。しばらくしてまっ赤になっていたところが黒っぽくなると、グリムは盾《たて》を火のなかにもどした。それからぐっと背《せ》を伸《の》ばして、正面からわたしたちをながめた。

「いまごろ、どうした？　鋲《びょう》にまた、ひびでもいったか？」

「奴隷《どれい》の首輪を切ってほしいんだ」トーモッドが答えた。

グリムの視線《しせん》がトーモッドの肩《かた》から、うしろにかくれるように立っているわたしに移《うつ》った。「ほほう？　ちょいと変わった注文だな。これがすむまで待ってくれ。長くはかからんよ」

わたしたちはおとなしく待った。小槌《こづち》がガンガンガンと鳴り、竜《りゅう》の喉《のど》のようにまっ赤におこった炉《ろ》の火から火花が飛んだ。わたしはできるだけなにも感じないように気をつけていた。いったんなにか感じだしたら、どうしようもなくなってしまいそうな気がしたのだ。そうしていてさえ、手がふるえないようにするためには、こぶしをぎゅっとにぎらなくてはならなかった。

やがてグリムが修理《しゅうり》ができた盾《たて》をわきにのけて「さあて」とつぶやくと、道具台から鎚《つち》とのみを選んだ。徒弟《とてい》の少年はふいごをもつ手を休め、炉《ろ》の火の勢《いきお》いは弱くなった。

「こっちへきて、ひざをつきな」わたしは進みでて、命じられたとおり鉄床《かなとこ》の横にひざまずいた。「首はこうだ。動くなよ。耳をなくしたくないだろ」

鎚《つち》がのみのしりをたたくと、衝撃《しょうげき》で頭が肩《かた》からふっとびそうになった。それでも、三回めで首輪に切れ目がはいり、グリムは道具を置いて鉄の輪をぐっとねじってひろげた。力をいれると、手首から腕《うで》へかけて血管が青くこぶのようにふくれて浮《う》きあがった。わたしは立ちあがって首をこすった。トーモッドが硬貨《こうか》を一枚《まい》わたした。トーモッドとわたしはおたがいに無言で鍛冶場《かじば》から外へ出ていった。

行きは、主人のあとについて坂をのぼった。いまわたしたちはおなじ道を肩《かた》をならべてくだっていた。狭《せま》い通りでは肩《かた》と肩《かた》がこすれあった。それでも、わたしたちはひとこともかわさなかった。ついに港と艇庫《ていこ》を見おろす河岸《かし》のとっつきまでやってきた。そこでわたしたちは足をとめ、たがいにむきあった。

「どうする？」トーモッドがようやく沈黙《ちんもく》をやぶっていった。

「どうするって？」わたしは聞きかえした。

「おまえは自由だ」

わたしはおずおずと聞いてみた。「自由になって、なにをしたらいいでしょう？」

「なんでも、自分でいいと思うことを。おまえには頭もあるし、両手もそろっている。ブリストウ行きの船にやとってもらったっていい。それか――」

いきなりトーモッドの腕《うで》がのびてきて、がっしりわたしの肩《かた》にまきついた。「ウミツバメ号だって漕《こ》ぎ手のベンチにもうひとりぐらいつめこめるぞ」

「櫂《かい》をあやつったことはありません」わたしは慎重《しんちょう》に答えた。

トーモッドの長くまっすぐな口のはしがきゅっとつりあがった。「トランディス・フィヨルドに着くまでには、しっかり覚えているだろう。手にまめもいっぱいできるだろうがな……いつかまた、わたしと肩《かた》をならべて闘《たたか》ってくれるやつが必要になるかもしれない。来い、ジェスティン」

トーモッドの顔に笑《え》みが浮《う》かんで消え、いきなり真剣《しんけん》な表情《ひょうじょう》に変わっていた。わたしたちはたがいの瞳《ひとみ》をのぞきこんでいた。そのときになってようやくわかった。冬至《とうじ》祭りの夜あの暗い小路でトーモッドがたすけをもとめる声に応《おう》じるいわれなど、わたしにはなかったのだ。ヴァイキングとはなんの関わりもないし、トーモッドに借りがあるわけでもない。トーモッドの奴隷《どれい》で、自分の意志《いし》に関わりなく金で買われたにすぎないのだ。あのとき駆《か》けつけたのは、たすけを呼《よ》んだのがトーモッドで、わたしがジェスティンだったから。

デーン人とイギリス人だとか、主人と奴隷《どれい》だとかは関係ない。そしてトーモッドも、そのことがわかっていた。なんにでもはじまりのときがある。友情《ゆうじょう》にも、愛情《あいじょう》にも。そして最初の友情《ゆうじょう》は初恋《はつこい》とおなじ、二度とない経験《けいけん》なのだ。

いきなり、まわりのものが痛《いた》いほど鮮《あざ》やかに感じられた。湾《わん》を吹《ふ》く風、水面をきらめかす日の光、夕明かりを翼《つばさ》にうけて輪をえがいているカモメのほそい鳴き声。

「行きます」わたしは答えていた。

まめができて破《やぶ》れ、手は赤むけになった。それが治って手のひらがだんだん固くなるころ、何日もの海の旅のすえに、船は「北の角」をまわりこんで冷たい青緑色の水をたたえた「内海（カテガト海峡《かいきょう》）」へはいり、ユトランド半島の東岸を南下してトランディス・フィヨルドへ向かった。

フィヨルドの入り口にはいったのは、日も暮《く》れかけたころだった。陸地が海面に影《かげ》を落とし、チドリが鳴きかわす声が聞こえていた。岸から嘴《くちばし》のように突《つ》きでた砂州《さす》の内側でも水は深くおだやかで、水面にむかってたれさがるように生えているハンノキやカバノキを映《うつ》していた。フィヨルドは北むきに曲がりこんでいた。あらたに視界《しかい》がひらけると、陸地が小さく海水面に突《つ》きだして、そこにひとりの男のすがたが見えた。手斧《ておの》を片手《かたて》に地面に倒《たお》れたカバノキの枝《えだ》を落としている。こちらの船が目にはいると、手斧《ておの》をほうりだして、両腕《りょううで》をふりまわしながら大声で呼《よ》びかけてきた。乗組員たちも、荒《あら》っぽいが陽気な調子で叫《さけ》びかえす。岸の男はくるっと背《せ》をむけて走り去った。

「デカぐちトードのやつだ。到着《とうちゃく》の知らせをひろめてくれるぜ、いつものとおりな」ハーキがいうと、ウミツバメ号の船首から船尾《せんび》へ笑い声が走りぬけた。ほんとうにおかしかったからというより、長いあいだ遠くはなれていた故郷《こきょう》にようやく帰ってきてほっとした笑いだった。フィヨルドのつぎの突端《とったん》をまわっても、わたしにはなつかしいわが家が待っているわけではない。それでも、心臓《しんぞう》が破裂《はれつ》しそうになったり、潮風《しおかぜ》に肌《はだ》がひりひりしたり、吐《は》き気の苦い味に苦しんだ長い船上の日々《ひび》はもううしろに過《す》ぎ去ったのだ。そのうえもう自由の身で、なによりわたしの前にはトーモッドがいてくれた。それだけで満足だった。

デカぐちトードは名前どおりの働きをしたにちがいない。わたしたちが上陸予定の浜《はま》に着いたときにはトランディス・フィヨルドの住人全員が出迎《でむか》えに集まっているようだった。わたしたちは櫂《かい》を櫂座《かいざ》におさめると、船から浅瀬《あさせ》にとびこんで、ウミツバメ号をカモメのような灰色《はいいろ》をした砂利浜《じゃりはま》に押《お》しあげた。それから夫は妻《つま》と、兄は弟と再会《さいかい》をよろこびあった。父親が子どもを目の上高くさしあげて、うれしそうな金切り声をあげさせた。潮《しお》のひいたあとに残った茶色の海草の上では、どこを見てもおなじ光景がくりひろげられていた。

その晩《ばん》は族長の「火の館」で宴会《えんかい》になった。わたしは、シダを敷《し》きつめた床《ゆか》がまだ北の海の長くゆったりしたうねりとおなじ動きでぐーんともちあがってくるような気がしてしようがなかった。つぎの朝ウミツバメ号の仲間は別れわかれになった。集落に家があるものはとどまり、ほかの者たちはよその山あいの農場や開墾地《かいこんち》へ散っていった。

トーモッドとわたしと、あと何人かは南へむかった。荒野《こうや》を一時間ほど歩いたところでハーキが別れていった。正午をすこしすぎたころ、牛追い道が小さな流れをよこぎってつづく場所へ出た。流れの向こう岸はカバノキがしげった崖《がけ》になっていて、道は崖《がけ》をのぼって見えなくなっていた。エリクがこの道をのぼっていき、のこりの者は流れを渡《わた》らずに岸伝いに上流へむかった。みんな一年以上ものあいだいっしょに戦い、眠《ねむ》り、酒を飲んできたのに、別れるときはまるで、ほんの一日狩《か》りに出ただけ、とでもいうようだった。以前なら奇妙《きみょう》に感じたかもしれないが、このときにはもうわたしにもヴァイキングの流儀《りゅうぎ》がわかっていた。

夕方には、トーモッドとわたしはふたりきりになった。

わたしたちはその夜、ひとつの谷からつぎの谷まで広がる荒野《こうや》の台地にある小さな泥炭《でいたん》小屋に泊《とま》ることにした。夏に牛を放牧するあいだ牛飼《うしか》いが使う小屋だ。戸もない小屋の入り口の前でカバノキの樹皮《じゅひ》やヒースの小枝《こえだ》で焚火《たきび》をして、船からもってきたバノックと、ニンニクで味をつけた凝乳《ぎょうにゅう》を食べ、氷のように冷たい水で飲みくだした。水はわたしがトーモッドの兜《かぶと》を借りて、近くの小さな泉《いずみ》から汲《く》んできた。食べおわってからも、わたしたちは長いこと起きていた。カバノキの皮を火にくべながら、気分のむくままにしゃべったり、くつろいで黙《だま》りこんだりした。トーモッドはいっしょに無言でいても気づまりでない相手だった。地平線までなにひとつさえぎるもののない荒野《こうや》の、からっぽの広がりのなかにたったふたりでいるときでさえ。

トーモッドは片方《かたほう》のひじをついて寝《ね》そべり、炎《ほのお》の中心を見つめていた。たぶん長いあいだ遠く離《はな》れていた家に明日には帰れるという思いが強まったせいだろう、やがて家と家族のことを話しはじめた。それまで一度もなかったことだった。故郷《こきょう》のこと、親戚《しんせき》のこと、父と兄と兄嫁《あによめ》のこと、ほんの子どものころからいっしょに走りまわったよその農場の友だちのこと。とくに仲のいいふたり、ヘリュフとアーンナス・ヘリュフサンはおなじ谷のすこし上流の開墾地《かいこんち》に住んでいる。「ほんとうならアーンナスは、いっしょにアイルランドへくるとこだったんだ」トーモッドがいった。「決まったもおなじだったんだが」

「なにかあったの？　そのひと？」たずねてから、黙《だま》っていたほうがよかったかなと思った。トーモッドの胸《むね》のうちに痛《いた》みが走るのが感じとれたからだ。

　トーモッドはかわいたヒースの小枝《こえだ》を焚火《たきび》にかざして、小さな炎《ほのお》の花がひらくのをじいっとながめてから、赤くおこった焚火《たきび》の中心に落とした。「好きな子ができたんだ。それでこっちに残って、夏の略奪《りゃくだつ》部隊に加わることにした——ヒツジの毛刈《が》りが終わってから出かけていって、秋の刈《か》りいれ前にもどってこられるから。もういまごろは、結婚《けっこん》しているんじゃないかな。といっても、どんな女だって、ああいうやつを長いあいだ炉端《ろばた》と農地にしばりつけておけるわけじゃない。あいつはいつだって、帆《ほ》に風をうけるのを待ち望んでいたんだから」

「みんなそうなんでしょう？　あなたたち、ヴァイキングの男たちは」わたしは口をはさんだ。

「ああ、そうだな。生まれついての根なし草なんだ。しかしまあ、こういうやせた草地のせいもあるだろうな……やせ地の子は外へはじきとばされる。ヒースが夏になるとさやから種をとばすように」そういってトーモッドは笑い声をたてた。「トール神の大鎚《おおづち》にかけて（なんてこった）！　海をこえて西の地で四十年もすごしてきた灰色《はいいろ》ひげのじいさんみたいな言い種《ぐさ》だな！　アーンナスとヘリュフとわたしが立ちあがってもようやくテーブルの下にいる犬たちよりほんのちょっと背《せ》が高いくらいだったころ、わたしたちは計画を立てたんだ。ミクラガルドへの道を進もう、南の地で運をためしてみようとな。商人たちの話をたっぷり聞かされていたからな」

わたしはうなずいた。ダブリンのヴァイキングたちにまぎれて暮《く》らすひと冬のあいだに、南東へ何カ月も旅した場所にある城壁《じょうへき》に守られた黄金の都市の話を何度聞いたことだろう。ビザンティン帝国《ていこく》の皇帝《こうてい》が黄金の玉座《ぎょくざ》にすわる帝都《ていと》の話。それから、長く危険《きけん》な大河《たいが》を旅した話。そんな旅にむかうのはたいていバルト海沿岸《えんがん》の男たちだ。ミクラガルドへの道とは強大な帝国《ていこく》の中心へむかう道、新鮮《しんせん》な驚《おどろ》きに満ちた冒険《ぼうけん》と、富へいたる道だ……商人も旅人も、くりかえしそのことを語った。少年たちはきっと一度はその話に耳をかたむけ、旅への憧《あこが》れに胸《むね》をしめつけられ、夜には輝《かがや》くばかりの色にあふれた夢《ゆめ》をみたりしたはずだ。わたしだって足がむずむずするのを感じたのだ。

「おおきな琥珀《こはく》の原石をいくつももった商人がきたことがある。わたしのこぶしぐらいでかくて、太陽のような黄色をしたやつだ」トーモッドは話をつづけた。「アーンナスとヘリュフがいくつか、ほんの小さいのを売りつけた。嵐《あらし》のあとにはよく、海岸へ琥珀《こはく》ひろいにいったものさ。商人は琥珀《こはく》を南へもっていって、ぶどう酒やエナメル細工と交換《こうかん》する。旅からもどったらもっと話をきかせてくれる約束だったが、その男とはそれきり二度と会えなかった」

「あなたはそのひとに琥珀《こはく》を売ったりしなかったのでしょう」

「小さいのはずいぶん売ったさ。だが、これはべつだ」トーモッドはシャツの胸《むね》にふれていった。「商人はこれと交換《こうかん》にトナカイ皮のベルトをくれるといったが、こっちのほうがずっときれいに思えた。それにかたちがめずらしい。おまけに、これを見つけたその日に、子どものレスリング大会でいちばんになった。ちょうどシング・ギャザリングの日（古スカンディナビアの公共会議。長老議会や裁判《さいばん》もおこなわれる）だったんだ。だからこの琥珀《こはく》は幸運のお守りだと思っている。おまえもそんなふうに感じていたんだろう、あの夜、琥珀《こはく》を手にわたしをさがしてダブリンのまっ暗な小路を駆《か》けずりまわってくれたときに」

トーモッドはいきなり、ごろっと寝返《ねがえ》りをうつと、マントの下でまるくなった。「眠《ねむ》くなった」

わたしは獲物《えもの》をもとめて夜歩きする獣《けもの》にそなえて焚火《たきび》をかきたてた。まっ赤な燠火《おきび》の上に、最後に残ったイバラの根をくべながら考えていた。トーモッドについてきたのが、ここでなかったらよかったのに。ここはトーモッドが生まれ育った土地で、かれと血のつながった人びとや友だちや古なじみの犬たちがいる。けれどわたしには、なんのつながりもない。トーモッドには馴《な》れ親しんだ世界だが、わたしはここではよそ者なのだ。いまここから出発して、トーモッドとふたり、どちらも歩いたことのない道を世界の果てまでたどっていけたら、どんなにいいだろう。ミクラガルドへの道だっていい。

ちょうどそのとき、ひと吹《ふ》きの風がため息のようにヒースの若木《わかぎ》をすりぬけていった。わたしはぶるっと身ぶるいした。首のうしろの産毛《うぶげ》が、冷たい指でなでられたように逆《さか》だった。わたしはいましがたの思いをふりはらった。あれは悪い考えだ。トーモッドへの思いやりひとつない。自分のことしか考えていない。よこしまな考えだ。どうか二度と、あんな思いにとらわれませんよう。

わたしはうんと気をつけてイバラの根の位置をなおすと、マントをからだに巻《ま》きつけて、小屋の屋根の下にもぐりこみ、焚火《たきび》に足をむけてトーモッドのとなりに横になった。

第六章　帰郷《ききょう》

つぎの朝わたしたちはバノックの残りをたいらげ、旅の最後の道を歩きだした。いくつもの荒野《こうや》を越《こ》えていくとちゅう、つがいの相手をよぶダイシャクシギの鳴き声がずっと聞こえていた。日が高くのぼるにつれて湿地《しっち》に咲《さ》くギンバイカのあたたかな香《かお》りがたちのぼり、海からのしおからい空気と混《ま》ざりあった。午後の日ざしもかたむきはじめるころ、なだらかな尾根《おね》をこえた。そこから先は地面がゆるゆるとしずみこんで、広くあさい谷間がひらけていた。尾根《おね》の頂上《ちょうじょう》には小道のすぐわきに苔《こけ》むした背《せ》の高い石が立っていて、どうやら一対《いっつい》の目のようなものが彫《ほ》りこんであった。はるか昔に刻《きざ》みこまれた線は、雨風に打たれて消えかかっていた。石の横には強い風に吹《ふ》きたわめられたイバラの木がしげり、灰白色《かいはくしょく》の花がまばらに星をちりばめたように咲《さ》きだしていた。トーモッドは石のかたわらで足をとめ、変わった指の動きで石にふれた。「帰ってきたときのしきたりなんだ」トーモッドが説明した。「このつぎふたりでこの道をくるときは、おまえもこうするんだ……ここから先はもうスヴェンデールの村だ。家にもどったんだよ、ジェスティン」

わたしたちは歩きつづけた。牛追い道が尾根《おね》をくだって、谷間へとつづいていた。雲のすきまから射《さ》す日光が、あちらこちらに光のまだらを投げかけていた。

やがて地面に落ちる影《かげ》が長くなるころ、茶色の草葺《くさぶ》き屋根がいくつも見えてきた。開墾《かいこん》地《ち》のぐるりを細い川がとりまき、それをふちどるようにハンノキがしげっている。わたしたちは牧草と大麦の種をまくまで寝《ね》かせてある畑のあいだの小道を通っていった。もう開《かい》墾地《こんち》にはいったのだから畑で働く人びとのすがたを見かけていいはずだった。ところがあたりのどこにも人影《ひとかげ》はなく、妙《みょう》に静かだった。問いかけるようにとなりのトーモッドを見上げる。トーモッドもあたりに視線《しせん》を投げながら眉間《みけん》にしわをよせていた。

なにかおかしい。たがいに言葉はかわさなかったが、トーモッドは大またで歩きだし、わたしもそれにならった。トーモッドのあとについて小川までおり、牛追い道の浅瀬《あさせ》を水をはねちらしながら渡《わた》った。

人の声がようやく聞こえてきたときには、農家の庭先の門までやってきていた。畑にすがたが見えなかった村人がみんな、広い庭にあつまっていた。それどころかたぶん、谷の上流や下流の開墾地から、年寄りも若者も、男も女も、子どもや犬まで寄りつどっているらしかった。犬が何匹《なんびき》かぱっととびあがった。わたしたちが門をはいると、うれしげに吠《ほ》えながら競争で走ってきてトーモッドを出迎《でむか》えた。ところが人間のほうは、だれが来たかとふりむいても、おたがいにちらちら視線《しせん》をかわしてはまたこちらを盗《ぬす》み見して、へんにしんとしたままだった。なにかめんどうが起きて、決着がついていないときの静けさだ。なにかあったのはたしかだ。それもとても悪いことが。人垣《ひとがき》のむこう、家の戸口の前にはテーブルがいくつかならべてあるのが見てとれた。宴会《えんかい》の準備《じゅんび》だろうか。だれかがせきばらいした。なにかいおうとしたらしいが、けっきょくまた黙《だま》りこんだ。するとこんどは、老人がひとり人垣《ひとがき》からぬけだし、トーモッドのまわりに群れてあいさつしている犬たちをかきわけて近づいてきた。鼻が長く、目は好奇心《こうきしん》で輝《かがや》いている。騒《さわ》ぎを大きくしたり、悪い報《しら》せをひろめるのが好きな連中のひとりだ。

「不吉《ふきつ》なときに帰ったものだな、トーモッド・シトリクスン」

トーモッドは老人に目もくれなかった。なにが起こったのかは知らないが、この老人の口から説明してもらうつもりはないらしい。トーモッドは犬たちを押《お》しのけて家のほうへ歩きだした。犬たちは急に元気をなくしてあとについていった。そして、わたしも。万一のためにトーモッドのそばにいなければ、という気がしていたのだ。

家の前では女たちが長いテーブル板にかがみこむようにして肉やバノックの大皿とビールのはいった水差しをならべていた。トーモッドのすがたを見ると、女たちもぴたりと動きをとめて例の気づまりな沈黙《ちんもく》におちいった。なかのひとりが、年は若《わか》いけれどどうやらこの家の女主人らしく、家のほうをふりむいて戸口の奥《おく》の暗がりへ声をかけた。「シトリク、トーモッドが帰ったわ」

声に応《こた》えて、戸口にひとが出てきた。どことなくトーモッドに似《に》ているが、いくつか年上で、背《せ》が高く肌《はだ》もあさぐろく、ぶあいそうな感じの男だった。「トーモッド、弟よ！話は聞いたか？」

兄弟はたがいの肩《かた》に両腕《りょううで》をまわして一瞬《いっしゅん》かたく抱《だ》きあった。「いや、トランディス・フィヨルドからまっすぐ来たんだ」トーモッドはちょっと言葉をきった。「では、とうさんが？」

「そうなんだ」

ふたりはそろって家にはいっていった。それにわたしもまるで犬のようにトーモッドのあとを追っていった。

兄と弟は冬のあいだ牛をいれておくよう仕切りをつけた牛房《ぎゅうぼう》の中央通路を歩いていった。通路のむこうはじに松明《たいまつ》がともっていた。そこは広くなって、家族の居間《いま》になっているらしい。炉《ろ》の火《ほ》あかりはなかった。炉《ろ》の火は消されていた。松明《たいまつ》は亡《な》くなったひとの頭と足もとに置かれていた。遺体《いたい》は居間《いま》のまんなかに、茶色の大きなクマの毛皮をかけて横たえられていた。毛皮は喉元《のどもと》までかくしていた。シトリクがひとことも発さずにかがみこみ、毛皮をほんのすこしもちあげてみせた。

わたしは牛の仕切りのはじで足をとめていた。だから毛皮の下にあるものは見えなかった。けれどもトーモッドの背中《せなか》がこわばり、からだの両脇《りょうわき》でぐっとにぎったこぶしがふるえるのがわかった。

「だれにやられた？」

シトリクは毛皮から手をはなした。「アーンナスとヘリュフ・ヘリュフサンだ——どちらかか、両方か」

「アーンナス？　ヘリュフ？　まさか！」トーモッドはわめきだしたが、すぐに自分をおさえて、ことばをつづけた。「どういうことなんだ？」

シトリクは父親の遺骸《いがい》の枕《まくら》もとに立ったまま、抑揚《よくよう》のない声で話しだした。「この春はオオカミのやつらに悩《なや》まされてな。五日前、とうさんはオオカミ狩《が》りに出た。あたらしい弓を試《ため》しにいったんだ。あたらしいものが手にはいると、とうさんがどんなふうだか、おまえも知っているだろう。おそくまで狩《か》りをつづけた。夕暮《ゆうぐ》れになって、裏《うら》の丘《おか》のハンノキ林のなかでなにか動くのが見えた。とうさんはオオカミだと思った。暗くてはっきりとはわからなかったが、それでも矢を放った……」

「オオカミではなかったんだな」トーモッドがつぶやいた。

「黒ひげのヘリュフだった。あの古いオオカミ皮のマントを着ていたんだ」

「それでアーンナスとヘリュフが血の復讐《ふくしゅう》を選んだわけだ」

「シングが招集《しょうしゅう》されて、裁定《さいてい》を下すことになっていた。まちがって死なせたわけだから、裁定者《さいていしゃ》が賠償金《ばいしょうきん》の支払《しはら》いを命じて、たぶんそれでかたがつくだろうと思っていたんだ。だが、ヘリュフとアーンナスは……とうさんが下のヒツジの囲《かこ》いを見まわりに馬で出かけたところを襲《おそ》ったにちがいない。きのうの夜明けにふたりはラウドベック川のそばにすがたをみせて、境石《さかいいし》のところにとうさんの遺体《いたい》を投げ捨《す》てていった。ちょうどアルフが牛を放牧に出たところだった。ふたりはアルフにどなった。シングのじいさま連中など待っていられない、父親を殺《ころ》された代償《だいしょう》は血で払《はら》ってもらう、となそしてふたりは馬で南へ走り去った」

トーモッドがしばらくして口をひらいた。「とうさんが馬でひとりで見まわりに出るなんて。魔《ま》がさしたのか」

「たぶん、むこうもシングの裁定《さいてい》を待って、それにしたがうはず、と思ったんだろう」

「そんなはずはないとわかっていたのかもしれない。そして思ったんだ。自分はもう人生の盛《さか》りを生きてしまった。自分ひとりが死んですむなら、家族をまきぞえにするより安い。焼き討《う》ちされて、家族の上に屋根が崩《くず》れおちるよりは。それが古くからの流儀《りゅうぎ》だからな」

トーモッドは「なぜとうさんをひとりで行かせた？」となじっているわけではなかった。ただありのままを語るときの口調だった。わたしの部族の人間は、血を分けた者が死んだときも泣きわめいたり頭に灰《はい》をかぶったりなどしない。それでも、これほどの静けさはわたしがそれまで一度も見たことがないものだった。

それまでとおなじ平静で淡々《たんたん》とした調子でトーモッドが付けたした。「ヘリュフ農場に焼き討《う》ちをかける、返礼にな」

「古くからの流儀《りゅうぎ》というわけか？　ヘリュフの若《わか》オオカミは巣にはいないぞ」

「では、どこに？」

シトリクの目がこちらにむいた。わたしを見ているのかと思ったが、すぐにわたしの肩《かた》越《ご》しに、うしろから近づいてきただれかを見ているのだとわかった。奴隷《どれい》首輪をつけた大きな男が前かがみでわたしの横をすりぬけて、松明《たいまつ》の明かりのなかへはいっていった。トーモッドがふりむいて男に目をやった。

「アルフ？」

男はごくりと喉《のど》を鳴らした。「あいつらはわめきちらしてました――アーンナスが、馬で駆《か》け去るまえに、わたしにどなったです。だれにでも、聞かれたら、こう答えろと。琥《こ》珀《はく》商人はいまごろまた、おもしろい話をいくつか仕《し》込《こ》んでいるだろうから、そいつを聞きにいくつもりだ、と」

シトリクが弟をのぞきこんだ。「どういうことか、おまえにはわかるか」

トーモッドがうなずいた。「わかるとも。わたしにあてた言葉だから」

「そうなのか？　どういう意味だ？」

「アーンナスとヘリュフは、わたしもまた金をもらって満足などしないとわかっているということさ。ふたりはミクラガルドへむかったんだ」

「逃《に》げだすとは、あのふたりらしくもない」シトリクがいった。

「まさか。逃《に》げるような連中じゃない。家の屋根が炎《ほのお》につつまれているのに手をこまねいて死を待つ者などいない。ほかに打つ手があるのならな。家族の心配だってある。それでも、どこへ行けばいいか、わたしに伝言を残していったんだ」

「わたしたちふたりへの伝言だぞ」シトリクがいった。苦しげだが、口調に迷《まよ》いはなかった。

「いや、わたしひとりにあてた言葉だ。にいさんは長男で妻《つま》もいる。ここに残ってふたりで農場を守ってもらわなければ。じいさまが荒野《こうや》を開墾《かいこん》したのは、孫がふたりともミクラガルドへの道を踏《ふ》みだして、せっかくきりひらいた畑をもとの荒野《こうや》にしてしまうためではないんだ」

シトリク・シトリクスンは一瞬《いっしゅん》黙《だま》りこんで、クマの毛皮におおわれた遺骸《いがい》のこわばった顔を見おろした。決心がつかないかのように。いつでもすこし迷《まよ》ってしまうひとなのだ、とわたしは思った。心を決めるのに時間がいるのだ。「まあいい、そのことはあとでとっくり話しあおう」ようやくシトリクがいった。「みんな通夜《つや》のために中庭にあつまっている。わたしたちも出ていかなければ」

ふたりは通路のほうへ顔をむけた。アルフはもう行ってしまっていた。わたしもふたりの前を急いで、外の暮《く》れかけた光のなかへすべりでた。松の節こぶの松明《たいまつ》がちょうどともされたところで、松やにのにおいのする黒いけむりがかすかな風に巻《ま》かれてさらわれていった。みんなはもう食べものと飲みものに群がっていた。盲目《もうもく》の竪琴弾《たてごとひ》きがどこからともなくあらわれた。わきには犬がぴったりつきそっている。さまようような足どりでベンチのはしにすわり、竪琴《たてごと》の調子を合わせはじめた。

どこか近くで牝牛《めうし》が低く鳴いた。もう乳《ちち》しぼりの時刻《じこく》をすぎていた。わたしひとりがよそ者だった。まわりはみんなトーモッドの一族で、わたしとはなんの関わりもない。わたしは牛の囲《かこ》いをさがすことにした。見知らぬ土地で、まだしもなじみがある場所に思えたからだ。

木の枝《えだ》を編《あ》んだ柵《さく》からのりだすようにして、暖《あたた》かく心をなごませる牛のにおいをかいでいるときだった。人びとのざわめきと竪琴《たてごと》の音よりひときわ高く呼《よ》ぶトーモッドの声が背《はい》後《ご》で聞こえた。「ウミツバメよ、ウミツバメ、来てくれ！」わたしを呼《よ》んでいるのだ。

それでわたしは、心をなぐさめてくれる牛たちからはなれてトーモッドの世界へ、中庭の人びとと松明《たいまつ》の明かりのなかへと、もどっていった。

するとトーモッドの腕《うで》がわたしの肩《かた》を抱《だ》いて、松明《たいまつ》に照らされたいくつもの顔のほうへぐるりとふりむかせ、こういった。「ジェスティンだ。ともに急場をしのいだ友、海のかなたの西の島からいっしょにもどってきてくれたんだ！」

第七章　血の誓《ちか》い

　あとになってみると、あの通夜《つや》の騒《さわ》ぎのことは、つぎの朝に残った頭の痛《いた》みの霧《きり》につつまれて、ほとんど記憶《きおく》がない。ひとつだけはっきり覚えていることがある。夜もかなりふけたころ、盲目《もうもく》の竪琴《たてごと》弾《ひ》きトーンがすっくと立ちあがってこういった。「こんどはあたらしい歌をうたおう――額《ひたい》に血の贖《あがな》いのしるしをいただいて、この土地をあとにするふたりの男へのはなむけに。ふたりの兄弟がふたりの兄弟にたちむかう。かれらがもどるのは、すべてが終わり、死んだ者のために弔《とむら》いの歌がうたわれたときだ」わたしはなんとなくみじめな気持ちになって、歌のほうはまったく聞いていなかった。

　つぎの日、シトリク農場のあるじは最後の憩《いこ》いの地に、近縁《きんえん》の死者たちのそば近くに葬《ほうむ》られ、よその開墾地《かいこんち》からやってきた客たちはみんな帰っていった。その日の夜、わたしが牛舎《ぎゅうしゃ》の二階にある干《ほ》し草置き場の暗闇《くらやみ》で目を覚ますと、横に寝《ね》ていたはずのトーモッドのすがたがなかった。

はじめは用足しにでもいってすぐもどってくるのだろうと思った。それで横になったまま、草葺《くさぶ》き屋根のすきまからさしこむ月の光の細い線をながめて待っていた。ところが月の白い光がシロツメクサの曲がった茎《くき》からひからびた花穂《かすい》に移《うつ》って、花の小さな影《かげ》がくっきりと落ちるころになっても、トーモッドはもどらなかった。わたしは不安になった。トーモッドとともにミクラガルドへの道を行くのを当然と思っていたけれど、ウミツバメ号が故郷《こきょう》へ船出する用意がととのったときも、いまも、状況《じょうきょう》はおなじだ。トーモッドとわたしはそのことについてひとことも話してはいないのだ。それに盲目《もうもく》のトーンは「ふたりの兄弟が」とうたったではないか……しかし、それでは話が合わない。シトリクは農場に残ると決まっている……。あんまり不安でまともに考えることもできなかった。でなければ、シトリクは行かないと考えて、すこしは安心できたはずなのに。

トーモッドが、だれにも別れをつげずに出発しようと夜のあいだにそっとぬけだしてしまったとしたら？　朝起きてみると、とっくにひとりで旅立ってしまっていたら？　おちついてあたりを見まわせば、トーモッドのわずかな身のまわりの品がちゃんとかれが置いた場所にあるのがわかったはずだ。しかしわたしは不安に喉《のど》をしめつけられていた。

わたしはいつもどおり半ズボンと肌着《はだぎ》を着たまま横になっていた。生皮の靴《くつ》をはいて粗《あら》い毛織《けおり》のチュニックを頭からかぶり、ベルトにたったひとつの持ちものであるナイフをさせば、用意はできた。

はやる気持ちと音をたてまいという用心で、胸《むね》が苦しかった。干《ほ》し草置き場の床《ゆか》にからだをすべらせてぶらさがり、下にあるはずの牛の囲《かこ》いの柵《さく》を足でさぐって、できるだけ軽くまんなかの通路にとびおりた。

通路のむこうはじの居間《いま》をうかがったが、いぶり火の赤い点がぽつりと見えるだけだった。犬が一匹《いっぴき》、気配に気づいて低くうなったが、たいしたことはなかった。犬たちは夜にひとが出入りするのには慣《な》れているのだ。大きな箱型《はこがた》ベッドからシトリクが寝《ね》ぼけ声で犬をしかった。わたしは足をとめ、息をつめた。犬は不満そうにうなりながらも静かになった。わたしは歩きだした。戸口の扉《とびら》は表からも内からも動かせる掛《か》け金がかけてあった。トーモッドが閉《し》めておいたのだろう。わたしはできるかぎり音をたてないように扉《とびら》をひらき、外にすべりでて、寝《ね》しずまった農場の中庭をよこぎった。枝編《えだあ》みの柵《さく》は横にずらしてあった。トーモッドはやはり外へ出たのだ。だが、帰るつもりがないのなら、柵《さく》をあけたまま行ってしまったりするだろうか？　さっきまでの不安のほかに、こんどは疑《うたが》いが頭をもたげてきた。しかし、わたしは知る必要があった。そう、知らなければならない。

だからわたしも、柵《さく》の外の道に一歩踏《ふ》みだした。月の光を受けて、わたしの影《かげ》もいっしょに動いた。浅瀬《あさせ》まで、それからそのむこうののぼり斜面《しゃめん》までも、道に人影《ひとかげ》はなかった。門のすぐむかいからリンゴ園がひらけて、ちょうど花がほころびはじめたところだった。強風にさらされつづけたため背《せ》が低く、枝《えだ》がみんな一方向にむかってのびている。このリンゴは収穫《しゅうかく》したばかりは食べられたものではないが、冬至《とうじ》のころ水気がとんできいろくしなびてくると、蜜《みつ》のようにあまくなる。月光がリンゴ園一面にさしこんで、銀と黒の縞《しま》もようと、山猫《やまねこ》の毛皮のようなまだらをつくっていた。身動きさえしなければ、どんな生きものも木々《きぎ》のあいだにまぎれてしまいそうだ。そのときなにかが、いや、人影《ひとかげ》が動くのが見えた。リンゴ園のぐるりをまわりこんで荒野《こうや》のほうからおりてくる小道を歩いてくる。すぐにトーモッドだとわかった。かれは足をとめていま来たほうをふりむいた。広くひらけた荒野《こうや》の、暗い丘《おか》の方角を。その朝、シトリク農場のあるじを葬《ほうむ》った場所だ。ようやくわたしにもわかった。トーモッドは別れを告《つ》げてきたのだ。日の光のもと、ほかの人びとのいる前でではなく、いまひとりで父親にいとまごいをしてきたのだ。父の墓《はか》の前でどんな誓《ちか》いをしてきたのだろう。それは前の夜弔《とむら》いの席でなかば酔《よ》って口にしたしきたり、、、、どおりの復讐《ふくしゅう》の誓《ちか》いや、流血の興奮《こうふん》にかられて口にした大げさな誓《ちか》いとは別のものだったはずだ。男にはひとりでしなければならないことがある。わたしは追ってきてはいけなかったのだ。ひきかえそうとしたとき、道のはしのゆるんだ小石につま先がぶつかった。小石が転がり、トーモッドがさっとふりかえった。

「だれだ？　ジェスティン、こんどもおまえか！」

「あの――じゃまをして――」わたしは口ごもった。「もう、もどります――」

「かまわん。だがなにをしに来たんだ？」トーモッドは道へおりてくると、シャツの胸《むね》に指をやった。あの琥珀《こはく》の魔《ま》よけがさがっているあたりだ。「こんどはちゃんとここにあるぞ。なのに、またおまえのたすけがいると思ったのか？」

「ぼくをおいて行ってしまったのかと思ったんです」自分の耳にも子どもっぽく聞こえた。

「そんなことをすると思うか？　おまえになんにもいわずに行くなんて？」トーモッドはまじめな顔つきになった。

「あの――いえ――目が覚めたらいなかったから。たぶんまだビールに酔《よ》っているんだと思います。あんなに飲んだことなかったから。だけど――なにがあっても、ぼくはいっしょに行きます！」

沈黙《ちんもく》がおりた。かすかな風がリンゴの枝《えだ》をゆらして吹《ふ》きすぎた。トーモッドが口をひらいた。「いっしょにだと？　わたしは父の死にたいする血の償《つぐな》いを誓《ちか》った。だがおまえがわたしと道をともにするいわれはない」

「あなたが行くならぼくも行きます。むこうがふたりなら、こちらもふたりでなくては」

「『ふたりの兄弟がふたりの兄弟にたちむかう』盲目《もうもく》のトーンはそういっただろう」

「よく覚えています」わたしは答えた。

「トーンのことばは忘《わす》れないようにな。ほかの人間のように目で見ることはできなくても、ものごとを見とおす力をもっているんだ」トーモッドは手をさしだした。「ナイフをもっているな？　貸《か》してくれ」

ベルトから抜《ぬ》いて渡《わた》すと、トーモッドは右手にナイフをにぎり、左の手のひらを上にむけた。白い炎《ほのお》のような月光をあびて、手首の内側の日焼けがうすい部分に静脈《じょうみゃく》がうす青く枝分《えだわ》かれしているのが見えた。アイリスの花びらに走る青い線のようだった。トーモッドがナイフのきっ先を真横に引くと、一本の黒い線が残って血が点々《てんてん》ともりあがってきた。血は月光で黒く見えた。トーモッドはナイフを返してよこした。「さあ、おまえも」

わたしの手首にもおなじ傷《きず》をつけると、たがいの傷口《きずぐち》をつよくこすり合わせた。しずくが、長くのびた草の上に散った。儀式《ぎしき》はそれで終わった。

「これでおまえとわたしの血はひとつになった」トーモッドがいった。「ふたりの兄弟がふたりの兄弟にたちむかう。いまはおまえの額《ひたい》にも血の復讐《ふくしゅう》のしるしがつけられた。盲目《もうもく》のトーンがいったとおりにな。わたしの道はおまえの道になった。ミクラガルドへ、そしてさらにその先までも」

こうしてわたしは、死に顔しか知らない男の血の償《つぐな》いをするために、いのちをかける誓《ちか》いをしたのだ。

トーモッドとわたしは暖《あたた》かい干《ほ》し草置き場の暗がりにもどって短い眠《ねむ》りをとった。つぎの朝、トーモッドは家族に別れを告《つ》げ、わたしたちは旅立った。それぞれちびの小馬にのって、わたしは生まれてはじめて、剣《けん》が太ももをたたき剣《けん》をつるす帯の重みを肩《かた》に感じていた。武具《ぶぐ》をいれる櫃《ひつ》から出してきた古い剣《けん》だった。オオカミの毛皮でつくったさやは、すれてところどころはげかけていた。木の柄《つか》は男たちの汗《あせ》がしみこんでくろずんでいた。しかし油をぬって手入れされた刃《は》は鈍《にぶ》ってはいなかった。剣《けん》の握《にぎ》りが手になじみ、刃《は》がわたしの意のままに動くようになるまでどのくらいかかるだろうか。

とにかくも、わたしたちはミクラガルドへの道を踏《ふ》みだしたのだ。

数日後、オーフースで小馬を売りはらった。ここでエスランド海峡《かいきょう》は南にひらけバルト海につながる。その日の夕方わたしたちは、古い船の天幕《てんまく》をはりわたした港の酒場でビールのつぼと豚肉《ぶたにく》の皿をはさんですわっていた。男がひとり、外の小路からふらりとはいってくると、むかしは海賊《かいぞく》だったという一本足のあるじに話しかけ、客のひじや投げだした足のあいだをぬうようにして、すみのわたしたちの席へやってきた。ばかに大きくて、腕《うで》も脚《あし》も長い。背《せ》が高く、ごわごわした砂色《すないろ》の髪《かみ》が潮《しお》のしみついた天幕《てんまく》をこすった。白い肌《はだ》にそばかすがちらばり、瞳《ひとみ》は海のような灰色《はいいろ》がかった緑だった。

「どっちがトーモッド・シトリクスンだ？」男がいった。

「わたしだ」トーモッドが答えた。

「ふん。あんた、町じゅうを聞きまわってたらしいな。男をふたりさがしてるんだろ」

「そうだ」

「一杯《いっぱい》飲ましてもらえないか」

「あんたがふたりの居場所《いばしょ》を知っていて、それがまちがいなくわたしのさがしている相手なら、すきなだけ飲んでもらおう。その腹《はら》が古い皮袋《かわぶくろ》みたいにやぶけないかぎりな」

男は丸いすをつかんで腰《こし》をおろし、酒のしみだらけのテーブル板にひじをついた。

「アーンナスとヘリュフ・ヘリュフサンてのが連中の名前だ。ひとりのほう――アーンナスだと思うが――には、頬骨《ほおぼね》のとこに小さい傷跡《きずあと》があって、左右色ちがいの目。片方《かたほう》が青で、片方《かたほう》は灰色《はいいろ》だ」

トーモッドがうなずいた。「ふたりはどこにいる?」

「喉《のど》がかわいてるんだ」男はにやっと笑った。

トーモッドは男をじろっとにらむと、給仕《きゅうじ》の子どもをふりむいてどなった。「こっちへ酒だ!」

あふれるほどビールをついだジョッキが運ばれてくると、男はひったくるように手元にひきよせた。「ドリンク・ヘイル!（健康をいのって!）」とひとこと。とたんにジョッキの半分が男の喉《のど》に消えた。

「ワス・ヘイル!（あなたにも健康をいのって!）」と返礼してトーモッドも自分のジョッキから飲んだ。「ふたりはどこだ?」

男はジョッキをおろして、手の甲《こう》で口をぬぐった。「ここにはいない」

「そんなことだろうと思った」トーモッドは手をのばして男の前のジョッキをひきよせた。

たがいににやりと笑って視線《しせん》をかわす。かけひきを心から楽しんでいるのだ。「もともとオーフースでふたりをさがして時間をむだにするつもりなどないさ。とっくに出発したはずだ。ふたりはいつ船に乗った？　それと船の名は？」

「三日前だ」男はジョッキを取りかえすと、また飲んでテーブルにもどした。「連中はまず、おれたちの船『赤い魔女《まじょ》』に来た。ハーカン・ケティルサンが乗り手をあつめていたんだ。まずキエフ、それからミクラガルドまでの航海《こうかい》だ。ところが『海蛇《うみへび》』が何日か先に出帆《しゅっぱん》するのがわかった。連中、だいぶ急いでいたらしいな」

「だろうとも」トーモッドがいった。

男は片方《かたほう》の眉《まゆ》を上げてみせた。「友だちかい？」

一瞬《いっしゅん》、冷たい沈黙《ちんもく》がおりた。トーモッドが口をひらいた。「わたしの父が、ふたりの父親をあやまって死なせるまではな。ふたりは血の復讐《ふくしゅう》を宣言《せんげん》して、わたしの父を殺《ころ》した」

「なるほど。そういうことか！　なら、『赤い魔女《まじょ》』を待たないで『海蛇《うみへび》』に乗り組んだのもふしぎはないな。にしても、これじゃあまったく、行方《ゆくえ》をくらますことにならんな」

「逃《に》げかくれするつもりなどないのさ」トーモッドはうつむいてビールのつぼにむかってつぶやくと、わたしにつぼをまわしてよこした。

男はちょっと目をみはってトーモッドをながめ、肩《かた》をすくめると、また自分のジョッキに口をつけた。しばらくしてトーモッドが口をひらいた。「いまの話のハーカン・ケティルサンは、まだ乗り手をあつめているところか？」

「おれだったら、シングにうったえて和解《わかい》の賠償金《ばいしょうきん》を受けとるがなあ。血を流したからって老いたオオカミが帰ってくるわけじゃなし。それに金にはいつだって使いみちがある」

わたしはトーモッドを見守っていた。まぶたがゆっくりつりあがって相手を見すえ、首の筋肉《きんにく》が固くふくれあがった。「しかし老いたオオカミのためにはなる――血が流されれば、死んだ勇者のつどうヴァルハラで、頭《こうべ》を高くあげて座《ざ》をしめる権利《けんり》があたえられるからな」

わたしは曲がりなりにもキリスト教徒として育った。だから血の償《つぐな》いとはつまり、敵《てき》にたいする復讐《ふくしゅう》だとばかり思っていた。このときになってはじめて、トーモッドやかれの部族の人びとにとって、これは死者の名誉《めいよ》の問題なのだとわかった。わたしはそのころ、いろんなことをつぎつぎに学んでいった。

「ひとの道はそれぞれだからな」男が答えた。「で、あんたの道はキエフへつづいてるってわけだ」

「さらにミクラガルドまで、ということになるかもしれない。では、船長に話をつけに行こうじゃないか。漕《こ》ぎ手にふたり空きがあるうちにな」

「この若《わか》いのもいっしょなのか？」男がわたしをあごで指した。

「義兄弟《ぎきょうだい》のジェスティンだ。そのとおり、いっしょに来る」

「ふむ、ようやく名のりあうとこまできたな。トーモッドにジェスティン――おれはオームだ。さあ、これで名をかわした友人だ。おまけにこれから、おなじ船の仲間になる。もう一杯《いっぱい》、いこうぜ。船旅の幸運と、あんたのおっかない目的がみごと果たされることをいのって乾杯《かんぱい》だ。船長に会うのはそれからだ」

というわけでビールのジョッキがあたらしく運ばれ、三人は順ぐりにたがいの健康をいのってまわし飲みした。「ワス・ヘイル！　ドリンク・ヘイル！　ワス・ヘイル！」

第八章　大河《たいが》の旅

短い夏の夜のうす暗がりのなかで、わたしたちはハーカン・ケティルサンの居所《いどころ》をつきとめた。船長は赤い魔女《まじょ》号の船員たちと酒場にくりこんでいたのだ。

ずんぐりした、がんじょうそうな男で、顔は古びた船の肋材《ろくざい》から粗《あら》くけずりだしたような感じだった。隻眼《せきがん》だが、ひとつ残った目はよく光っていて、この目が見のがすものはたいしてないだろうと思えた。その目がするどく動いてわたしとトーモッドを値《ね》ぶみした。きびしくひとを選んで、たまたま潮《しお》にのって航路《こうろ》をよこぎった波止場の浮《う》き滓《かす》などぜったいにつかまされない男なのだ。ところがオームが自分の友人だと口ぞえして、しかもこの友情《ゆうじょう》がほんの一時間前に生まれたことをついいい忘《わす》れてくれた。おかげでまもなく、わたしたちは船長があぶらじみた財布《さいふ》からとりだした羊の関節の骨《ほね》をひとつずつわたされた。それが赤い魔女《まじょ》号の船員のしるしだった。それから一同で旅の幸運と順風に恵《めぐ》まれることをいのって乾杯《かんぱい》になった。最後にはふらつく足を踏《ふ》みしめ、たがいの肩《かた》に腕《うで》をまわして歌いながら船小屋まで歩き、赤い魔女《まじょ》号が出航《しゅっこう》を待っている雨よけ天幕《てんまく》の下に転がりこんで、残りすくない夜を雑魚寝《ざこね》することになった。

二日後、食料や商品が甲板《かんぱん》の下の狭《せま》い空間にきっちりおさめられ、わたしたちは赤い魔《ま》女《じょ》号を澪《みお》に押《お》しだして、いっせいに櫂《かい》をくりだした。まずはボルンホルム島にむかい、そこからさらにバルト海を東へ横断《おうだん》するのだ。

しかし天気はわたしたちに味方しなかった。北寄《よ》りの強風にみまわれて、五日間ボルンホルムの西の突端《とったん》にある入り江《え》で釘《くぎ》づけになった。ようやくドヴィナ川の広い河口《かこう》にたどりついて粗《あら》い枝編《えだあ》みの壁《かべ》にタールをぬった防水布《ぼうすいふ》で屋根をかけた交易所《こうえきじょ》があちこちにちらばる三角州《さんかくす》を目にし、水の補給《ほきゅう》やどたん場で足りなくなった品の補充《ほじゅう》をすませたときには、海蛇《うみへび》号に十一日の遅《おく》れをとっていた。

「たいしたことないさ」トーモッドがいった。「ミクラガルドまで先は長いんだ」

はじめて川をさかのぼったあの数週間でおもに心に残ったのは、ふたつのことだった。ひとつは休みなく背骨《せぼね》も折れそうなほど櫂《かい》を動かす重労働、もうひとつは両岸で風に鳴っている、黒くうっそうたるマツの森だ。川も、赤い魔女《まじょ》号も、背中《せなか》をたわめて漕《こ》ぎつづけるわたしたちも、川岸までせまる森にもろともにのみこまれ、おしつぶされてしまいそうな気がしたものだ。

ドヴィナ川は場所によっては船が四隻《せき》ならんで通れるほど幅《はば》があった。ときおりもどりの船が刺繍《ししゅう》した麻布《あさぬの》や奴隷《どれい》女や南方産のぶどう酒の大がめを積んでいくのとすれちがった。川幅《かわはば》が広がると、そのぶん流れもゆるくなる。追い風のときには横帆《よこほ》をあげるので、多少はらくになった。けれどもたいていは、朝から晩《ばん》までひたすら漕《こ》ぎつづけ、流れにさからって上流へ船を進めるしかなかった。くる日もくる日も櫂《かい》をにぎって、単調な動きをつづける。両岸の森はゆっくりとうしろにすべっていくけれど、どれだけ漕《こ》いでもあいかわらず黒い森があらわれて、いつまでたってもおなじ場所にいるような錯覚《さっかく》にとらわれた。

夜は岸にあがった。赤い魔女《まじょ》号も流れからひきあげ、野営《やえい》する。たいてい夕食には魚を釣《つ》った。新鮮《しんせん》な魚は、日ごとに蛆《うじ》だらけになっていく干《ほ》し肉よりはるかにましだった。一、二度いつもより早めに上陸したときには何人かが狩《か》りにでたが、獲物《えもの》はないにひとしかった。森のなかで動くものといえば長いあごひげをはやした巨大《きょだい》な野牛くらいだったし、この連中は、一日の重労働を終えてからあまった時間でたおせるような、やわな相手ではなかった。

夜はまた、野営《やえい》の焚火《たきび》のそばにいるとかならず、トーモッドが立ちあがって剣《けん》をぬいた。かれの国では武装《ぶそう》せずに歩きまわる男はいない。そして武装《ぶそう》する以上は、昼間どんなにつらい仕事をしようが、眠《ねむ》る時間になっていようが、訓練はかかせない。だからトーモッドは、わたしが立ちあがっておなじように剣《けん》をぬくまで、そこに立ってじっとこちらを見おろしていた。それからわたしたちは、どんなに疲《つか》れていようと、剣《けん》の突《つ》き、押《お》し、かわし技《わざ》をみがくのだ。剣《けん》の刃《は》が大きく風を切るたびに、焚火《たきび》の炎《ほのお》とマツの節をつかった松明《たいまつ》の明かりをとらえた。あの長い川の旅のあいだに、牛飼《うしか》いと奴隷《どれい》の生活しか知らないわたしに、トーモッドは戦士《せんし》としての手ほどきをしてくれたのだ。

それにしてもあの旅のなんとつらかったこと。一日の終わりに剣《けん》の訓練がなくとも、何週間も川をさかのぼる旅はとてもきつかった。日がたつにつれて、不平をこぼす者もでてきた。ハーカン船長が毎日あんまり長時間漕《こ》ぎつづけさせる、というのだ。けれどその先には、さらにきつい行程《こうてい》が待ちうけていた。

「連水陸路にはいったら、労働とはどういうことかわかるぞ」ハーカン船長は、この経路《けいろ》がはじめての者たちにいいきかせた。そしてついにそこにたどりついたとき、わたしたちは身をもってそれを知ることになった。

ドヴィナ川は北のバルト海に流れこんでいる。それに対してドニエプル川は弧《こ》をえがくように流れ、キエフを通って黒海に注ぐ。そしてドニエプルの源流《げんりゅう》は、ドヴィナ川から暗い森の奥《おく》へ何日も旅したあたりにあるのだ。だから大河《たいが》をくだる船は、ふたつの川のあいだではひとの手で陸路を運ばれることになる。

ドヴィナ側の連水陸路の出発点には小さなラス人集落があった。ヴァイキングが森林部族の女と定住してできた集落だ。目が細く頬骨《ほおぼね》が高い森林部族と、北方人種との混血《こんけつ》の人びとが、通過《つうか》する船人相手の仕事で生活をたてている。この村でハーカン船長は、雄牛《おうし》十頭と牛追いを雇《やと》い、商品と装備《そうび》を運ぶそりも借りた。なによりも船を軽くして陸路を動かせるようにする必要があったからだ。さらに、赤い魔女《まじょ》号の下にかませる太いころも借りた。運搬《うんぱん》用具のすべりをよくするためのタールと豚《ぶた》の脂《あぶら》も仕入れた。こうしてあるどんより曇《くも》った朝、木々《きぎ》の下に雲のように群がって襲《おそ》ってくる蚊《か》の大群のなかをわたしたちは出発した。

「毎年のように、この陸路を行くやつらがいるんだよな」オームがいった。「きっとそういうやつらは、うんとちびのころ、さかさに落とされて頭を打ったにちがいないぜ」

八頭の雄牛《おうし》が赤い魔女《まじょ》号をひっぱり、残る二頭が荷を積んだそりにつながれた。それで船の連中はらくができたかというと、そんなことはなかった。連水陸路は森の奥《おく》ふかくを通って切りひらかれているので、道をふさいでいる落ち枝《えだ》や倒木《とうぼく》がないか、つねに先回りして確認《かくにん》しなければならなかった。ころの上を船尾《せんび》が通過《つうか》したとたんにひきぬいて、大急ぎで船首側にまわり、ゆれながら進む船の下にかませてやる仕事もあった。ころが摩擦《まさつ》でけむりをあげはじめたらすぐに豚《ぶた》の脂《あぶら》をぬるよう気をくばった。雄牛《おうし》は一定の速さで船をひっぱりつづけてくれたが、道がすこしでも登りにかかると、船を押《お》しあげるには全員が力をふりしぼって加勢《かせい》しなければならなかった。逆《ぎゃく》に道が下りにはいると、わたしたちはかかとが土に埋《う》まるほどふんばって、制動綱《せいどうづな》で重い船をひっぱっていなければならない。さもないと、暴走《ぼうそう》した船が雄牛《おうし》を押《お》しつぶしたうえにこわれてしまうかもしれなかった。陸にあげられて機嫌《きげん》をそこねた赤い魔女《まじょ》号が腹《はら》いせに、旅の一歩一歩をつらい苦役《くえき》にしているのではないかとさえ思えた。そんなふうに感じたのは、わたしひとりではなかった。

そんなぐあいに、わたしたちはうめき、汗《あせ》を流し、悪態《あくたい》をつきながら進んでいった。わたしたちがたてる騒々《そうぞう》しい音が森に広がった。けれど森の奥《おく》の暗がりから音が返ってくることはなかった。かすかな風がモミの木のこずえを鳴らすことはあっても、はるか下で汗《あせ》を流しているわたしたちのところまで涼《すず》しい風がとおることはけっしてなかった。あとはときおり、なにかの鳥がするどい警戒《けいかい》の声をあげるくらいのものだ。しかし八日目の夕方ついに、わたしたちは最後の尾根《おね》にたどりついた。目の下に、木々《きぎ》をすかして、黒く光る川の流れとドヴィナ側の村とよく似《に》たまばらな集落が見えた。

だれかがかすれた声でさけんだ。「ドニエプル川だ！」

ハーカン船長が笑って答えた。「まだまだ。あれはドニエプルに流れこむ支流《しりゅう》だ。ここいらの連中がつけた名前もあるが、よそ者は舌《した》がもつれそうなやつだ。おれたちのあいだではビーヴァー川と呼《よ》んでいる」

「しかしあそこが、連水陸路の終点なんだろう？」わたしのすぐ前でトーモッドがいった。ちょうど制動綱《せいどうづな》にとりついているところなので、すこし息がきれていた。

「そのとおり、終点だ。あとはキエフまで川くだりの旅さ」

その晩《ばん》は、北行きの商人の一行もくわえて祝いの宴《うたげ》になった。かれらは翌朝《よくあさ》、連水陸路の旅に出発するのだ。食物を分けあい、おなじ火をかこんで料理し、北と南の情報《じょうほう》をとりかわした。すぐにトーモッドが海蛇《うみへび》号の消息をたずねた。「何日か前にすれちがったと思うんだが」

「そうそう」北行きの船長が指を折ってかぞえた。「ひと晩《ばん》いっしょに野営した。あんたらより十日か十二日は先へ行っているかなあ。だが、こんどの旅ではミクラガルドまでたどりつけまいよ」

「そんなわけがあるか」ハーカン船長がきりかえした。「月があと二回満ち欠けしてもまだ、キエフまでの水路はとざされないはずだ」

もうひとりの船長は口に残った豚《ぶた》の軟骨《なんこつ》を火のなかに吐《は》きだした。「足どめをくわすのは氷じゃない。ウラディミール様さ。船も兵もあつめていなさる」

みんなが聞き耳をたてた。ハーカン船長がもうひと押《お》しした。「あつめてどうする？そこまで教えてくれたんだ、もうすこし話してくれ、友よ」

いまでもよく覚えている。わたしは両ひざをだいてすわり、目のなかは焚火《たきび》の炎《ほのお》でいっぱいだった。一日の労働に疲《つか》れて半分うとうとしながら、もうひとりの船長が「もうすこし」話すのに耳をかたむけていた。一年以上もヴァイキングのなかで暮《く》らしていたので、話の背景《はいけい》もすこしはわかっていた。つまり、こういうことだ。ビザンティン帝国《ていこく》はブルガルとよばれる民族と長らく戦争をつづけていた。ふたつの国は国境《こっきょう》を接《せっ》している。ちかごろブルガル人はじりじりと南下して、帝国《ていこく》の一部のギリシアという地方にはいりこんだ。

帝国《ていこく》の皇帝《こうてい》バシリウス二世は報復《ほうふく》としてブルガル人たちの国の都に兵をひきいて攻《せ》めこんだが、そこで大敗を喫《きっ》した。もうひとつ、皇帝《こうてい》の遠征《えんせい》中にふたりの将軍《しょうぐん》が反乱《はんらん》を起こした話も小耳にはさんでいた。そのふたりは前にも問題を起こして、ひとりは追放され、もうひとりは追放同然にアジアのどこかの司令官の地位をあたえられた。ふたりはそれぞれこの機会にとびついて、あつめられるだけの兵をかきあつめ、皇帝《こうてい》の名のりをあげた。それで帝国《ていこく》には皇帝《こうてい》が四人になった。というのは、バシリウスにはコンスタンティヌスという弟があり、公式に帝位《ていい》をわけあっていたからだ。といっても、コンスタンティヌスは帝国《ていこく》を統治《とうち》するより、踊《おど》り子と酒宴《しゅえん》のほうに気をとられているという話だった。

ダブリンの酒場やオーフースで流木の焚火《たきび》をかこむ人びとが、帝国《ていこく》の情勢《じょうせい》を話して南方貿易《ぼうえき》にどんな影響《えいきょう》があるか論《ろん》じるのを聞いたときは、ひどくこみいった話だと思ったし、かなりこっけいだとも感じたものだった。けれどビーヴァー川の岸では、こみいっているのは同じでも、あまりおかしいとは思えなかった。

「おれたちが出航《しゅっこう》することになっていたちょうど前の日だったが」北行きの船長は話をつづけていた。「ビザンティンの赤色船（海軍の船）がドニエプルをさかのぼってきた。後甲《かん》板《ばん》には男が三人——そのうちふたりは帝国《ていこく》の高官かなにかだろうな。残るひとりは軍人だ。

絹《きぬ》の胴着《どうぎ》の下に鎖《くさり》かたびらを着こんでいるのが見えた……そのあとはまあ、わかるだろ？連中がどういう用でウラディミールのとこへ来たか、つぎの朝にはキエフじゅうにうわさが広がっていた。反乱《はんらん》を起こした将軍《しょうぐん》のひとりで、ええと、バーダス・フォーカスってほうが――」

「小アジアの司令官のほうだな」ハーカン船長が口をはさんだ。

「そう、そいつが、もうひとりの、ええと、バーダス・シュレラスをおさえこんで、自分の砦《とりで》のひとつに監禁《かんきん》したんだ――」

「いやはや、おれが百になるまで毎年ミクラガルド航路《こうろ》に乗ったとしても、そんな聞きなれない名前の洪水《こうずい》にはお目にかかれまいよ！」

「で、シュレラスの軍の大部分も、フォーカスの軍旗のもとに集結してミクラガルドへ進軍しているんだ。いまはクリソポリスにいる。ミクラガルドとは目と鼻のところだろ。あのボスポラスって、ほそっこい海峡《かいきょう》をほんのひとまたぎするだけなんだから。そのうえバシリウスの軍隊の残りも、ブルガル人を国境《こっきょう》でおさえておくのに、ほとんど西に出はらっている。だから皇帝《こうてい》バシリウスはいまや、冷や汗《あせ》まみれなのさ」

「おれもいま、そう思っていたところだ、皇帝《こうてい》バシリウスは冷や汗《あせ》をかいているだろうとたった」ハーカン船長が答えて、肩越《かたご》しに骨《ほね》を投げてやった。焚火《たきび》のまわりには腹《はら》をすかせた犬たちが残りものをあさりにあつまっていた。「それでウラディミール様のもとに使者がたったわけか？　これはまた、ヴァイキング族にいい風が吹《ふ》いてくれそうだな」

「そう、だれもおなじ考えさ。そして、風むきがこっちのものなら、ウラディミール様も帆《ほ》を巻《ま》きあげたままですわってはいまいというのが、みんなの考えだ。皇帝《こうてい》に援軍《えんぐん》を送るとなれば、船がいる――いますぐ徴用《ちょうよう》できる船はぜんぶ、それでも足りないぶんは北から呼《よ》びよせることになるだろう。だからおれたちは荷積みを急いで終わらせて、船長のおれが宮殿《きゅうでん》に参じて言上《ごんじょう》したのさ。わたしの船は帰路につきますから、あなたさまの軍船召集《しょうしゅう》を触《ふ》れてまわりましょう、とな。そうやって徴用《ちょうよう》をのがれたわけだ」

口をひらく者はひとりもなかった。だれかが前かがみに腕《うで》をのばして、なま木の枝《えだ》を火にくべた。いぶり火のけむりがなければ、雲のように群がって襲《おそ》ってくる蚊《か》のせいで、日が落ちてからの野営は拷問《ごうもん》になってしまう。

「度胸《どきょう》がいいな。そこを買われたんだろう」オームが低く口笛を吹《ふ》いた。「うわさに聞くウラディミール様は、ひとからあれこれ指図されるのを好むとは思えないからな。自分の頭でじっくり考えないことには、な」

「たしかに、度胸《どきょう》はいったさ。だがおかげでこうして、徴用《ちょうよう》もされずに故郷《こきょう》へむかってい
る」

トーモッドはハーカン船長の表情《ひょうじょう》を熱心にうかがっており、わたしはトーモッドを見つめていた。わたしたちの頭上ではモミの木の高いこずえが、けっして地上にはとどかない風にゆれてささやきあっていた。

やがてハーカン船長が口をひらいた。「いまの話をぜんぶ、海蛇《うみへび》号の連中にも聞かせてやったんだろう？　それでもやつらはキエフへむかったんだな。おまえたちとやつらと、どこがちがうんだ？」

もうひとりの船長はにやりと笑った。「連中はもともと南へむかっていたんだ。それに、戦いがおっぱじまろうってときに、北の連中がそれに背《せ》をむけるわけがない。あとのことはみんなどうでもいいのさ。だが、おれたちは事情《じじょう》がちがう。こんどの旅は商売で来たんだし、かなりのもうけも見込《みこ》める。ちょうど北へむかおうとしてたところで、しかもずいぶん長く家をあけていたからなあ」

「おれたちももともと南へ行くところだし、まだ家が恋《こい》しいってほどじゃあない。それにな、おれは思うんだ、男も剣《けん》とおなじで錆《さ》びてくる。あんまり長く安穏《あんのん》な暮《く》らしにしがみ

ついているとな」ハーカンのよく光るひとつ目が、つぶれた顔のなかで急にいきいきと輝《かがや》きをました。「どう思う、兄弟たち?」

赤い魔女《まじょ》号の水夫は全員一致《いっち》で賛同《さんどう》の声をあげた。

トーモッドとわたしは目を見かわして、つめていた息をそっと吐《は》きだした。

第九章　六千人の戦士《せんし》

つぎの朝ハーカン船長は牛追いに支払《しはら》いをすませ、わたしたちは赤い魔女《まじょ》号を川に押《お》しだして、ふたたび水上の旅に出発した。もうやっかいなことはなかった。川の流れはわたしたちを押《お》しもどすのではなく、こんどは味方になってくれた。ときには船尾《せんび》に舵《かじ》とりをひとりと、二、三人漕《こ》ぎ手を置いておくだけで、ただ流れにのっていればよかった。

ビーヴァーのつくった堰《せき》をいくつも通りすぎた。あちこちで、高く積みあげた枝《えだ》でせきとめられた水が岸にあふれて、暗い水をたたえた沼《ぬま》のようになっていた。やがて両岸に村があらわれては消えていった。ここまでずっと、岸までびっしり生えてわたしたちをかこいこんでいた針葉樹《しんようじゅ》は、トネリコやニレやカエデの仲間の明るくひらけた森に場所をゆずった。カエデの葉は秋の最初のいろどりに燃《も》えはじめていた。まもなく両岸には草地が広がりだした。また広々《ひろびろ》とした空をながめ、はるかかなたまでさえぎるものなく目を遊ばせられるのは気分がいいものだった。そのうち日ごとに川幅《かわはば》は広がり、ついにわたしたちはドニエプルの大河《たいが》に船をのりいれた。

澄《す》んだ光が水の上にのび、さわやかな北風が川面《かわも》にさざなみをたてていく夕方、舳先《へさき》に竜《りゅう》の頭の船首かざりをつけ、全員が櫂《かい》をにぎって、わたしたちは川の最後の行程《こうてい》を飛ぶようにくだっていた。西岸の絶壁《ぜっぺき》をまわりこむと、仲間たちの肩《かた》ごしに、船小屋のうしろからびっしりならんだ屋根が丘《おか》の上までつづいている光景が目にとびこんできた。岸の桟橋《さんばし》にはたくさんの船がつながれ、丘《おか》のてっぺんにいくつもそびえる館は、西にかたむいた日を反射《はんしゃ》して黄金で彩色《さいしょく》してあるかのようだった。夕方の炊事《すいじ》のけむりが青いもやになって、なにもかもがけぶったように見えた。水の上に長く影《かげ》がのびていた。そうやってながめるうちにも、キエフの町はぐんぐん近づいてきた。

キエフがラス人の都になったのは、ヴァイキングがノブゴロド周辺の初期の集落からはじめて南下して以来のことだ。キエフは大河《たいが》の北でも南でも、森林地帯でもやせ地の草原でも、勢力《せいりょく》をひろめていった。ヴァイキングが土地を開墾《かいこん》し、青い目と金色の髪《かみ》の血が土着の部族の黒髪《くろかみ》の血と混《ま》じっていった。商売と戦闘《せんとう》にたずさわった土地はすべて、キエフの支配《しはい》のもとにあった。あのころわたしは、そんな事情《じじょう》はほとんど知らないにひとしかった。だからびっしり船がつながれた波止場に近づき、赤い魔女《まじょ》号が都の投げる大きな影《かげ》のなかにはいったとき、頭のなかにあったのは、停泊《ていはく》した船が黒い影《かげ》になってどこまでもつづいているこの港のどこかに海蛇《うみへび》号がいる、ということばかりだった。そして船上か、ひとで混《こ》みあう街路のどこかにアーンナスとヘリュフがわたしたちの到着《とうちゃく》を待ちうけているはずだ。

町が投げかける影《かげ》よりさらに黒い影《かげ》が、自分に落ちかかってきたような気がした。わたしは、となりで櫂《かい》を動かしているトーモッドを盗《ぬす》み見た。けれどトーモッドは無表情《むひょうじょう》で、なにも語りかけてこなかった。

「それ！　それ！」舵《かじ》をとるハーカン船長のかけ声が響《ひび》いた。

わたしたちは赤い魔女《まじょ》号を船着場にのりいれ、岸の、水に洗《あら》われないところまで押《お》しあげた。船の手当てがすっかりすむと、ハーカン船長は船員の半数を見張《みは》りに残し、あとの半数をひきつれて、領主《りょうしゅ》の側近の館へむかった。どうやらこれまでいくども大河《たいが》の旅をして以来の古い友人らしかった。

ドニエプル川沿《ぞ》いの船小屋や商館が建ちならぶ一画をあとにすると、大公の館にむかってのびあがる急な坂道が何本も走っている。あとで、この館のことはカーンの館と呼《よ》ぶようにと教えられた。ウラディミール大公がしばらく前から、それまで東方部族がつかっていたカーンの称号《しょうごう》を用いるようになっていたからだ。思うにそれは、ウラディミールが北方部族ばかりでなく東方部族の君主でもあることを示《しめ》すためだったのだろう。とはいえこの日のわたしたちにとっては、そこはまだ「大公」の館だった。

急な坂の狭《せま》い通りには丸太が敷《し》いてあった。通りは両側の家並《やな》みをぬってくねくねとつづいていた。丸太造《づく》りで屋根に泥炭《でいたん》をつかった家はどれも、牛小屋や家畜《かちく》の柵囲《さくがこ》いの奥《おく》に建てられていた。エアランド・シルクビアド（絹《きぬ》ひげのエアランド）の館は丘《おか》の頂上《ちょうじょう》に近く、泥炭《でいたん》を積んだ壁《かべ》をめぐらせた大公の館よりほんのすこし下にあるだけだった。館の造《つく》りはヴァイキングの丸太造《づく》りの館そのままだった。トランディス・フィヨルドの族長の館みたいだ、と門をはいりながらあたりをすばやく見まわして思った。けれど、大きな中央広間のまわりに配された牛小屋や貯蔵室《ちょぞうしつ》や寝部屋《ねべや》のほとんどが、たがいに連絡《れんらく》して、しかも広間にくっついて建てられていたので、屋根の下から出ないでも館のすみからすみまで行くことができた。「南にいるとヴァイキングもやわになるんだな」と、わたしは思った。そのときはまだ、ラスの国の首都が冬の夜どれほど冷えこむか知らなかった。

しかしこのときは、あたりをゆっくり見まわすひまはなかった。館の主人がちょうど鷹《たか》狩《がり》からもどったところだったからだ。たったいま馬からおりたばかりで、こぶしにオオタカをとまらせたまま、馬を厩《うまや》に引いていかせるところへ、わたしたちが前庭にはいっていったのだ。背《せ》が高くほっそりした体つきで、熟《う》れた大麦のような色のあごひげをたくわえていた。やわらかななめし革《がわ》の長靴《ながぐつ》と山羊《やぎ》皮《がわ》の短上着は美しく、まるで暗色の絹《きぬ》でできているかのように見えた。エアランドはわたしたちが目にはいると、おつきの者にオオタカをまかせ、大またに前庭をよこぎってきた。ハーカン船長はひと声さけぶと、足音をたてて駆《か》けだした。相手も走ってきて、ふたりはさっと腕《うで》を広げると、たがいの肩《かた》をかかえこんだ。まるでじゃれあう子グマみたいだった。

「エアランド・シルクビアド！」

エアランドはハーカン船長の肩《かた》を抱《だ》いたまま、一歩さがって顔をのぞきこんだ。切れ長の黒い瞳《ひとみ》はとてもヴァイキングにはみえない。「ハーカン・ケティルサン！　独眼《どくがん》のハーカン！　琥珀《こはく》の風がきみをまた南へ運んできてくれたのだな！」

「ええ。そして例によって、あなたの炉端《ろばた》の客人として寄《よ》せてもらいにまいりました。わたしと、配下の者もいっしょに」

「炉《ろ》の火をかきたてて歓迎《かんげい》しよう！」エアランドが答えた。「そして、こんどこそはゆっくり滞在《たいざい》していってくれ！」

「氷が南への航路《こうろ》をとざすまで、時間のゆるすかぎり」

「もっと長くいてもらうことになるだろうな、友よ」

ハーカン船長は頭をかしげてみせた。「ははあ！　では、あの話はほんとうだったのですね。北行きの船の連中と、連水陸路のこちら側でいっしょに野営をしたのです。ミクラガルドからの使者の話を聞きました。帝国《ていこく》内のごたごたをかたづける援助《えんじょ》をもとめてきたとか。それで連中は急いで船を出したのです。ウラディミール様が古い盟約《めいやく》を尊重《そんちょう》するお気持ちなら、自分たちの船も目をつけられて派兵《はへい》の船団《せんだん》にくりいれられるかもしれない、というわけで」

「軍船召集《しょうしゅう》の触《ふ》れを北へ伝えようといってきた男だな。なかなか胆《きも》のすわった男だ、あの船長は……そのとおり、ほんとうの話だ。では、戦いに加わるつもりできたのか？」

「これまで一度でも、独眼《どくがん》のハーカンとその船の乗員が剣《けん》の音に背中《せなか》を見せたことがありましたか？　だいいちわたしたちは、積み荷をそのままもとの港にもちかえるつもりなどありません」

「よし、それなら商売をかたづける時間はたっぷりある。そして赤い魔女《まじょ》号は冬のあいだわたしの船小屋のひとつであずかって、きちんと面倒《めんどう》をみさせてもらおう」

「大河《たいが》が氷でとざされるまで、ひと月以上はあります。なにをぐずぐずすることがありますか？」

「ウラディミール様は二百隻《せき》の船と六千人の戦士《せんし》を約束された。それだけの軍船をドニエプルが凍《こお》りつく前に召集《しょうしゅう》し派遣《はけん》するのは無理な話だ。どうしても春に氷がとけるまで待つことになる」エアランドはまだハーカン船長の肩《かた》に手をおいたまま、館のほうをふりむいた。「さあ、なかへはいってくれ——日が落ちると、とたんに冷えこむようになったな。赤い魔女《まじょ》号にはひとをやって見張《みは》りをさせるから、船に残っている者たちもこちらに案内させよう」


つぎの夜、館の広間での夕食が終わると、エアランドの館の者も赤い魔女《まじょ》号の乗員もくつろいでベルトをゆるめ、それぞれ座《ざ》をしめた。ビールと馬乳酒《ばにゅうしゅ》のつぼがまわされた。ハーカン船長はテーブルにひじをついて身をのりだした。「あちらのカーンの宮殿《きゅうでん》のとなりに建てているあれは、なんです？」

「キエフではいつもあたらしい建物ができている。カーンの宮殿《きゅうでん》のとなりさえ空けておくわけにはいかない。ここは成長する都市なのだ」エアランドが指であごひげをいじりながら答えた。

「それにしても変わったかたちだ」ハーカンはビールのジョッキに指をつけて、テーブル板になにか絵を描《か》いた。「どことなくホワイト・クリストニの神の家に似《に》ているが」

エアランドはうなずいた。おもしろがっているように思えたが、エアランドを楽しませているのは、ハーカンではなく、話題そのもののほうらしかった。「そう、そのとおりだ」「監督《かんとく》をしていた男が、黒髪《くろかみ》で頭をこんなふうに剃《そ》っていた――」と、てっぺんのあたりに指で円を描《えが》いてみせた。キリスト教の僧侶《そうりょ》のトンスラ（円頂《えんちょう》）だ。「それに衣《ころも》もミクラガルドでホワイト・クリストニの僧《そう》が着ていたようなやつだった」

エアランドは背後《はいご》の壁《かべ》にかかった赤とサフラン色の帳《とばり》によりかかった。ゆったりくつろぐのが、ほかのたいていの男より上手で、陽《ひ》だまりで寝《ね》そべるネコを見るようだった。そのうえネコのようにしなやかな身ごなしもそなえていた。「ああいうのが三人キエフに来ている。カーンの宮殿《きゅうでん》のとなりに新式の神の家を建てにやってきたのだ。できあがれば、あのなかでホワイト・クリストニの神に礼拝《れいはい》するやり方を教えることになる」エアランドは松やにをしみこませた松明《たいまつ》の明かりでわたしたちのあきれ顔を見まわして、笑い声をあげた。「いやいや、いたって単純《たんじゅん》なことなのだ。われらが偉大《いだい》なるカーン、ウラディミールはこう考えた。いまやわれら北の部族ヴァイキングも大きく成長した。かく偉大《いだい》なる民《たみ》に、北の旧世界《きゅうせかい》からもちこんだ神々《かみがみ》は乱暴《らんぼう》で素朴《そぼく》すぎる、とな。外の世界に手をのばしているいま、新しい世界の神々《かみがみ》に目をむけるべきだ。となると、イスラムの教えか、ホワイト・クリストニの神に帰依《きえ》することになる」エアランドは銀をまきつけた角杯《つのさかずき》をさしだして女たちのひとりに酒をつがせ、ゆうゆうとひと口飲んでからことばをつづけた。「イスラムの教えではだめだ、とカーンは判断《はんだん》した。預言者《よげんしゃ》ムハンマドの信奉者《しんぽうしゃ》は一滴《いってき》の酒も口にしてはならないからだ。酒を飲むのを禁《きん》じる宗教《しゅうきょう》はヴァイキングにはむかない」

ハーカンはうなずいたが、エアランドの軽口にはのらなかった。「となると、残るはホワイト・クリストニというわけですね」

「春にミクラガルドへ使者をつかわした。ホワイト・クリストニの信仰《しんこう》を学ばせるのが目的。使者は夏の初めにもどってきた。いろいろな知識《ちしき》をたずさえて。しかしかれらは、ほかにも奇妙《きみょう》な話をもたらしたのだ」エアランドの根っからの性格《せいかく》と思えた陽気な輝《かがや》きが一瞬《いっしゅん》うすれ、ひどく真剣《しんけん》な、なんだか困《こま》っているような表情《ひょうじょう》に変わった。「使者たちの話とは、こうなのだ。ミクラガルド最大の神の家で、聖《せい》ソフィア、つまり『天上の智《ち》の教会』

というのがある。使者たちはそこでおこなわれた大がかりな集会に出席した。すばらしい歌がうたわれ、妙《みょう》なにおいのする魔法《まほう》のけむりで頭がくらくらした。やがて秘蹟《ひせき》のときがきた――クリストニは秘蹟《ひせき》というものを信じている。まるで子どもの遊びのようだが、パンとぶどう酒がかれらの神の肉と血だというふりをするのだ――さて、その秘蹟《ひせき》のときに、妙《みょう》なかたちの翼《つばさ》をつけた精霊《せいれい》が高い天井《てんじょう》から舞《ま》いおりてきて、使者たちの頭上で羽《は》ばたいたというのだ。それで使者たちは、クリストニの教えはほんとうであり、大きな力をもっていると確信《かくしん》した」

あのときからこれまで、わたしも何度も天上の智《ち》の教会に礼拝《れいはい》に出かけた。たしかに、胸《むね》をうつ歌声が壮大《そうだい》な丸天井《てんじょう》の下で大きく反響《はんきょう》するのは、この世のものとも思えなかった。それから、ろうそくの灯《あか》りとうずまく香《こう》のけむりのなかで見ると、モザイクで描《えが》かれた目もあやな天使たちが、ほんとうに天井《てんじょう》からぬけだしてゆらゆらと降《お》りてくるように思える……わたしには、カーン・ウラディミールの使節に奇蹟《きせき》を信じこませたものの正体がはっきりとわかったつもりだ。そうとも、神秘《しんぴ》とはひとの心と魂《たましい》のなかにこそある。心と魂《たましい》こそが、現世《げんせ》の『真実』をとおして常世《とこよ》の真実を感得するのだ……。

だがそのときのわたしは、ほかの者たちといっしょに、ただただ驚《おどろ》き、話に聞きいっているだけだった。

「うへっ！」最初に口をきいたのはオームだった。「たしかに、すごい話だ！　それにしても、生まれてこのかた信じてきた神々《かみがみ》をすてて、聞いたこともない神にのりかえるのはかんたんなことじゃあないな。会ったばかりで頼《たよ》りになるかわからん相手を友と呼《よ》ぶようなもんだ」

「わたしも、この年で信仰《しんこう》を変えるなんてまっぴらですね」ハーカン船長がいった。

エアランドのもともとの笑いがもどってきた。「きみたちには、そんな必要はない。きみたちは旧《ふる》い世界の生まれで、この町にも一時的に滞在《たいざい》しているだけだ。キエフ人でも、ラス人でもない。ラスの出でキエフに住んでいるわたしたちだって、ときどきあたらしい神に祈《いの》りをささげるからといって、昔からの神を棄《す》てさることなどあろうか？　成人したときわたしは、神殿《しんでん》にあつまった男たちの前で、トールの環《わ》に男としての誓《ちか》いをたてた。だが、子ども時代に父の館の女部屋で暮《く》らしていたころは、母の部族が信奉《しんぽう》する神々《かみがみ》に犠《ぎ》牲《せい》をささげていたのだ。あのころわたしが祈《いの》りをささげたのは、おおいなる地母神エポナだった。いまでも馬の出産のときはエポナ女神《めがみ》に祈《いの》っている」

すでに察していたとおり、エアランドもわたしとおなじ混血《こんけつ》なのだ。長い手足とたっぷりした金髪《きんぱつ》は、きいろっぽい肌《はだ》にひらたく張《は》りだした頬骨《ほおぼね》と切れ長の黒い瞳《ひとみ》に妙《みょう》にそぐわない感じだった。このときふと、わたしの頭は精霊《せいれい》の話からはなれ、それまで一度も考えたことがなかった事実にようやく気がついた。ラス人は、ヴァイキングが祖先《そせん》の土地をはなれて南下するとちゅう弱小部族の東方の民《たみ》をとりこんでできた。しかしヴァイキングの子孫というだけではない、かれらはすでに、ひとつの独立《どくりつ》した民族なのだ。

これはわたしにとってあたらしい見方、発見とさえいえた。それに心をうばわれているあいだに、一座《いちざ》の話は別のほうへそれていった。またみんなの話に耳をかたむけたときには、神々《かみがみ》の話がむしかえされ、こんどは来年の春の遠征《えんせい》がらみで話がすすんでいった。カーンがビザンティン帝国《ていこく》からもちかえるのは、キリスト教ばかりではないだろう、旧《ふる》い盟約《めいやく》があるとはいえ援軍《えんぐん》を送るからには多少は謝礼《しゃれい》がほしいと、カーンは帝国《ていこく》に要求しているのだ、そしてその謝礼《しゃれい》にはぜひとも皇帝《こうてい》の妹のアンナ皇女《こうじょ》を妻《つま》としてもらいうけたいと。

そこまで聞くと、自分でもほんとうに驚《おどろ》いたことに、知らぬまに口がうごいていた。

「さっきの話、ええと、ムハンマドの教えでは酒を飲んではいけないってことでしたが、キリスト教徒はひとりの妻《つま》しかもってはいけないんですよ——カーン・ウラディミールには、もう三人いるんでしょう?」

みんなの顔がいっせいにこちらをむいた。老人のひとりが笑い声をあげた。「これはこれは! よく目と耳を働かす者は口も達者《たっしゃ》、というやつだな! 若《わか》いのに、するどいところをついてきたぞ!」

エアランドがいった。「妻《つま》が何人もいることは口にするな……。カーンはご自身が望むところを法となすことができる方なのだ。すでに三人いるのだから、四人めができてもなんのちがいもあるまい。カーンはクリストニの儀式《ぎしき》にのっとって皇女《こうじょ》を妻《つま》とするだろう。あとの三人は――宮殿《きゅうでん》に女は多くいるのだ、どれは妻《つま》でどれはちがうなどと、わかる者などあろうか」

わたしはそれでも、いいはった。「それではアンナ皇女《こうじょ》がお気のどくです」

テーブルの下でトーモッドがわたしの足首をけとばした。

広間じゅうで笑いがおこり、だれかが茶かすようにいった。「なまいきな子犬だ。おまえのことばは、お心広いわれらのカーンのお耳にいれたくないものだな!」

エアランドはなにもいわなかったが、視線《しせん》をぴったりわたしの顔にすえて、あとで思いだしても、妙《みょう》に長いことしげしげと見つめていた。そのあいだもずっと絹《きぬ》のようなきいろいあごひげを静かに指でいじっていた。と、いきなり背《せ》すじをのばしてすわりなおした。

「話も堪能《たんのう》したことだ、こんどは剣《つるぎ》の舞《まい》を楽しむとしよう」

第十章　決闘《けっとう》

キエフでの二日めはだいたい一日めとおなじようにすぎた。赤い魔女《まじょ》号の装備《そうび》を解《と》いて、荷は倉庫におさめ、装具《そうぐ》を冬にそなえてかたづけ、船体は細長い船小屋の赤い魔女《まじょ》号のためにあけられた場所に運ばれた。小屋にはエアランド・シルクビアドのすらりと細いガレー船が三隻《せき》、すでに春を待つ眠《ねむ》りについていた。最初、意外だったのは、その日も前の日もトーモッドがそもそもの目的のふたりをさがそうともしなかったことだ。「いつまで待つの?」ほとんど怒《おこ》ったような口調でたずねたのを思いだす。こんなときにゆったりかまえているのが不思議でしようがなかったのだ。しかし、あのとき以来すこしずつ、わたしもそういう態度《たいど》を身につけるようになった。

しかしトーモッドのほうは、たいていのヴァイキングの男たちとおなじで、運命をつよく信じていた。ちょうどふたりでかたづけていた索具《さくぐ》から顔をあげて、あたりまえの調子で答えた。「ひとの命の糸をつむぐ三人の女神《めがみ》ノルヌは、わたしたちを四人ともひとつところに運んできた。急ぐことはない。いまはまず、赤い魔女《まじょ》号を冬にそなえて寝《ね》かしつけるんだ。もうひとつの仕事にあてる時間はそのあとたっぷりある。手をかしてくれ、このロープをかたづけよう」

しかし、待つほどもなく、ことは起こった。

夕方になって仕事がすっかりかたづくと、わたしたちはエアランドの館へむかった。すこし先の川岸でガレー船の腐《くさ》った船板をはがして手入れしていた連中が廃材《はいざい》で焚火《たきび》をおこし、ほかにも五人ほどの男が火をかこんでいた。エアランドがいったとおり、日が落ちると秋の冷たい風が身にしみるようになっていた。男たちはぴったり身をよせあっていた。そのむこうではドニエプルの流れが鋼《はがね》の剣《けん》のような冷たく硬《かた》い光を放ち、するどいナイフのような川風が小石まじりの岸にまばらに生えた草をゆらしていた。わたしもトーモッドや赤い魔女《まじょ》号の仲間数人といっしょに、火にあたろうとのんびり近づいた。

焚火《たきび》をかこんでいる男たちのそばまできて、トーモッドが急に足をとめた。からだがこわばり、オオカミのにおいをかぎつけた猟犬《りょうけん》のようにうなじの毛を逆《さか》だてるのがはっきりとわかった。トーモッドの視線《しせん》をたどると、焚火《たきび》の明かりがとどくぎりぎりのあたりに男がふたり立っているのが見えた。と、ひとりの視線《しせん》がこちらをむき、その肩《かた》がもうひとりに軽くふれた。そちらの男もふりむいた。

ふたりとも大きないかつい顔で、ごわごわした髪《かみ》は茶色がかった金髪《きんぱつ》だった。ひと目で兄弟と知れるよく似《に》た顔立ちだ。ちがいといえば、一歳《さい》かそこら年下に見えるほうの頬骨《ほおぼね》のあたりに、小さくひきつれた傷跡《きずあと》があることくらいだった。まわりの人間がみんなうしろにしりぞいて、わたしたち四人だけがなにもない空間のまんなかにぽつんと残されたような気がした。わたしにはもう、はっきりとわかっていた。ふたりが見るからに兄弟と知れるほどよく似《に》ていなかったとしても、頬骨《ほおぼね》に目印となる傷跡《きずあと》がなかったとしても、あたりの空気が音もなくひびわれていくような、張《は》りつめた雰囲気《ふんいき》でそれとわかったはずだ。このふたりこそ、トーモッドとわたしが追ってきた相手なのだ。

最初に沈黙《ちんもく》をやぶったのは、年上に見えるほうだった。こちらがヘリュフ・ヘリュフサンにちがいない。「すると、おれたちのことづては伝わったのだな」

「父の遺骸《いがい》の横で聞かされた」トーモッドが答えた。

「そしてようやく追いついてきたわけだ」

「ようやくとは？」

「おまえがダブリンの王のもとでもう一年すごすつもりになったのではないかと案じていたのだ。一年待つのは長いからな」

「いや、もどったのは、ちょうど通夜《つや》の日だ」トーモッドはおちついて話していた。まるで会合の約束におくれたわけを説明している友人同士のように見えた。「だがそのあとボルンホルム島で、嵐《あらし》につかまって五日間足どめをくった。追われているときは、ほんの数日でも長く思えるものとみえる」

「おれたちが、おまえを恐《おそ》れているとでも思うのか？」年下の、頬骨《ほおぼね》に傷《きず》のあるほうが声を荒《あら》げた。兄より血の気が多いらしい。「おまえがおれたちを見失って、追ってこられなくなることのほうが、よっぽど心配だったくらいだ」

「追いつかないわけがないだろう？」トーモッドが答えた。「一年かかろうが、十年かかろうが、自分の墓穴《はかあな》から這《は》いだしてでも追いかけてきたさ！」

「勇ましい言い種《ぐさ》だな。だが、おれたちは心配だったんだ。おまえがじっくり考えて、勝ち目がないとみれば、腹《はら》をくくれなくなるんじゃないかと。そんなことになっては、やりきれんからな」

「勝ち目だと？」

「こちらはふたり、そちらはひとりだ」兄のほうが答えた。

トーモッドはほほえんだ。笑ったのかはともかく、口もとに白い歯がこぼれた。「まさにやりきれんな。勝ち目のあるなしなど考えていたら、墓《はか》にいる父にどなりつけられたところだ。自分はおなじ条件《じょうけん》で、しかも不意打ちを受けたのだと」いきなりトーモッドの手がわたしの肩《かた》にかかり、指が骨《ほね》にくいこむほどきつくにぎりしめた。「だがな、じっさいには、そちらはふたり、こちらもふたりだ。アーンナス、ヘリュフ、じっくり見ておけ。わたしの義兄弟《ぎきょうだい》のジェスティンだ」

わたしたち四人は焚火《たきび》をはさんでむかいあった。潮《しお》がしみこんだ船材が青や緑の炎《ほのお》をあげて燃《も》えていた。あんなことさえなければ、たがいに親しいつきあいができたかもしれない相手だった。けれどわたしたちはシトリク農場の居間《いま》で、枕《まくら》もとと足もとに松明《たいまつ》をおかれた遺骸《いがい》を見てしまっていた。

「それはいい」ヘリュフが口をひらいた。「では、いつ決着をつける？」

「いますぐでもいいぞ」トーモッドが答えた。「焚火《たきび》の明かりがあるからな」

ヘリュフは首をふった。「ここまで追いかけてきたんだ、もう何時間かのびてもよかろう。四人とも一日の仕事で疲《つか》れている。腹《はら》ごしらえして眠《ねむ》ってから、それぞれの父の名誉《めいよ》のために闘《たたか》うとしよう」

「では、夜明けに。場所は？」

「南の川原なら広いから、『ホルム・ギャンギング』をおこなうのにもってこいだ」

ヴァイキングがこういう場合の決着をつけるやりかたについては、以前、耳にしたことがあった。古い時代にはじっさいにホルム・ギャンギングつまり「島行き」がおこなわれた。ふたりの男が死によって決着をつけるしかない恨《うら》みをかかえている場合、近くの小島に渡《わた》って、どちらかが死ぬまで闘《たたか》うのだ。いまでは闘《たたか》いの場はハシバミの小枝《こえだ》で描《えが》いた小さな円になっていたが、短刀をもって円のなかにはいれば、生きてそこから出てくるのは、どちらかひとりだけなのだ。

だが今回のホルム・ギャンギングでは、闘《たたか》うのは四人だった。その夜、寝場所《ねばしょ》に提供《ていきょう》された干《ほ》し草置き場で重たいオオカミの毛皮のうわがけにくるまって、わたしはトーモッドが翌朝《よくあさ》の決闘《けっとう》の作法を説明するのに聞きいっていた。

ふたり対ふたりで同時に闘《たたか》うのかと思っていたが、どうやらホルム・ギャンギングではそういうやり方はしないらしかった。

「ヘリュフとわたしが兄だから、先鋒《せんぽう》の名誉《めいよ》があたえられる。一対一でハシバミの輪にはいる。どちらかがたおれたら、勝者もひきさがってつぎの闘《たたか》いが終わるのを待つ。おまえとアーンナス、弟同士の闘《たたか》いだ」

「そのあとは？」干《ほ》し草にむかってつぶやくようにいうと、声がくぐもった。

「そのあとはこちらかむこうがふたりとも、カラスのえじきになる。それですべて終わりだ。どちらもひとりずつたおされれば、あとに残ったふたりが決着をつけることになる。その勝負もすんだとき、流された血はきよめられ、借りが返され、復讐《ふくしゅう》は果たされたことになる」

「どちらかが死ぬまで闘《たたか》うなんて、すさまじいね」わたしはいった。

「ホルム・ギャンギングとはそういうもんだ」そういうとトーモッドは寝返《ねがえ》りをうって丸くなり、眠《ねむ》りこんだ。

わたしは眠《ねむ》れなかった。冷たい石のような塊《かたまり》が下腹《したはら》にあった。わたしはからだをまっすぐ伸《の》ばしたまま、長いこと目を覚ましていた。すぐとなりの闇《やみ》のなかでトーモッドのしずかな寝息《ねいき》が聞こえていた。干し草の山のどこかで、小さな生きものがかさこそと動きまわる音もした。明日のおなじ時間に、わたしはどこで横になっているのだろう。

事実は冷酷《れいこく》で、わたしには英雄《えいゆう》らしさなど、これっぽっちもなかった。

キエフ郊外《こうがい》の平らにひらけた土地に出るといつも、空の広さに目をうばわれる。椀《わん》をふせたような空がすっぽり世界をおおい、天気を思いのままにあやつる力を妨《さまた》げるものはなにもない。春と秋には北や南へ渡《わた》る鳥の黒い隊列が縞《しま》もようを描《えが》く。いまでも、きょうの明け方のできごとのように思いだす。どこまでも高い青空に野鴨《のがも》の群れがかぎがたになって飛んでいった夜明け、トーモッドとわたしは、ホルム・ギャンギングへおもむいた。わたしは空をゆく野鴨《のがも》の群れが視界《しかい》から消えるまで見送った。暁《あかつき》の空をゆく渡《わた》り鳥をふたたび見ることがあるだろうか。ヴァイキングの男のように堂々《どうどう》と、からりとした態度《たいど》で運命を受けいれることなど、わたしにはできなかった。わたしは若《わか》かったし、生きていたかった。トーモッドにも生きていてほしかった。朝の光のなかを飛ぶ野鴨《のがも》の群れをふたたび目にしたかった……わたしは血も凍《こお》ったかと思うほどの冷たさを感じていた。

決闘《けっとう》のうわさが広まり、キエフの住人の半分が闘《たたか》いと死を見物にあつまったかのようだった。群がった人びとのまんなかに、独眼《どくがん》のハーカンともうひとり、たぶん海蛇《うみへび》号の船長が、カバノキの小枝《こえだ》で闘《たたか》いの場になる円を描《えが》いていた。このあたりにはハシバミの木は一本もなかったからだ。冷たい風が小枝《こえだ》に散りのこったきいろい葉をそよがせ、湿地《しっち》の草をざわめかせた。

トーモッドとわたしが円の外側に陣《じん》どり、アーンナスとヘリュフがひとをかきわけて反対側に立つと、見物人は鳴りをひそめた。わたしはベルトにさした短刀を指でさぐった。ベルトから上はマントをはおっただけの裸《はだか》だった。闘《たたか》いの決まりで、あとの三人もおなじこしらえだ。風が冷たかった。わたしはもうなにも感じなかった。円をはさんでむかいあったふたりの男にたいする怒《いか》りや憎《にく》しみさえも。そんな感情《かんじょう》があれば、わたしの血も熱くたぎったかもしれないのに。わたしが闘《たたか》うのは、自分の手首に残る小さな傷跡《きずあと》のためだ。ただトーモッドのためだけに、わたしは闘《たたか》うのだ。闘《たたか》う理由としては悪くない、といまも思う。

合図もなく、開始の角笛も鳴らなかった。となりでトーモッドがマントをぬぎすて、カバノキの円に踏《ふ》みいった。同時にヘリュフが円のむこうでおなじようにした。心臓《しんぞう》が三つ拍《う》つほどのあいだ、ふたりは短刀を手にむかいあっていた。赤い魔女《まじょ》号と海《うみ》蛇《へび》号の仲間たちが円のぎりぎりまで押《お》しかけて見守っていた。

やがてふたりは、相手の喉《のど》に食いつくすきをうかがう猟犬《りょうけん》のように、輪を描《えが》いて動きだした。やや前かがみの姿勢《しせい》で、低くのぼった太陽を背《せ》にする有利な位置を占《し》めようとしている。このときまた、まわりの群集は霧《きり》のようにうすれて消え去り、あとにはただカバノキで描《えが》いた闘《たたか》いの円と、神経《しんけい》をすりへらすようにして輪を描《えが》きつづけるふたつの影《かげ》だけが残されたように思えた。そしてまた、どうどうめぐりがはじまった。と、こんどはトーモッドがとへとびのいた。ヘリュフがさそいをかけ、すぐに短刀のきっ先がとどかない位置びこんだ。短刀が音をたててぶつかりあった。ヘリュフが横にとびのき、トーモッドが追う。しかし、三十年もたったいまとなっては、すばやい火のように移《うつ》りかわる短刀の動きをこまかいところまで語ることのできる人間などいるはずがない。いくつかの瞬間《しゅんかん》が心にきざまれているだけだ。湿地《しっち》を照らすうす青い日の光のなかで短刀の刃《は》がきらめき、群集のどよめきがあがった。トーモッドの右腕《みぎうで》の、ひじから手首へかけて長い傷口《きずぐち》がひらき、まっ赤な血がとびちった。乱《みだ》れた足音、ひゅっと息をすうするどい音。ヘリュフは疲《つか》れてきたのだろうか、と考えたのを覚えている――ところがやがて、ヘリュフがわざと闘《たたか》いを長びかせてトーモッドを疲《つか》れさせようとしているのに気づいて、わたしは下腹《したはら》から力がぬけていくような思いを味わった。しかもヘリュフの策《さく》は成功しつつあった！　見守るうちにもトーモッドの動きがにぶり、おぼつかなくなっていった――腕《うで》の傷《きず》のせいばかりではない。口のなかに血の味がしているようだった。あとになってわかったが、ずっときつくかみしめていたせいで下くちびるがやぶれていたのだ。

するとトーモッドが、このまま反応《はんのう》がにぶくなっていくと致命的《ちめい》だと気づいたのか、急に生気をとりもどし、残った力をふりしぼって相手に襲《おそ》いかかった。ふたりはしばらくがっちり組みあったままじりじりと押《お》しあい、やがてトーモッドが下になって地面に倒《たお》れた。トーモッドの左腕《ひだりうで》がすばやく上がって、とどめの一撃《いちげき》をふせごうと動いた。死に物狂《ものぐる》いでななめにないだ腕《うで》に、ヘリュフの短刀がふりおろされる。群衆《ぐんしゅう》のどよめきがあがった。トーモッドが短刀をにぎった相手の手首をつかんで、上になったのだ。いまもありありと目に浮《う》かぶ。ふたりの力は五分五分だった。ぎりぎりまで張《は》りつめた筋肉《きんにく》がちぎれそうになり、血管がふくれあがる。むきだした歯の奥《おく》で呼吸《こきゅう》があさく速くなる。ふたりの感覚を、わたしは自分のからだのうちに感じていた。もつれあったふたりのからだがびくっと動いた。心臓《しんぞう》が一度ゆっくり拍《う》つほどの時間がすぎたが、ふたりは動かない。やがてトーモッドがゆらりと立ちあがった。ヘリュフは血に染《そ》まった地面に倒《たお》れたままだ。あばら骨《ぼね》の下にまっ赤な傷《きず》が口をあけ、肺《はい》からの鮮血《せんけつ》がふきあがって、すぐにやんだ。

アーンナスは、円から運びだされるヘリュフに一瞬視線《いっしゅんしせん》をとめたが、あとはもうそちらを見ようともしなかった。トーモッドがカバノキの円から歩みでた。息が荒《あら》い。短刀を左手にもちかえ、右手の血をズボンにこすりつけてぬぐっている。腕《うで》の傷《きず》から流れる血で、握《にぎ》りがすべるのだ。

わたしたちは目を見かわした。言葉をかわす余裕《よゆう》はなかった。アーンナスがマントをぬぎすて、ベルトから短刀をひきぬくと、闘《たたか》いの円のなかにふみこんだ。

わたしもマントを肩《かた》から落とし、うしろにけりとばして、アーンナスとの闘《たたか》いの場へ出ていった。そうやってむかいあうと、前の晩焚火《ばんたきび》の明かりでは気がつかなかったが、左右の瞳《ひとみ》の色がちがっているのがわかった。オームのいったとおりだ。一方は青く、もう一方は灰色《はいいろ》をしていた。すでにふたりの手は、ベルトにさした短剣《たんけん》の柄《つか》の上できっかけをさがしてゆれていた。つぎの瞬間《しゅんかん》には剣《けん》がぬきはなたれるはずだ。ところがそのとき、息をのんで見守る人びとの頭上に、ひとつの声がひびきわたった。あきらかに、ひとに命令し意のままに動かすのに慣《な》れた人間の声だった。「そこまで。そこまでだ、よいな」

ざわめきが広がり、人波がさっと分かれて道をあけた。わたしも、人びとの視線《しせん》を追ってふりむいた。葦毛《あしげ》の馬にまたがった男が進んできた。

男は円のきわまでくると手綱《たづな》を引いて馬をとめ、いらだつ馬を御《ぎょ》して、アーンナスとわたしを見おろした。大きな男だった。といっても背《せ》が高いというより、がっしりした体つきで、顔はあわてて作られたかのように鼻が曲がり、強い光を放つ灰色《はいいろ》の目の片方《かたほう》が、もう片方《かたほう》より高い位置についていた。口も大きく、笑えば耳ざわりな高笑いとごつくてきいろい歯がむきだしになりそうに思えた。身につけているのは粗《あら》い毛織《けおり》のズボンと山羊皮《やぎがわ》の短上着だ。表の毛をそのまま裏《うら》にして仕立てた上着のすそから、黒っぽい山羊《やぎ》の毛が房《ふさ》になってたれさがっていた。しかし長靴《ながぐつ》はうすくなめした柔《やわ》らかそうなサフラン色の革《かわ》だったし、そまつな上着ののどのところには、きらめく黄金の鎖《くさり》が見えかくれしていた。狩《か》りに出かけるとちゅうらしく、うしろにしたがうお付きの者たちは狩猟《しゅりょう》用のタカや二頭ずつひもにつないだ猟犬《りょうけん》を連れていたし、男自身も手袋《てぶくろ》をはめたこぶしにみごとなシロハヤブサを留《と》まらせていた。ひと目みてすぐそれとわかった。だれより高く頭《こうべ》をかかげ肩《かた》をそびやかすこの態度《たいど》。カーン・ウラディミールにちがいない。

　カーンの目が興味《きょうみ》ぶかそうにアーンナスからわたしへ、そしてわたしたちと並《なら》んで立ったトーモッドへ、さらに円のすぐ外にマントをかけて横たえられたヘリュフの動かないすがたへと流れ、もとにもどった。「なるほど。作法どおりのホルム・ギャングだったな。しかし、ここまでだ」

　アーンナスがしっかりとカーンを見すえて答えた。「わたしたちのホルム・ギャンギングはまだ終わってはおりません」

カーンはほほえんだ。うなじの毛が逆《さか》だつようなほほえみだった。「都へは新参とみえる。わたしを知るようになれば、勇者たちよ、おまえたち三人とも、胆《きも》に命じることになるだろう。カーン・ウラディミールがホルム・ギャンギングは終わったといえば、そこでホルム・ギャンギングは終わるのだ。昼のあとに夜がしたがうようにな」

しばしの沈黙《ちんもく》のあと、トーモッドが冷静な口調で異《い》をとなえた。「アーンナス・ヘリュフサンとわたしたちふたりのあいだには、血の復讐《ふくしゅう》の誓《ちか》いがあります。キエフの大公といえども、この法に手出しはできません。できるのは神々《かみがみ》のみです」

「平時なら、ゆるしもしよう」カーンは諭《さと》すようにいった。「しかしすでに戦《いくさ》の召集《しょうしゅう》がかかっている。オオガラスの紋章《もんしょう》のもとにつどうとき、ほかのすべては、あとにまわされる」

「殿下《でんか》、春まで戦《いくさ》はないはずです」トーモッドが答えた。

「戦《いくさ》はすでにはじまったも同然。海蛇《うみへび》号を徴用《ちょうよう》して戦列にくわえると決めたときからな。明白なことだ――よしよし、静かに、かわいいやつ」カーンは、雷《かみなり》の前のような重く緊迫《きんぱく》した空気を感じとったのか、おちつきをなくしたハヤブサをなだめた。「おまえたちが神《しん》聖《せい》となすものにかけて誓《ちか》え。南での戦《いくさ》が終わり軍役《ぐんえき》が解《と》かれるまで、この闘《たたか》いの決着はつけずにおくと。いやなら鎖《くさり》につながれてひと冬すごすことになる。好きなほうを選べ。戦《せん》士《し》にははるかにましな使いみちがある。いまむざむざ死なすわけにはいかん」

「殿下《でんか》」トーモッドはわたしたち三人の代弁者《だいべんしゃ》になっていた。「お命じになる権利《けんり》はありません――」

カーンは喉《のど》の奥《おく》で音をたてた。マウンテン・ライオンが威嚇《いかく》するような声だった。「権《けん》利《り》だと！　ふた晩《ばん》前に聞かされたはずだ、わたしの言葉が、法をつくり権利《けんり》をつくるのだと。ホワイト・クリストニの玉座《ぎょくざ》にひざまずこうが、すきな数だけ妻《つま》を選べるのだと」そういいながらカーンは射抜《いぬ》くようにわたしを見た。わたしは顔を上げて見つめかえした。ほんとうは恐怖《きょうふ》で胃《い》がちぢみあがっていた。カーンの輝《かがや》く灰色《はいいろ》の目の奥《おく》には笑いがあった。けれどそれは、稲妻《いなずま》をもてあそぶ神の顔に浮《う》かぶ笑いかもしれない。わたしにはどちらとも決めかねた。

そのとき、ふた晩《ばん》前にエアランド・シルクビアドがわたしを見た目つきを思いだした。かれが密告《みっこく》したのだろうか？　しかしエアランドがカーンに報《しら》せたおかげで、わたしたちはしばし、いのちを長らえたともいえる。

「さあ」カーン・ウラディミールがつづけた。「誓《ちか》うか？　それとも冬じゅう犬のように鎖《くさり》につながれて宮殿《きゅうでん》の前庭ですごすか？」

わたしたち三人は顔を見あわせた。風が湿地《しっち》の草をかきわけていくかすかな音と、見物の人びとが身じろぎしてささやきあう声が聞こえた。馬がぶるっと鼻を鳴らした。アーンナスが小声でしゃべりだした。「ことわざに『仇敵《きゅうてき》に投げる石をポケットに七年いれておけ、ポケットから出してよくながめ、もとにもどしてさらに七年、そのあとではじめて投げろ』という。急ぐことはない。それにおそらく、おれたち三人のだれも忘《わす》れることはないだろう。生きて南の戦《いくさ》が終わるのを目にできるかどうかは別にして、そのときまで」

トーモッドはカーンをふりむいた。「どちらを選んでも、ことは先に延《の》ばすしかないようです。誓《ちか》いをたてても、たてなくても。おなじことなら鎖《くさり》につながれないで冬をすごしたい——なににかけて誓《ちか》いましょう？」冷静な調子ががらりと変わって、例の笑いをふくんだ声になった。「トールの環《わ》にかけてですか？」

カーンの口の両端《りょうはじ》がまくれあがって、大きなきいろい歯がむきだしになった。「たしかにそれは考えどころだな。トールの環《わ》はやめておこう。おまえとおまえは、それぞれ父親の墓《はか》にかけて誓《ちか》え」目でトーモッドとアーンナスを指すと、わたしに視線《しせん》を移《うつ》してやや考えこんだ。「おまえはこれにかけてだ――」上着の胸《むね》に手をさしこむと、重そうな十字架《じゅうじか》をひっぱりだした。みがきをかけない黄金の台にトルコ石をはめこんだ十字架《じゅうじか》が朝日に輝《かがや》いた。わたしたちは命じられたとおり誓《ちか》いをたてた。こうして血の復讐《ふくしゅう》は南の戦《いくさ》が終わるときまで棚上《たなあ》げとなり、わたしたちは冬を越《こ》す支度《したく》に専念《せんねん》した。

ヘリュフ・ヘリュフサンは、このホルム・ギャンギングでの役割《やくわり》を終え、その亡骸《なきがら》はキエフの低湿地《ていしっち》の黒くゆたかな土に埋《う》められた。

第十一章　ヴァイキングの風

カエデの葉の炎《ほのお》は燃《も》えつき、ドニエプル川はすっかり凍《こお》りついた。やがてキエフの低湿《ていしつ》地《ち》は深い雪におおわれ、積もった雪が強い風に巻《ま》きあげられて地吹雪《じふぶき》になった。家のなかは暖《あたた》かかった。薪《まき》や牛糞《ぎゅうふん》が昼も夜もたえず炎《ほのお》をあげて燃《も》やされていたからだ。家の外にまわれば屋根のけむり抜《ぬ》きのまわりの雪が丸くとけているのが見える。それでも一歩外に出れば寒さはきびしかった。わたしたち赤い魔女《まじょ》号の仲間はエアランドの配下に組みこまれ、食べものも着るものもエアランドから支給《しきゅう》されていたが、屋敷《やしき》の衣装箱《いしょうばこ》から出してきた革《かわ》のズボンと上着、ぶあつい毛織《けおり》のマントを着こんでもなお、生まれてから一度も感じたことのない刺《さ》すような冷えこみだった。

秋はもちろん、冬になっても根雪が積もるまではキエフの北の森林地帯で木材の切りだしがおこなわれた。切りたおした木にロープをかけ、雄牛《おうし》に引かせて町へ運び、船小屋の上に積みあげる。天日《てんぴ》にさらしてできるだけ材木を枯《か》れさせ、春になったその日から船の建造《けんぞう》にかかれるよう備《そな》えておくのだ。

わたしなど夢《ゆめ》のなかでさえ、重い荷を引いてふんばる雄牛《おうし》の鼻からたちのぼる白い鼻息が見え、長い皮鞭《かわむち》が鳴る音が聞こえるようになった。

「にわかじたての艦隊《かんたい》だな」独眼《どくがん》のハーカンがいった。「しかしミクラガルドまでもちこたえれば、船何杯《なんばい》ぶんもの黄金とヒマラヤスギを故郷《こきょう》へもち帰れるぞ」

わたしたちは冬じゅう船小屋で仕事にはげんだ。トーモッドもアーンナスもわたしも、仲間たちとともに船の修理《しゅうり》にかかりきりで定滑車《ていかっしゃ》や動滑車《どうかっしゃ》をつけかえ、船腹《せんぷく》にタールをぬり、継《つ》ぎ目のすきまをつめなおした。冬じゅう縄《なわ》工場では船のロープをつくるのにいそがしかった。船着場の上の丘《おか》からは金槌音《かなづちおん》がたえまなく聞こえてきた。鍛冶屋《かじや》が、古い武具《ぶぐ》をつくろったり、新しく鍛《きた》えたりしているのだ。カーンの宮殿《きゅうでん》や諸卿《しょけい》の館の大広間に女たちがあつまって帆布《はんぷ》のふちをかがったり、翼《つばさ》を広げたオオガラスの紋章《もんしょう》をぬいとった旗じるしをつくったりするのも、北の地のヴァイキングが戦《いくさ》に出るときとおなじだった。

こうして冬はすぎていった。北国でも経験《けいけん》したことのない、長く寒い冬だった。いつまでもつづく寒さは、日ざしがのびてからもいっそうきびしくなるようで、地平線まで白く凍《こお》りついたキエフの平原に、また春がめぐってくるとはとうてい信じられないほどだった。

けれどようやく、風が南風に変わり、それまでとはちがった香《かお》りを運んでくる日がやってきた。牛たちも囲《かこ》いのなかで白い雲のような息を吐《は》きながら、そわそわしはじめた。つぎの朝には北風と地吹雪《じふぶき》がもどって、春はまたすっかり遠のいたように思われたが、数日のうちに軒《のき》のつららが長くのびはじめた。ある夜エアランドの広間のうらの寝部屋《ねべや》で、わたしは牛追いの鞭《むち》のようなするどいピシッという音で目が覚めた。驚《おどろ》いて寝返《ねがえ》りをうつと、足がトーモッドにぶつかった。トーモッドも目を覚ましていた。「氷がわれる音だ」トーモッドがいった。

部屋のむこう側に寝《ね》ていたキエフの男がつけくわえた。「じきにここから内海まで水の流れが見えるようになるぞ」

ラスの国の春は洪水《こうずい》とぬかるみの季節だった。割《わ》れた氷のかたまりが積み重なってドニエプルの流れをせきとめ、低地にはたちまち水があふれた。しばらくすると凍《こお》って雪におおわれていた大地は黒い泥《どろ》のぬかるみに変わった。それでもやはり春がきたのだ！　セキレイが川岸のハンノキの枝《えだ》を飛びかい、その枝《えだ》もついこのあいだまで裸《はだか》だったのに、黒っぽいしっぽのような花房《はなぶさ》をたわわにつけていた。大型船《おおがたせん》が高天井《たかてんじょう》の船小屋から港の船架《せんか》に移《うつ》された。去年の秋に切りだした材木をつかって、船の新造《しんぞう》が本格的《ほんかく》にはじまった。一日じゅうキエフの川岸は船大工の騒音《そうおん》でいっぱいだった。肋材《ろくざい》に手斧《ちょうな》をいれる音、鉄床《かなとこ》を打つ鎚《つち》のひびき。製材《せいざい》した板に蒸気《じょうき》をあてて船腹《せんぷく》のかたちに曲げるために、炉《ろ》にシャベルで石炭をくべる音。どこもかしこもタールと削《けず》りたての木のにおい、牛糞《ぎゅうふん》を燃《も》やす鼻をさすにおい、それに春のさわやかな緑のにおいがしていた。

やがて春はすぎ、夏がやってきた。熱く乾燥《かんそう》した季節、草原から土ぼこりが吹《ふ》きこみ、入道雲がたちまち成長しては雷雨《らいう》を運んできた。つかのまナイチンゲールがさえずり、オオムギ畑のふちにシロタエギクや矢車草や真紅《しんく》のヒナゲシの明るい色がかがやいては消えた。

春のはじめには、草原に住むターパンという半野生のずんぐりした小馬にまたがった使者が行きかい、ラスの国のすみからすみまでカーンの召集《しょうしゅう》を触《ふ》れてまわった。たちまちいたるところから戦士《せんし》がぞくぞくとキエフに集結しはじめた。船でくる者たちがドニエプルの川面《かわも》を埋《う》め、馬でくる者たちは乾《かわ》いた大地に土ぼこりの雲をけたててやってきた。一艘《そう》また一艘《そう》と流れをくだってくる大型船《おおがたせん》にはバルト海沿岸《えんがん》のヴァイキングたちが、戦いと報《ほう》償金《しょうきん》への期待に胸《むね》をふくらませて乗りこんでいた。連水陸路で会った船の男たちが行く先ざきで触《ふ》れまわったにちがいない。

一方、夏のはじめにはミクラガルドからまた使者がやってきた。帝国《ていこく》海軍の赤い巨大《きょだい》なガレー船が二隻《せき》、うち一隻《せき》はあきらかに護衛船《ごえいせん》で、もう一隻《せき》の後甲板《かんぱん》には数人の男たちが花のように明るい色の豪奢《ごうしゃ》なマントを風にひるがえしてふんぞりかえっていた。

わたしは縒《よ》りつぎしていたロープから目を上げて流れをさかのぼってくる船をながめ、だれにともなくいった。「もしかしたら、皇女様《こうじょさま》をのせてきたのかな？」

となりで仕事をしていたオームが笑った。「根っからの商売人だぜ、帝国《ていこく》のやつらは。こっちが出すものを出さないうちは金など払《はら》うもんか」

「なかなか来ないんで、せかしにきたんじゃないか」だれかがいった。

「いやいや、連中も六千人の戦士《せんし》とそのための船の用意には時間がかかるとわかっているさ。ただ進みぐあいを見にきたんだろ」

二隻《せき》はぎりぎりまで速度を落とさずさかのぼってきた。桟橋《さんばし》の手前で櫂《かい》がいっせいにあがる。そのまますべりこむと、船腹《せんぷく》がみごと桟橋《さんばし》に横づけになった。櫂《かい》はひっかかりもせず桟橋《さんばし》の上にずらりと突《つ》きだしている。トーモッドが嘆声《たんせい》をあげた。「いい腕《うで》だ！　ミクラガルドの船乗りもなかなかやるな」

オームがうなずいた。水面に反射《はんしゃ》する日光がまぶしいので目を細くしている。「だが引き潮《しお》のサンバラ・ルースト（オークニー諸島《しょとう》近くの強い潮流《ちょうりゅう》）ならどうだ？　きっと底にのりあげちまうぜ」

夏がすぎ、キエフ郊外《こうがい》の低地は戦士《せんし》たちの野営地になった。船はつぎつぎに船架《せんか》からおろされ、キエフの上流から下流までぎっしりならんで係留《けいりゅう》されたところは、海獣《かいじゅう》がひなたぼっこしているように見えた。数多い航海《こうかい》で船腹《せんぷく》にいっぱい傷《きず》のある古株《ふるかぶ》もあれば、こんどはじめて航海《こうかい》にでる新顔もある。そのころになってもまだ武具鍛冶《ぶぐかじ》は、両手もちの重い長剣《ちょうけん》やヴァイキングが用いる戦闘《せんとう》用の斧《おの》を鍛《きた》えあげるのに精《せい》を出していた。

夏も終わりに近づき、大地は灰色《はいいろ》に干《ひ》からびていた。あちらこちらで秋のさきぶれが、カエデの枝《えだ》に赤く燃《も》えはじめた。赤い魔女《まじょ》号が川をくだってキエフにはいってから、ほぼ一年がたとうとしていた。決着がついていないホルム・ギャンギングからも一年だ。ついにすべての用意がととのった。戦士《せんし》は訓練と武装《ぶそう》を終え、船は出帆《しゅっぱん》を待っていた。

出帆《しゅっぱん》の前日、できあがってだいぶになるホワイト・クリストニの教会で大がかりな礼拝《れいはい》がおこなわれた。ヴァイキング艦隊《かんたい》の勝利を祈《いの》る式だ――それと帝国《ていこく》の反逆者《はんぎゃくしゃ》への勝利を祈《いの》って。だが、こちらはつけたしだった。

船着場のすぐ上にある、暗く古い神殿《しんでん》にも男たちがあつまった。夏に北からやってきた戦士《せんし》や、キエフ以外の船の乗員だ。かれらはカーンのあたらしい信仰《しんこう》にしばられていなかった。

わたしは赤い魔女《まじょ》号の仲間とともに神殿《しんでん》の式へ出むいた。

わたしにとってはつらい選択《せんたく》だった。前の夜はずっと目を覚ましたまま、ふたつの式のどちらに出るべきか、あれこれ思い悩《なや》んだ。けれども、わたしたちが春に丘《おか》の上のあたらしい教会まで、喜びにわく群集のあいだを通ってひっぱりあげた巨大《きょだい》な青銅《せいどう》の鐘《かね》が、キエフのキリスト教徒に礼拝式《れいはいしき》のはじまりを告《つ》げたときにも、わたしは応《こた》えなかった。

カーン・ウラディミールにしたがって教会をうずめ、外にまであふれだした人びとの多くが、あとで神殿《しんでん》にもやってくるはずだった。エアランド・シルクビアドがいったように、あたらしい神に祈《いの》りをささげるようになったからといって、古い神々《かみがみ》を棄《す》てさる必要はないのだ。ヴァイキング族にははじめから複数《ふくすう》の神があったから、あたらしい神をいれる余《よ》地《ち》もある。けれど生まれたときからただひとりの神に信仰《しんこう》をささげてきたわたしには、それはできなかった。わたしはひとりでぬけだして、川べりにすわった。小鳥が鳴きかわしていた。礼拝《れいはい》に出なくてもやはり、両手に顔をうずめて祈《いの》らずにはいられなかった。「神よ、ゆるしてくださいとは申しません。こうするよりほかに道があるとは思えないのです」

昼の光がうすれ、薄闇《うすやみ》に変わるころ、ヴァイキングたちは松明《たいまつ》を手に丘《おか》をくだってきた。わたしも立ちあがって、かれらに合流した。

司令官や船長が神殿《しんでん》にはいった。あとの者たちははいりきれずに神殿《しんでん》の外に群がっていた。松明《たいまつ》の赤い火と、欠けはじめた月の白い光が輝《かがや》いていた。犠牲《ぎせい》の山羊《やぎ》の断末魔《だんまつま》の鳴き声が聞こえた。神官が出てきて竜《りゅう》を彫刻《ちょうこく》した入り口の隅柱《すみばしら》に血をぬりつけた。それからわたしたちは、神官がみんなの頭上に高くかかげたトールの環《わ》に、遠征軍《えんせいぐん》が解散《かいさん》するまでたがいに戦友としてたすけあうと誓《ちか》いをたてた。トーモッドとならんで、ふと人波のむこうに目をやると、アーンナスがこちらを見つめていた。わたしと目が合うのを待っていたようだった。闘《たたか》いを保留《ほりゅう》すると決めてから一年ちかく、わたしたちはその誓《ちか》いを守ってきた。では、これからは？　あとどれくらい待つことになるだろう？　何週間、それとも何カ月か？　わたしはふたたび、この先送りにされた闘《たたか》いが自分自身のものだと感じられるようにと願った。待たされるあいだも腹《はら》のなかに怒《いか》りの炎《ほのお》を燃《も》やしておけるように。こうして異教《いきょう》の神々《かみがみ》に祈《いの》りをささげたいま、地獄《じごく》に落ちるのは確実《かくじつ》だろう。けれどそれを嘆《なげ》くつもりにはなれなかった。ただ事実として受けとめた。わたしはトーモッドのいざというときの友、トーモッドとつねに行動をともにする弟なのだ。トーモッドがいっしょにきてくれるなら、地獄《じごく》に落ちることになっても耐《た》えぬくことができるだろう。そしてわたしのほうも、トーモッドと苦しみをともにする。川べりで神に申し開きしたとおり、ほかに道はないのだ。

松明《たいまつ》の明かりが遠のき、アーンナスの顔はひとごみの闇《やみ》にまぎれた。

つぎの日わたしたちは船を船架《せんか》から押《お》しだした。南への旅のはじまりだ。艦隊《かんたい》がひとつまたひとつと出航《しゅっこう》する。どの船団《せんだん》の先頭にも翼《つばさ》を広げたオオガラスの戦旗がかかげられている。わたしたちの艦隊《かんたい》の旗には、オオガラスの眼《め》とくちばしとかぎづめに、エアランドの金色のひげがぬいこんである。そして全艦隊《かんたい》の先頭には黒い翼型《つばさがた》のふきながしをつけたカーン・ウラディミールの大旗旒《だいきりゅう》がひるがえっていた。こうしてわたしたちはドニエプルをくだっていった。二百隻《せき》の大型船《おおがたせん》にぎっしりつまった六千人のラス人とヴァイキングが、北からの風にのってビザンティン帝国皇帝《ていこくこうてい》の住む黄金の都へ救援《きゅうえん》に駆《か》けくだったのだ。

歌ごころのあるオームがこの遠征《えんせい》を歌につくり、わたしたちは櫂《かい》をとるときの船唄《ふなうた》にそれを歌った。

風を帆《ほ》にうけ　漕《こ》げよ漕《こ》げ
ミクラガルドへわれらは行かん
黄金の都へ　漕《こ》げよ漕《こ》げ
ミクラガルドへわれらは行かん
はるか北から　漕《こ》げよ漕《こ》げ
風きる剣《けん》をたずさえて
強き腕《うで》もて　剣《けん》をとる
ミクラガルドのわれらは守り

敵《てき》をやぶった　そのときは
ほうびの金もたっぷりと

勝利のときは　近づいた
ちび皇帝《こうてい》もご安心

いまになってみるとずいぶんひどい出来で、韻《いん》もちゃんと踏《ふ》んでいない。それに、都が近づくにしたがってあちこちまずい言葉を直したほうがよさそうだった。けれどもあの当《とう》座《ざ》は、わたしたちはこの唄《うた》を楽しんで歌っていた。

第十二章　アビュドスの戦い

コンスタンティノープルを一度でも目にしたらだれでも、その最初の光景をけっして忘《わす》れることはないだろう。わたしの見た光景――いや、わたしたちの見た光景は、秋のはじめの、蜂蜜色《はちみついろ》のたそがれの光につつまれていた。金角湾《きんかくわん》側からつぎつぎと上陸地点へはいる艦隊《かんたい》を出迎《でむか》えに、都の住人の半分がやってきていたのではないかと思う。都をかこむ城《じょう》壁《へき》は巨人《きょじん》の城砦《じょうさい》として建設《けんせつ》されたかのようだった。背《せ》の高い家々《いえいえ》は糸杉材《いとすぎざい》でできていて、屋根は赤とむらさき、金と緑にぬられていた。巨大《きょだい》な丸屋根がつる草のように美しい曲線を描《えが》く大理石の柱にささえられた、空にとどくかと思われる塔《とう》がいくつも建ちならぶ。白い石の橋脚《きょうきゃく》にのった水道橋が都をまたぐように走っている。間口が狭《せま》くひょろりとのびた家々《いえいえ》には、道ゆくひとの頭上高くに格子《こうし》細工の小さなバルコニーが張《は》りだし、ツバメの巣のように見えた。大きな通りのところどころに庭園や広場がひらけ、木蔭《こかげ》をつくる木々《きぎ》のあいだに大理石の英雄《えいゆう》や金色の聖者《せいじゃ》や青銅《せいどう》の騎手《きしゅ》の彫像《ちょうぞう》がそびえている。そこここでキリスト教教会の丸屋根が蜂蜜《はちみつ》を流したような、たそがれの最後の光を受けて輝《かがや》いていた。わたしはダブリンとキエフを見て町がどんなものか知っているつもりだったが、この世にこんな美しい町があろうとは、想像《そうぞう》したこともなかった。

あとになって、コンスタンティノープルもやはりひとつの町であり、現実《げんじつ》の人間が生活し死んでいく場所だとわかってきた。人びとがメロンを買ったり、長靴《ながぐつ》の底革《そこがわ》を修理《しゅうり》させたりする場所。宮殿《きゅうでん》もあれば、掘《ほ》っ立て小屋や酒場もある。子どもたちが玄関《げんかん》前の踏《ふ》み段《だん》で遊び、よどんだにおいもする。まさかのときに背中《せなか》をかばいあえる仲間がいっしょでなければ、とてもはいっていけないような暗い小路もある。けれど今日にいたるまで、あの最初の夕方に見た都の光景は、夢《ゆめ》に満ちた都市として、わたしの記憶《きおく》に残っている。

わたしたちはテオドシウス城壁《じょうへき》の外側に天幕《てんまく》を張《は》って野営することになった。何カ月か船で使う縞《しま》のはいった帆布《はんぷ》の下で眠《ねむ》ったが、ここでの生活はわたしが以前から知っている世界にずっと近いものだった。

わたしたちは到着《とうちゃく》したらすぐにも皇帝《こうてい》の敵《てき》にたちむかうものと思っていた。毎夜、ほんのひとまたぎのボスポラス海峡《かいきょう》をへだてた対岸には、敵《てき》の陣地《じんち》のかがり火が闇《やみ》のなかに花ひらくのがはっきり見てとれた。ところがわたしたちは秋の数カ月を皇帝《こうてい》の親衛隊《しんえいたい》と戦闘《せんとう》訓練につついやすことになった。

「しんぼうだ、子どもたち」しびれをきらしだした者がいるのを見て、エアランド・シルクビアドがいいきかせた。「われわれは混成軍《こんせいぐん》なのだ。味方と協力するすべを知らず、友軍の戦闘《せんとう》方法を知らずに、最善《さいぜん》をつくせる軍隊などない」

「しかし、こんなことをしているあいだに、時が移《うつ》ります」ハーカン船長が不服そうにいった。

「そのとおり。だがそれは問題ではない。皇帝《こうてい》は有利な立場にある。われらの剣《けん》がうしろに控《ひか》えているのはもちろんだが、もうひとつ、皇帝《こうてい》の赤色艦隊《かんたい》が海上を制《せい》している。制海《せいかい》権《けん》をにぎっているかぎりは、じっくりかまえて待てばよい。そして勝機をとらえて撃《う》ってでる。それに――」エアランドはあごひげをもてあそんだ。タカの首すじの羽毛《うもう》をなでるようなやさしい手つきだった。「ビザンティンの人間は、ヴァイキングが冬には戦《いくさ》をしないのを知っている。だからアーモンドの木から最後の葉が落ちれば、反乱軍《はんらんぐん》は多少とも警《けい》戒《かい》をゆるめるはずだ。そのときこそ、われらが撃《う》ってでるときだ」

その言葉どおり、冬のある夜、おりからの雪を味方にわたしたちは撃《う》ってでた。

皇帝《こうてい》バシリウスみずからが率《ひき》いる全軍が――といっても、わたしたちヴァイキング軍と近衛軍《このえぐん》だけで、帝国軍《ていこくぐん》の主力はまだトラキアにあった――強風に舞《ま》いくるう雪をかくれみのに、渡《わた》し舟《ぶね》でボスポラスを渡《わた》った。夜明け前の闇《やみ》のなかをクリソポリスの岸に上がったとき、反乱軍《はんらんぐん》はまだ眠《ねむ》りこけていた。

戦《いくさ》がまだ先のことだったあいだ、わたしは複雑《ふくざつ》な気持ちで戦闘《せんとう》を待っていた。夜中に目が覚めたときはみぞおちに冷たいしこりを感じた。その一方で、トーモッドやほかの仲間からうつったような熱い期待もあった。ヴァイキングの男たちにとって戦いは恋《こい》とおなじで、人生においてひとつの華《はな》なのだ。ところが、ときがきてみると、それは男の闘《たたか》いなどというものではなかった。寝《ね》ぼけまなこで武器《ぶき》に手をのばす敵《てき》を片《かた》っぱしから殺《ころ》しまくった。それは戦《いくさ》ではなく殺戮《さつりく》だった。そしてわたしも、それにくわわったのだ。わたしの剣《けん》も、ひとの血と汚物《おぶつ》にまみれた……わたしたちの手をのがれた者はひとりもなかった。

バーダス・フォーカス本人は、徴兵《ちょうへい》のためクリソポリスを留守《るす》にしていたが、配下の将《しょう》たちはすぐにはりつけにされた。この夜の戦《いくさ》は、口のなかにいやな味をのこした。

クリソポリスが陥落《かんらく》すると、バーダス・フォーカスはあらたに募《つの》った兵を率《ひき》いて南のアビュドスにむかった。この町では皇帝《こうてい》が、穀物輸送船《こくもつゆそうせん》から通行税《つうこうぜい》をとりたてさせている。

ヘレスポントという細長い海峡《かいきょう》を行き来する船団《せんだん》がかならず寄港《きこう》する町だ。バーダスはこのアビュドスを包囲《ほうい》した。おそらく輸送船《ゆそうせん》をのっとって海を渡《わた》り、トラキアのブルガル人と手を結ぶつもりだったのだろう。この計画は、皇帝《こうてい》の赤色艦隊《かんたい》が制海権《せいかいけん》をにぎっていなければうまくいったかもしれない。じっさいには艦隊《かんたい》がほとんど即座《そくざ》にアビュドスへ救援《きゅうえん》に駆《か》けつけたし、わたしたち陸上部隊も、背《せ》が低くがっしりした皇帝《こうてい》にしたがって海岸線を南下し、包囲軍《ほういぐん》を攻撃《こうげき》にむかった。

またしても、わたしたちは夜の闇《やみ》に浮《う》かぶかがり火の列を目にすることになった。しかしこんどは、敵軍《てきぐん》とわたしたちをへだてるのはボスポラス海峡《かいきょう》ではなく、ほんの数百歩の、背《せ》の低い木がまばらに生えた砂地《すなち》だけなのだ。しかも敵《てき》は用意を整え、わたしたちを待ちうけていた。翌朝《よくあさ》の戦闘《せんとう》はクリソポリスのようにはいかないはずだ。そう、とてもあんなことではすまないだろう。

季節は春になっていた。けれどギョリュウボクのしげみを吹《ふ》きぬける風は、日が落ちるとまだ身を切るようだった。わたしたちは野営の火のまわりで身をかがめ、夜の食事がすんでからも長いこと枯《か》れ枝《えだ》を焚火《たきび》にくべて起きていた。船をおりて歩兵にかわってから何カ月にもなるが、まだおなじ船の仲間同士がかたまっていた。赤い魔女《まじょ》号の乗員もほぼ全員がひとつの焚火《たきび》をかこんで、いっしょに装備《そうび》の点検《てんけん》をしていた。鎖《くさり》かたびらと頭頂《とうちょう》のとがった兜《かぶと》を身につけると、わたしたちはどこから見ても帝国《ていこく》の前線部隊の一員で、さっぱり見わけがつかなくなる。あとは翌朝《よくあさ》にそなえて武器《ぶき》の準備《じゅんび》があった。剣《けん》をみがいていて、ふと、明日の戦いに勝てば皇帝《こうてい》はもうヴァイキング軍団《ぐんだん》に用がなくなるのだ、と思った。報償金《ほうしょうきん》が支払《しはら》われれば、キエフでの誓《ちか》いにもしばられなくなる……いや、もしかしたらいのちを落とすことになるかもしれない。明日の夜になれば、延期《えんき》された血の復讐《ふくしゅう》のことを考える時間はたっぷりある……ぐっと指に力をいれたとたんに手がすべって、鋭《するど》い刃先《はさき》で親指を切っていた。小さな傷《きず》だったが、焚火《たきび》の明かりをうけて血が黒くとびちった。わたしは悪態《あくたい》をついて、傷口《きずぐち》を吸《す》った。

オームが笑い声をたてた。「ジェスティンのやつ、あしたの戦《いくさ》が待ちきれないんだな。いまからもう、自分の剣《けん》に血を吸《す》わせているぜ！」

盾《たて》にあたらしい皮ひもをつけていたハーカンが、ひとつきりの目を上げていった。「明日はようやく、ひと働きできる。クリソポリスでは血わき肉おどるとはいかなかったからな」

「海からいきなり上陸して略奪《りゃくだつ》するようなもんだった」わたしは親指の傷《きず》を見おろして顔

をしかめた。

「まあな――だが、獲物《えもの》はなかなかだっただろ」オームが首にかけた鎖《くさり》をゆらすと、小さな銀の鈴《すず》がぶつかりあってちゃらちゃら鳴った。

トーモッドが、いつものほんのすこし笑いをふくんだ声でいった。「あした戦《いくさ》に着けていくのはやめておけよ。まるで群れの先頭の羊じゃないか。敵《てき》が聞きつけて、一マイルも先からねらわれるぜ」

短い笑いが火のまわりでおこった。風がうなってギョリュウボクの枝《えだ》をゆすぶっていった。どこかで犬が遠吠《とおぼ》えした。


朝の光が、かがり火の明かりをのみこんだ。夜のあいだ、敵陣《てきじん》のむこう側に低い崖《がけ》のように黒く見えていたアビュドスの城壁《じょうへき》は、空の青がふかまるにつれて、ほこりっぽい白に輝《かがや》きだした。わたしたちはパンと干《ほ》しブドウを食べ、それぞれの神に祈《いの》った。戦《いくさ》の朝にだれもがする祈《いの》りだ。それからわたしたちは準備《じゅんび》を整え戦列をつくった。まわりには風が吹《ふ》きあつめた砂《すな》の小山がいくつかできている。海辺のしげみをひと晩《ばん》じゅうゆすっていたかすかな風が、近衛隊《このえたい》の青とむらさきの旗をそよがせ、わたしたちヴァイキング隊の黒いオオガラスの戦闘旗《せんとうき》を広げていった。そして砂地《すなじ》をへだてたむこうでも敵軍《てきぐん》の旗が風にひらめくのが、ちらちらうごく色のしみのように見えていた。

皇帝《こうてい》はすでに天幕《てんまく》から歩みでて、自軍の兵とともに勝利を祈《いの》っていた。つづいて皇帝《こうてい》は、弟のコンスタンティヌスと肩《かた》をならべて馬に乗り、旗もちをしたがえ、幕僚《ばくりょう》にとりまかれ、軍団《ぐんだん》の最前列をはじからはじまで馬をすすめた。がっしりした体つきだが脚《あし》が短く、身長にしては大きすぎる馬に乗っている。若《わか》いころからいつも大きめの馬を用いていて、しかも人馬一体と思えるほどみごとに乗りこなしてきたのだ。わたしはエアランド・シルクビアドが指揮《しき》する隊の二列めに立っていた。聖処女《せいしょじょ》マリアを刺繍《ししゅう》した旗が近づいてきた。宝石《ほうせき》をぬいこんだ旗が、朝の冷たい光に輝《かがや》く。金糸を織《お》りこんだ後光の部分がのぼりかけた太陽の光線をとらえて、そっくりおなじ金色に燃《も》えたった。聖処女《せいしょじょ》の旗がわたしたちの隊の黒い翼《つばさ》のオオガラスの旗にならび、通りすぎていった。どの小隊でも、旗が通りすぎたあとには船が通りすぎたあとのような静けさが残った。戦《いくさ》を目前にした静けさだ。自分の心臓《しんぞう》の鼓動《こどう》のほかには、騎馬隊《きばたい》のほうからくつわの鳴る音がひびいてくるだけだ。戦《いくさ》のにおいをかぎつけた馬たちが、いらだって頭をふりあげているのだ。

わたしの前にいる兵士《へいし》ふたりの兜《かぶと》のあいだから、バーダス・フォーカスの旗じるしがぎらぎら輝《かがや》くのが見えた。地面がすこし高くなって、しげみにおおわれている。あれがバーダスの本陣《ほんじん》だ。本陣《ほんじん》をとりまく騎馬兵《きばへい》の黒い輪のなかに、なにか動くのが見えた。馬に乗った男のひとり――あれがバーダスにちがいない、兜《かぶと》に白い羽毛《うもう》の前立てをつけている。バーダスがすっと馬をすすめて、輪からぬけだした。腕《うで》が上がったのが見えたような気がした。つぎの瞬間《しゅんかん》トランペットが吹《ふ》き鳴らされ、反乱軍《はんらんぐん》は砂《すな》がこぼれるように一斉突撃《いっせいとつげき》してくるはずだ。

そのとき、なにかが起こった。あとで聞いた話では、最後の最後までしげみのなかで巣を守っていたウズラが、バーダスの馬のひづめにつぶされそうになって巣からとびだしたということだった。わたしたちのところからは細かいことはわからなかったが、ウズラがかん高い鳴き声をあげたのは聞こえたし、反乱軍《はんらんぐん》の旗の下で馬たちがとつぜんあばれだし、敵軍《てきぐん》が大混乱《だいこんらん》になるのも見えた。

「だれか落ちた」トーモッドが息をのんだ。「あれはフォーカスだ！　トールのご加護《かご》だ！　大将《たいしょう》が落馬するとは、兵にとっては縁起《えんぎ》が悪い！」

わたしははるかな敵陣《てきじん》に目をこらした。「立ちあがったようだよ」

「だれかが替《か》えの馬を引いてきたぞ」オームが口をいれた。

味方の兵のすみずみまで、ざわめきが伝わっていった。

わたしたち歩兵の前には、皇帝旗《こうていき》を立てて、皇帝《こうてい》バシリウスをとりまく小集団《しょうしゅうだん》があった。その集団《しゅうだん》のなかで、ひと振《ふ》り抜《ぬ》き身の剣《けん》がふりおろされ、朝の光にきらめいた。戦列のあちこちでトランペットが吹《ふ》き鳴らされ、さらに敵軍《てきぐん》のトランペットがそれに応《おう》じた。ビザンティンの皇帝軍《こうていぐん》と反乱軍《はんらんぐん》のトランペットと、腹《はら》にひびくヴァイキングの角笛が、夜明けを告《つ》げる雄鶏《おんどり》のときの声のようにひびきあった。心臓《しんぞう》がゆっくりひとつ拍《う》つほどのあいだ、両軍はうごきだす寸前《すんぜん》で止まっているように思えた。かたむけた杯《さかずき》のふちで盛《も》りあがったぶどう酒が、こぼれ落ちる寸前《すんぜん》のように。つぎの瞬間《しゅんかん》、わたしたちは突撃《とつげき》を開始した。腹《はら》が冷たくしこり、自分の足につまずきそうになったのを覚えている。待つのは終わり、ついに始まったのだ。

前を行く味方の頭のあいだから、敵《てき》の軍旗と突進《とっしん》してくる戦列が見えた。すでに土ぼこりが舞《ま》いあがっている。土ぼこりの煙幕《えんまく》をとおして、敵《てき》の大将《たいしょう》の白い羽毛《うもう》が見える。バーダス・フォーカスのようすが、なんだかひどくおかしいのが見てとれた。白い羽毛《うもう》が右左にはげしくゆれている。両軍が接近《せっきん》するにつれ、バーダスの身体のゆれが大きくなった。そしてとつぜん、こんどは馬がさおだちになったわけでもないのに、バーダスが両腕《りょううで》を投げだし、馬から転がり落ちた。

反乱軍《はんらんぐん》がゆれたように見えた。一瞬《いっしゅん》、全軍の足が止まったかのようだった。フォーカスの護衛《ごえい》があわてて駆《か》けつけ、フォーカスのからだをおおって運び去った。まさにそのとき、皇帝《こうてい》の剣《けん》がふたたび暁《あかつき》の光に輝《かがや》いた。そして皇帝《こうてい》の声が——年老いたいまでさえ、ガレー船の船長もうらやむ声量のある声が、トランペットの音におとらず朗々《ろうろう》と、突撃《とつげき》を命じた。

わたしたちは引き綱《づな》をとかれた猟犬《りょうけん》のように前へとびだしていった。統率《とうそつ》を失った敵《てき》の最前線に襲《おそ》いかかり、先鋒《せんぽう》の兵を押《お》しもどし、うしろに控《ひか》えた二番手のところまで斬《き》りこんでいった。あとで聞いたところでは、味方の一部は第一波の攻撃《こうげき》で敵《てき》の防御線《ぼうぎょせん》を完全に突破《とっぱ》し、そこで方向転換《てんかん》して敵《てき》の背後《はいご》から攻撃《こうげき》をくわえたということだ。分断《ぶんだん》され孤立《こりつ》した敵兵《てきへい》たちには指揮《しき》する者もなく、混乱《こんらん》してなすすべもなく、次第《しだい》に切りくずされていった。反乱軍《はんらんぐん》は頑強《がんきょう》に抵抗《ていこう》した。しかしかれらの指揮官《しきかん》が倒《たお》れたときの一瞬《いっしゅん》のためらいが、かれらの敗北を決定したのだ。

もっとも、あのときアビュドスの戦いでわたしに見えたのは——指揮官《しきかん》のように戦闘《せんとう》の全体が見えていない兵卒ならだれでも同じだろうが——こんな情景《じょうけい》だった。息もできない土ぼこりのなかで人びとが走りさけぶ声と武器《ぶき》がぶつかりあう音が混沌《こんとん》と混《ま》ざりあう。

かっとみひらいた敵《てき》の目がたがいの盾《たて》のふちごしにこちらをにらむ。殺《ころ》さなければ殺《ころ》される。槍《やり》が毒《どく》ヘビのように空気を切りさいて頬《ほお》をかすめる。傷《きず》ついた馬がどこかで悲鳴をあげる。戦場の血のにおいが鼻をつく。

なにもかもがかたちもなく崩《くず》れ、混《ま》ざりあった夢《ゆめ》のようだった。ただひとつ現実《げんじつ》と思えたのは、トーモッドの肩《かた》がいつもわたしのそばにあるという、はっきりした感覚だけだった。

第十三章　火影《ほかげ》の顔

その夜、皇帝《こうてい》はアビュドスの町では眠《ねむ》らなかった。いつでも町をかこむ城壁《じょうへき》の内側より野営のほうがくつろげるし、もともと配下の兵士《へいし》とともにいるほうが好きだった。弟のコンスタンティヌスは町の快適《かいてき》な屋根の下にいって眠《ねむ》ったが、バシリウスは戦闘《せんとう》が終わったあとも前の夜と同様に、野営のまんなかに数本あるキョウチクトウとならべて張《は》った青とむらさきの大天幕《てんまく》ですごした。

皇帝《こうてい》はさらに、キエフからきたヴァイキングが軍務《ぐんむ》の一部として、昼の戦闘《せんとう》のあとではあるが夜の警護《けいご》にもあたるよう命じた。

どういうわけでそうなったのか――おそらくエアランド・シルクビアドがカーン・ウラディミールの腹心《ふくしん》のなかでも信任《しんにん》があつく実力があり、独眼《どくがん》のハーカンがエアランドの旧《ふる》い友人だからだろうか――わたしたち赤い魔女《まじょ》号の仲間も当直にあたることになった。そういうわけで、イギリス西部で生まれ、牛飼《うしか》いとして一生をすごすはずだったわたしも、ビザンティン帝国皇帝《ていこくこうてい》が玉座《ぎょくざ》の安泰《あんたい》を確保《かくほ》した夜に、警護《けいご》に立つことになった。

あの夜のことは細かいことまではっきり心に焼きついている。わたしはほんとうに若《わか》かった。十九歳《さい》になっていたとはいえ、気持ちはまだまだ子どもだった。だから皇帝《こうてい》の警《けい》護《ご》に立つのがすばらしい名誉《めいよ》ある職務《しょくむ》のように思えた。野営の夜の物音をいまも覚えている。通りすぎる足音。唄《うた》をひとふし、高く歌う声。そして野営地のむこうには大いなる静けさが広がっていた。戦いが終わったあとの戦場の静けさだ。ときおり夜行性《やこうせい》の獣《けもの》が短く鳴いた。血のにおいをかいで獲物《えもの》にありつきにきたのだ。そこらじゅうにかがり火がたかれていた。野営地のはじの馬止め柵《さく》のところにも、将軍《しょうぐん》たちの天幕《てんまく》の前にも、そしてアビュドスの塁壁《るいへき》の上にも炎《ほのお》が赤く小さい点になってならんでいた。野営地のなかにもあちこちにかがり火が置かれた。歩きまわる人影《ひとかげ》がいくつも、闇《やみ》にかくれては明かりのなかにあらわれ、また闇《やみ》にとけこんでいった。わたしは皇帝《こうてい》の天幕《てんまく》の入り口のわきで、長剣《ちょうけん》の先を地につき、両手を柄《つか》にかけた姿勢《しせい》で前を見つめていた。すこし離《はな》れたかがり火のまわりには、当直の番を待つ者たちがすわったり地面に寝《ね》そべったりして、あるいは小声でしゃべり、あるいはすでに眠《ねむ》りこんでいた。

闇《やみ》のなかからななめに明かりのなかへ出てきた男が前を通りすぎながら、マントにくるまって眠《ねむ》っている者たちをちらりと見おろした。男はほんのひと呼吸《こきゅう》、足をとめた。その目は明かりのなかのただひとりをとらえている。男はすぐまた闇《やみ》にかくれ、どこかへ行ってしまった。しかしわたしの目には男の顔がはっきり焼きついていた。かがり火に照らされて闇《やみ》に浮《う》かびあがったのはアーンナス・ヘリュフサンの顔だった。そしてアーンナスがつかのま足をとめて見つめていたのは——そう、確《たし》かめるまでもなく、わたしにはわかっていた。

トーモッドはあおむけに眠《ねむ》っていた。あごを上げ、マントにぴったりくるまっている。ふいに、トーモッドの父親がおなじ姿勢《しせい》で横たわったすがたを思いだしてどきっとした。あごまでクマの毛皮におおわれ、枕《まくら》もとと足もとに松明《たいまつ》の明かりを置いて。わたしのうなじの毛が逆《さか》だった。

前の夜は、軍務《ぐんむ》が解《と》かれるのはいつになるだろうと考えていた。けれどいま、皇帝《こうてい》の玉《ぎょく》座《ざ》が安泰《あんたい》になってみると、問題はより切迫《せっぱく》し冷たい脅威《きょうい》となって躍《おど》りかかってくるように思えた。心臓《しんぞう》の鼓動《こどう》がはやまり、手のひらがじっとり汗《あせ》にぬれた。当直を交代したら火のそばでからだを伸《の》ばすかわりに、そっとぬけだして狩《か》りにでようかという考えが浮《う》かびさえした。野営地のすみの暗がりで、短刀の刃《は》をアーンナスのあばらの下に突《つ》きたてれば、それでおしまいだ。長く待ったをかけられた復讐《ふくしゅう》は終わり、トーモッドの身は安全になる。しかしわたしは誓《ちか》いを破《やぶ》り、信義《しんぎ》を破《やぶ》ることになる。ヴァイキングのあいだでは、同族との信義《しんぎ》を破《やぶ》った者は軽蔑《けいべつ》され、生あるもののなかで最低のあつかいを受ける。けれどわたしを思いとどまらせたのは、そんな理由ではなかったと思う。わたしが手出しすることではないという冷厳《れいげん》な事実がはっきりわかっていたせいだ。わたしがトーモッドで、たとえ義兄弟《ぎきょうだい》といえども自分以外の人間が横から手をだして復讐《ふくしゅう》を終わらせてしまったら、どんな気がするだろう？　しかもわたしの身の安全のためなどと、子どもあつかいされたら？　そうなったらぜったいに相手をゆるさないだろうし、いざというときにともに闘《たたか》う仲間とはけっして考えなくなるだろう。

こうして裏切《うらぎ》りの危険《きけん》はすぎさった。

そのあいだもずっと、うしろの天幕《てんまく》から高く低くひびいてくる話し声は耳にはいっていた。とつぜん、入り口の幕《まく》が引きあげられた。前をむいたまま横目でうかがうと、皇帝《こうてい》が天幕《てんまく》から歩みでるところだった。つづいてカーン・ウラディミールの巨体《きょたい》がしたがう。

バシリウスはいつもするように、両手を腰《こし》にあて、足を大きくひらいて立った。眠《ねむ》りにつく前に新鮮《しんせん》な空気を吸《す》いにでた、というかっこうだった。かがり火の赤い光が、まるい顔と雄《お》ヒツジの角のような長いくちひげを照らしだした。皇帝《こうてい》はかかとに体重をかけて前後にからだをゆすり、空の星を見上げた。

「いい夜だ。偉大《いだい》なる昼につづく静かな夜だ！　神は反乱軍《はんらんぐん》をわが手のうちにおさめさせた。連中の指揮官《しきかん》が思いあがり、わたしにたてつこうとしたまさにそのとき、神がやつを高みからふりおとされたのだ。捕虜《ほりょ》を尋問《じんもん》したところ、やつは馬から落ちたときすでに死んでいたらしい」

ひと冬コンスタンティノープルですごすあいだに、わたしは「兵隊なまり」のギリシア語をかなり身につけていたので、話はほぼ理解《りかい》できた。

ウラディミールがうなずいた。「でしょうな。しかし、それは二度めの落馬のときだ。おそらく最初にウズラが飛びだして馬が驚《おどろ》いたとき、やつは頭から落ちたにちがいない。そしてどこかに重大な損傷《そんしょう》をうけたのでしょう」

「それこそ神の手のみわざと思わないか？　友よ。そなたはまだキリスト教徒としての考えかたを身につけていないようだな。全能《ぜんのう》なる神は晴れあがった空から稲妻《いなずま》を投げおとす必要などないのだ。最後の瞬間《しゅんかん》まで巣にへばりついて卵《たまご》をだいていた一羽《わ》のウズラが、神のご意志《いし》にかなうよう、みごと務《つと》めをはたせるのだからな」皇帝《こうてい》はつねに信心ぶかく、そして実際《じっさい》的な人間でもあった。

「巣にへばりついていたウズラのほかに、六千人のヴァイキングもお忘《わす》れなく」カーン・ウラディミールが答えた。

皇帝《こうてい》は短くかん高い笑い声をあげると、手をのばしてカーンの肩《かた》をつかんだ。天にむけていた目が、地上におりてきて野営の火と眠《ねむ》ったり見張《みは》りに立ったりしている兵士《へいし》を見まわした。「もちろんだ！　六千人の異教徒兵《いきょうとへい》を忘《わす》れてはいない。だからこそ今夜、わたしの警護《けいご》を命じたのだ。異教徒親衛隊《いきょうとしんえいたい》だな」このときもちろん、皇帝《こうてい》はギリシア語で「異教《いきょう》徒《と》」をヴァリャーギといった。ヴァリャーギ親衛隊《しんえいたい》。この名はその後、いくつもの功績《こうせき》でひとに知られるようになる。

しばらく皇帝《こうてい》は黙《だま》って野営地のかなたをながめ、なにか考えながら、独特《どくとく》の手つきで口ひげのはしをひねりまわしていた。それから目を上げて、横に立つ勇猛《ゆうもう》なる「北方の熊《くま》」を見つめた。「弟よ、ヴァリャーギ親衛隊《しんえいたい》のこと、真剣《しんけん》に考えることとしたぞ！　そなたがガンの群れとともに北へ飛び去るときがきたら、そうだな、そなたの兵千人を残していってくれまいか。かれらの剣《けん》をわがもとで役だてるために」

「ガンが自由であるように、わたしの兵も自由です」カーンのごつくてきいろい歯が明かりに光るのが見えた。「ヴァイキングの血をうけた者が黄金といくらかの栄光のために剣《けん》の腕《うで》を売るのは、なにもはじめてではない。かれらが必要なら、直接《ちょくせつ》そうおっしゃることです。ただし、わたしにではなく、かれらにおっしゃってください」

「よろしい、そうしよう。直接《ちょくせつ》たのむとしよう」皇帝《こうてい》はカーンの肩《かた》に手をかけたまま、松《たい》明《まつ》のけむりのこもる天幕《てんまく》にもどっていった。入り口の幕《まく》がさっとおろされた。

ほとんど同時にトランペットが夜の第二当直を告《つ》げた。野営地全体がわずかに活気づいて、見張《みは》りの交代がおこなわれた。火のまわりでは男たちがもぞもぞ起きあがった。伸《の》びをしたり、剣《けん》がさやからすぐ抜《ぬ》けるか確《たし》かめたり、トランペットの音にも目を覚まさない仲間をつま先でつついてやったりしている。その夜は多くの者が死んだように眠《ねむ》っていた。なにしろすっかりかたがつくまでは、激《はげ》しい闘《たたか》いがつづいたのだ。あれ以来何度も戦《いくさ》を見てきたが、戦闘《せんとう》のあとの人間は、死んだように眠《ねむ》るか、まったく眠《ねむ》れないか、どちらかだ。

オームがいきなり目の前に立って、にやっと笑った。「目を覚ましな、ぼうず。立ったまま寝《ね》てるじゃないか」

眠《ねむ》ってはいなかった。けれど動こうとすると、足がよろけた。ひざがすっかり固くなっていたのだ。どっと疲《つか》れが襲《おそ》いかかって、なにもかもが夢《ゆめ》うつつの感じだった。「一杯《いっぱい》やりな」オームが陽気に声をかけた。わたしはよろよろとトーモッドが寝《ね》ている場所へむかった。第三当直のトーモッドはずっと横になっていて、トランペットにもほとんど目を覚まさなかった。けれどわたしが崩《くず》れるように地面に身を投げだすと、トーモッドはなにかつぶやいて腕《うで》をまくらに、ちょっとこちらに顔をかたむけた。

そんなふうに横になると、トーモッドはもう、父親のようには見えなかった。かがり火の明かりがやわらかく顔を照らし、海からのおだやかな風が髪《かみ》をすくときいろい羽毛《うもう》のように見えた。いまは、息をしている人間がふつうに眠《ねむ》っているように見えた。なんとなく安心して、さっきまで自分がいったいなにを心配していたのかも思いだせなかった。

第十四章　ヴァリャーギ親衛隊《しんえいたい》

バーダス・フォーカスの敗北から数日後、アジアの司令官だったバーダス・シュレラスが岩をくりぬいてつくった牢獄《ろうごく》から脱出《だっしゅつ》し、東部国境《こっきょう》から部隊を呼《よ》びよせてふたたび皇帝《こうてい》の座《ざ》をねらおうとした。そんなわけで、春が夏になり山々《やまやま》が犬の毛皮のような茶色に変わり小川が干《ひ》あがる季節、わたしたちはシュレラスを狩《か》りだすためにアナトリアの高原を転々《てんてん》とすることになった。シュレラスが皇帝軍《こうていぐん》に対抗《たいこう》できる勢力《せいりょく》をかきあつめる前に、戦《いくさ》にひっぱりだそうと大汗《おおあせ》をかかされたわけだ。「狩《か》りだす」というのは、ちょっとちがうかもしれない。なにしろ鬼火《おにび》のようにつかみどころのない相手だったのだ。

夏が終わるころ、シュレラスは皇帝《こうてい》に使者をよこして和解《わかい》を申しいれてきた。理由はかんたんで、シュレラスは牢獄《ろうごく》にいるあいだに眼病《がんびょう》をわずらい、視力《しりょく》をうしないかけていたのだ。これもやはり皇帝《こうてい》への神のご加護《かご》といえた。

バシリウスは寛大《かんだい》だった。いまでも、ときには寛大《かんだい》になることがあるが、若《わか》いころはほんとうに寛大《かんだい》だった。処刑《しょけい》されたものはひとりもなかった。反乱軍《はんらんぐん》でふたたび皇帝《こうてい》への忠《ちゅう》誠《せい》を誓《ちか》うものは、赦《ゆる》されて迎《むか》えいれられた。兵ばかりでなく将官《しょうかん》もだ。当時は皇帝《こうてい》の処置《しょち》に反対する声も多かった。しかし皇帝《こうてい》にははっきりしたもくろみがあった。というのも、反乱軍《はんらんぐん》のなかにはバシリウスの将官《しょうかん》のなかでも指折りの者が何人もいたからだ。バーダス・シュレラスはといえば、赦免《しゃめん》されたうえビシニアの皇帝直轄領《こうていちょっかつりょう》から小さな領地《りょうち》を与《あた》えられ、そこで暮《く》らすことになった。アジアの司令官の肩書《かたが》きも元どおりになったが、もちろんこれは名前だけで実権《じっけん》はない。杯《さかずき》の美酒はこぼれてしまったわけだ。

皇帝《こうてい》は、かつての敵《てき》が皇帝《こうてい》から賜《たまわ》ったばかりの屋敷《やしき》でひらく祝宴《しゅくえん》においでいただきたいという申し出まで承知《しょうち》してやった。座《ざ》につらなった護衛《ごえい》のひとりが、そのときの光景は忘《わす》れられないと話していた。広間に連れてこられた老人は、やや前かがみの姿勢《しせい》だったが、恐《おそ》れいってそうしているわけではなく、案内役の士官《しかん》の肩《かた》に手を置いていたせいだった。一方、皇帝《こうてい》は広間の奥《おく》の黄金の玉座《ぎょくざ》から老人をながめ、笑い声をあげた。「こやつが、わが玉座《ぎょくざ》をうばうかもしれんと恐《おそ》れていた相手とはな！　案内がなければここまで歩けもしないではないか！」

たしかにむかしは皇帝《こうてい》も寛大《かんだい》であられた。思うに、ひとりの人間の寛大《かんだい》さにはかぎりがあり、皇帝《こうてい》もおなじなのだろう。

こうして夏の戦《いくさ》も終わった。キエフの船着場から剣《けん》をたずさえて南へ、皇帝《こうてい》のもとへと船出したときに考えていたのと、じっさいはまったくちがう展開《てんかい》だった。そんなふうに思ったのはわたしだけではなかっただろう。秋のはじめにわたしたちはミクラガルドの大《だい》城壁《じょうへき》の下の野営地に帰ってきた。報償金《ほうしょうきん》が支払《しはら》われれば、ヴァイキング軍団《ぐんだん》は解散《かいさん》し、それぞれ風にのってどこかの海へちりぢりになるはずだ。カーン・ウラディミールにしたがって北へ帰る者もある。ドニエプルが氷で閉《と》ざされる前にキエフと周辺の土地へもどらなければならないが、ぎりぎり間に合うはずだ。冬のあいだ地中海へ出て商売にはげみ、ついでに海賊《かいぞく》でひと稼《かせ》ぎして、春になったらバルト海をめざす者もあるだろう。

そして千人のヴァイキングがそのまま残留《ざんりゅう》し、剣《けん》で皇帝《こうてい》に仕えることになった。バシリウスはあの夜アビュドス城外でカーン・ウラディミールにむかって口にしたヴァリャーギ親衛隊新設《しんえいたいしんせつ》の話を本気で考えていたのだ。

しかも、いかにもバシリウスらしいやり方で。

コンスタンティノープルの野営地にもどって二、三日もすると、皇帝《こうてい》の使者がやってきた。みごとなテッサリア産の馬に乗った男が三人、土ぼこりをけたてて野営地にのりこんでくると、カーン・ウラディミールの大天幕《てんまく》にこもって長いこと話しあっていた。そのあいだ馬丁《ばてい》がそれぞれの馬を引いて天幕《てんまく》の外を行ったり来たりしていた。わたしたちにはなんの話か見当がついていたし、その気のある者はたがいに顔を見合わせてカーンの天幕《てんまく》のほうへ足をむけた。集合の合図の角笛が吹《ふ》き鳴らされる前に、天幕《てんまく》の前の広場はひとでいっぱいになった。

「なるほど、皇帝《こうてい》はおれたちみんなに話があるらしい」独眼《どくがん》のハーカンがいった。

三人の使者がカーンの天幕《てんまく》からすがたをあらわし、馬にとびのった。しかしそのまま去りはしなかった。ひとりが馬の腹《はら》をけって、やや前へ進みでた。わたしたちもかれらのほうへ近よった。使者は馬上からわたしたちを見渡《みわた》した。背《せ》が低くがっしりした男で、丈《たけ》の高い馬の背《せ》にちょこんととまっているように見えた。黒っぽいマントの頭巾《ずきん》をまぶかにおろしているので、顔の上半分がすっぽりかくれていた。さっと手を上げてわたしたちを黙《だま》らせ、兵隊なまりのギリシア語でしゃべりだした。このころにはヴァイキング部隊のほとんどが、かなりこの言葉がわかるようになっていた。男の声は軍団《ぐんだん》のすみずみまではっきり聞こえた。

「バシリウス帝《てい》とコンスタンティヌス帝《てい》のことばを伝える。いまや戦いの夏は終わり、帝《てい》位《い》は安泰《あんたい》である。皇帝《こうてい》はよき兵士《へいし》を高く評価《ひょうか》するものである。いまはもうそれぞれのなすべきことにもどりたいと考えている者にたいしては、すでに支払《しはら》われた報償金《ほうしょうきん》に、皇帝《こうてい》からの感謝《かんしゃ》をつけくわえ、よい風とするどい剣《けん》にめぐまれるよう祈《いの》る。皇帝《こうてい》のもとにとどまる意志《いし》のある者にたいしては、おふたりはこう申された——千人からなる親衛隊《しんえいたい》をあたらしく組織《そしき》すると。親衛《しんえい》隊員は、昨年カーン・ウラディミールにしたがって北からやってきた者たちから選抜《せんばつ》される」

あちこちでざわめきが起こった。ヴァイキングはえらい人間に敬意《けいい》を表して黙《だま》って話を聞く習慣《しゅうかん》がない。それはたぶんかれらが、自分よりえらい人間がいると思っていないからだろう。

「ヴァリャーギ親衛隊《しんえいたい》だ。いったとおりだ」わたしはトーモッドにささやいた。

だれかがさけんだ。「払《はら》いはどうだ、財布《さいふ》がふくらむくらいあるのか？」

使者は笑い声をあげた。妙《みょう》に聞きおぼえのある、短くするどい笑いだった。「ひと月にビザンツ金貨一枚《まい》半だ。親衛《しんえい》隊員はみな、同額《どうがく》だ。戦時には戦利品をつかみどりできる。

戦利品を確保《かくほ》する技《わざ》では、ビザンティン兵がヴァイキング兵にかなうとは思えないからな」

どよめくような笑い声があがった。それから「やとってくれ」という叫《さけ》び。うしろの仲間に「やとうのは皇帝《こうてい》だ」歓声《かんせい》がしずまるのを待って、使者が叫《さけ》びかえした。合図すると、ひとりがマントの下から袋《ふくろ》をだして、くちひもをほどきはじめた。「盾《たて》をもってこい！」盾《たて》が運ばれ、裏《うら》を上に大きな皿のようにさしあげられると、男は袋《ふくろ》のなかみをすっかりぶちまけた。白っぽい塊《かたまり》が、巨大《きょだい》な雹《ひょう》のように音をたてて転がりおちた。

「ビザンツ金貨じゃないぞ」だれかがわめいた。

「ヒツジの関節の骨《ほね》千個《こ》だ」頭巾《ずきん》の男が答えた。「おまえたちの大公殿《どの》の天幕《てんまく》の前に置いておく。皇帝《こうてい》の親衛隊《しんえいたい》で剣《けん》を役だてる気のある者は、来てここからひとつとるがいい。おまえたちが故郷《こきょう》であたらしく船に乗り組むときの、それが作法と聞いている。あす正午、大競技場《だいきょうぎじょう》でヴァリャーギ親衛隊《しんえいたい》は皇帝《こうてい》へ忠誠《ちゅうせい》を誓《ちか》うことになる」

「隊長は、おれたちのなかから選ばれるのか？」うしろのほうから声があがった。「それとも南のやつらから命令を受けることになるのか？」

「おまえたちのひとりが指揮《しき》にあたる。帝国軍《ていこくぐん》の将軍《しょうぐん》といえども、その者にたいして命令することはない。命令を発するのは皇帝《こうてい》ご自身のみだ」

「だれが隊長になるんだ?」

だれもがその問いを胸《むね》にいだいた。軍団《ぐんだん》全体にささやきが広がった。

エアランド・シルクビアドが将官《しょうかん》グループから大またに歩いてきて、使者とならんだ。縞《しま》もようの絹《きぬ》の長衣《ちょうい》をむぞうさにはおったすがたは、この地方でよく見るひょろっとした野生のチューリップのようだった。金色の髪《かみ》とあごひげは日ざしをあびて色がぬけたように白く輝《かがや》き、日焼けした顔との対照でまぶしいほどだ。やはり濃《こ》く日焼けした両手を剣《けん》の柄《つか》にかけて正面をむいた。「エアランド・シルクビアドだ、おまえたちに文句《もんく》がないなら」

だれもが納得《なっとく》した。この一年のあいだにわたしたちはエアランドが信頼《しんらい》してついていける指揮官《しきかん》だとわかっていた。態度《たいど》は絹《きぬ》のように柔《やわ》らかだが、海賊王《かいぞくおう》のように気が荒《あら》く、ヤマネコのように気性《きしょう》がはげしい。配下の者を情《なさ》け容赦《ようしゃ》なく働かせるが、追いつめられたときも最後まで兵とともに砦《とりで》を守る男だ。わたしたちはエアランド・シルクビアドのために歓声《かんせい》をあげ、それから皇帝《こうてい》のために歓声《かんせい》をあげた。三人の使者が馬を旋回《せんかい》させてひづめの音も高く野営地から駆《か》け去ると、たちまち若《わか》い者がカーンの天幕《てんまく》の前に置かれた盾《たて》にばらばらと走りよって、ヒツジの骨《ほね》を手にとった。

わたしは黒いマントに身をくるんだ三人の使者を見おくりながら、考えこんでいた。トーモッドとオームも、わたしの横でどうやらおなじことを考えていたらしい。

「皇帝《こうてい》の権威《けんい》もあったもんじゃないな、じぶんでタイコたたいて子分を集めるなんざ、海賊《かいぞく》の親分だ」オームがぽつりといった。

わたしはそこまで皮肉には思わなかった。「アビュドスを救出《きゅうしゅつ》した夜、いっていたんだ。皇帝《こうてい》が、ぼくらに直接《ちょくせつ》たのむことにするって。ぼくらが必要なら直接《ちょくせつ》たのむべきだとカーン・ウラディミールがいったら、そうしようって、答えたんだ……」

「でかかったな、いまのやつの馬。背《せ》の低い男にしては」トーモッドが考えこみながらいった。「あのマントで顔はよく見えなかったが、誓《ちか》ってもいい、あんなくちひげはミクラガルドじゅう探《さが》してもふたつとあるまい。それに皇帝《こうてい》の使者が、あんなきたない兵隊なまりを使うとも思えない。とちゅうからコンスタンティヌス帝《てい》のことは抜《ぬ》きにしてしゃべりだしたが、ほんものの使者なら、そんなことはぜったいできないはずだ」

だれかが歌いだした。

ミクラガルドへわれらは行くぞ

ちび皇帝《こうてい》もご安心

笑い声があがり、歌声が広がっていった。つぎからつぎへ男たちが進みでて、盾《たて》の上のヒツジの骨《ほね》をとっていった。

「ま、あの使者がだれだったかはともかく」オームがいった。「おれたち三人はなんと答えるんだい？」

赤い魔女《まじょ》号の乗組員《のりくみいん》で残るのは、わたしたち三人だけのはずだった。それはもとからわかっていた。夏の戦《いくさ》のあいだにわたしたちは四人の仲間を失った。それに独眼《どくがん》のハーカンは、皇帝《こうてい》が本気で親衛隊《しんえいたい》をつくるとしても、若《わか》い者ならともかく、自分は生き方を変えるには年がいってしまった、といっていたからだ。ハーカンは冬のあいだ南へ交易《こうえき》にでる計画だった。残った乗員に新顔があと数人くわわって、ハーカンとともに運だめしをするつもりで報償金《ほうしょうきん》を出しあって荷を仕入れていた。

トーモッドとわたしは顔を見合わせた。自分で質問《しつもん》をしたくせにオームの気持ちはもう決まっていた。「そう長くひまにはしていられないぜ。トラキアじゃあブルガル人が野放しだしな。戦利品は取り放題、とくれば、おれにゃ文句《もんく》はないね」

「それで？　先のばしのホルム・ギャンギングのことは、ひとこともなしか？」背中《せなか》から声がした。

ふりむくと、アーンナス・ヘリュフサンが立っていた。くちびるはきつく結ばれていたが、灰色《はいいろ》と青の色ちがいの目が輝《かがや》いていた。

「おまえはどうする？　皇帝《こうてい》からヒツジの骨《ほね》を受けとるつもりなのか？」トーモッドが聞きかえした。あごの筋肉《きんにく》にぐっと力がはいっているのをのぞけば、赤い魔女《まじょ》号の仲間としゃべっているようなおだやかな調子だった。

「皇帝《こうてい》の親衛隊《しんえいたい》をつとめる機会など、この先二度とないだろうからな。それにおれは、なんでも一度はためしてみることにしている。どんな味かみるだけでもな」

「一日か、せいぜい三日で終わることになるかもしれないぞ。カーンの軍団《ぐんだん》はすでに解散《かいさん》しているんだからな」

「一日しか味わえない果実こそ、舌《した》に最高に甘《あま》いものだろう？」アーンナスが答えた。

そしてふたりは、おもてむき笑いあった。

あのときのことは、当時のわたしより、オームのほうがよく理解《りかい》できていたと思う。

とにかくそんなわけで、わたしたちは四人そろってカーン・ウラディミールの天幕《てんまく》の前へすすみ、盾《たて》のくぼみからヒツジの骨《ほね》をとった。二年前キエフの低湿地《ていしっち》で三人がたてた誓《ちか》いは、朝風にふかれたアザミの冠毛《かんもう》のように消えてなくなった。わたしたちはまた、たがいに狙《ねら》いねらわれる仇敵《きゅうてき》にもどったのだ。

親衛隊《しんえいたい》の組織《そしき》はごく単純《たんじゅん》だった——いまではすっかり複雑《ふくざつ》になっているが、はじめはそんなことはなかった。百人組の小隊が十、その上にイリャーチ、つまり百人隊長がいて、いちばん上のエアランド・シルクビアドが全体を統括《とうかつ》する。つぎの日の正午、わたしたちは親衛隊《しんえいたい》としてはじめて皇帝《こうてい》の面前で盾《たて》をかかげた。大競技場《だいきょうぎじょう》はもともと戦車競走のためにつくられたが、さまざまな集会や公共の娯楽《ごらく》のときにも使われていた。この日はコンスタンティヌス帝《てい》もすがたをみせた。巨大《きょだい》な青銅《せいどう》の馬の彫刻《ちょうこく》でかこまれた貴賓席《きひんせき》でくつろぎ、猟犬《りょうけん》をからかったり、口に手をあててお気に入りの小姓《こしょう》と笑いあったりしていた。式にすっかり退屈《たいくつ》して、こちらへはたまに視線《しせん》を投げる程度《ていど》しか関心をしめさなかった。わたしたちもコンスタンティヌスに注意をはらうのはやめてしまった。わたしたちが忠誠《ちゅうせい》を誓《ちか》う相手は皇帝《こうてい》バシリウスだった。臣下のだれより質素《しっそ》な身なりで、いつもどおり両手を腰《こし》にあてて堂々《どうどう》と立ち、正午の太陽にくちひげをいからせている皇帝《こうてい》に、わたしたちは抜《ぬ》き身の剣《けん》をかかげて死をいとわず奉仕《ほうし》することを誓《ちか》ったのだ。わたしたちは灰色《はいいろ》の鎖《くさり》かたびらと頭頂《とうちょう》のとがった兜《かぶと》を身につけていた。夏の戦《いくさ》のとき帝国軍《ていこくぐん》の装備《そうび》として支給《しきゅう》されたものだ。あの戦《いくさ》のあいだ武器《ぶき》は北から持参したものを使ってよいことになっていた。一撃必殺《いちげきひっさつ》の長柄《ながえ》のまさかり、軽いが殺傷力《さっしょうりょく》のある投擲《とうてき》用の斧《おの》、両手もちのヴァイキングの長剣《ちょうけん》などだ。いまではそれも変えられて、ヴァリャーギ親衛隊《しんえいたい》はビザンティン風の武器《ぶき》をたずさえることになっている。けれど、あの日のわたしたちは、使いなれた武器《ぶき》をかかげて皇帝《こうてい》に敬礼《けいれい》ができたので満足していた。

その夜、儀式《ぎしき》用の正装《せいそう》を身につけたわたしたちは、雄鶏《おんどり》のようにふんぞりかえって、はじめて皇宮《こうきゅう》の警備任務《けいびにんむ》についた。制服《せいふく》は白のチュニックの胸《むね》と両肩《りょうかた》に厚《あつ》い刺繍《ししゅう》の飾《かざ》り板をつけたもので、ハザール産の薄《うす》く目のつんだ毛織《けおり》のマントのすそには銀の椎《しい》の実型《みがた》のふち飾《かざ》りがついていた。

皇宮《こうきゅう》は、そこだけでひとつの町のようだ。いくつもの宮殿《きゅうでん》や遊興《ゆうきょう》用の大天幕《てんまく》、武器製造《ぶきせいぞう》所《しょ》、厩舎《きゅうしゃ》、灯台に貨幣鋳造《かへいちゅうぞうじょ》所までが、そっくりみんな、ボスポラス海峡《かいきょう》にむかってゆるく傾斜《けいしゃ》する木蔭《こかげ》の多い庭園のなかにちらばっている。どちらに目をむけても美と力と光があった。大きなものでは大灯台——そびえたつ塔《とう》の頂上《ちょうじょう》から放たれる強烈《きょうれつ》な光は、南はマルモラ海のかなたまで、北は海峡《かいきょう》をこえて黒海にまでとどく。小さなものでは皇帝《こうてい》の寝所《しんじょ》の前の柱廊《ちゅうろう》――列柱のあるテラスが小さな中庭にむかってひらけ、庭の中央には黄金細工の葉をつけた小さな木が植えてある。歩哨任務《ほしょうにんむ》で柱廊《ちゅうろう》を行ったり来たりしていると、からだのむきを変えるたびに黄金の木の葉が欠けていく月の光に白くひかったり、柱廊《ちゅうろう》のはじに置かれた油皿の明かりに赤く輝《かがや》いたりした。黄金の葉のあいだには、やはり黄金でこしらえた小鳥が幾羽《いくわ》も、いまにも歌いだしそうにとまっている。地上に雪が降《ふ》りつもっても、皇帝《こうてい》は黄金の木の庭で変わらぬ夏を楽しめるのだ。神々《かみがみ》のひとりといえども、これほどのことができるだろうか。

そしてわたしはといえば、奴隷《どれい》首輪で首の皮をすりむいたこともあるのに、いまは首にぴったりした黄金の首飾《くびかざ》りのきつい感触《かんしょく》を楽しんでいる。帝国軍《ていこくぐん》ではヴァリャーギ親衛隊《しんえいたい》のほかに近衛隊《このえたい》といえども、黄金の首飾《くびかざ》りを身につける部隊はない。これはわたしたちの徽章《きしょう》であり、特別の栄誉《えいよ》のしるしだった。

しかしその夜の勤務《きんむ》では、赤い魔女《まじょ》号の仲間がアビュドス城外で皇帝《こうてい》の天幕《てんまく》の警護《けいご》を命じられたときほどの感激《かんげき》と輝《かがや》きが感じられなかった。

第十五章　荘園《しょうえん》の少女

つぎの日、第三小隊——わたしとトーモッドとオームが所属《しょぞく》する隊で、アーンナスは第五だった——は町の反対側のブラシェルネス宮《きゅう》へ行くよう命じられた。金角湾沿《きんかくわんぞ》いにある材木集積場と漁港のむこうにある小さな宮殿《きゅうでん》だ。

ブラシェルネス宮《きゅう》は狩猟《しゅりょう》用の離宮《りきゅう》になっていて、多くの厩舎《きゅうしゃ》や犬舎《けんしゃ》をかかえていた。テオドシウス大城壁《だいじょうへき》のほとんど真下に位置しているので、馬や犬やチータを運ぶ手間がはぶける。でなければ皇帝《こうてい》がイノシシやガゼルを追って狩《か》りに出かけるたびに、皇宮《こうきゅう》から大城《だいじょう》壁《へき》まで、町のまんなかを通っていくことになっただろう。この離宮《りきゅう》は皇帝《こうてい》が祈《いの》りのためのお籠《こも》りをする場所でもあった。すぐそばの聖《せい》マリア教会は巡礼《じゅんれい》のあつまる聖地《せいち》で、聖処女《せいしょじょ》マリアの衣《ころも》が聖遺物《せいいぶつ》としてたいせつに守られていた。

そういうわけで、皇帝《こうてい》バシリウスは祈《いの》りに出かけ、異教徒親衛隊《いきょうとしんえいたい》の第三小隊が供《とも》をおおせつかったわけだ。

その夜、秋の最初の雷雨《らいう》があった。長くつづいた夏の暑さのあとで、都市そのものがため息をついて、けだるげに手足を伸《の》ばしたような感じだった。つぎの朝、皇帝《こうてい》は山積みになっている統治《とうち》の仕事から一日だけ休みをとり、ほんの何人かの側近をつれて狩《か》りに出かけることにした（じっさい、軍務《ぐんむ》だろうが統治《とうち》上のたいくつな事務処理《じむしょり》だろうが、バシリウスほどりっぱに激務《げきむ》をこなす人間を、わたしはこれまで見たことがない）。親衛隊《しんえいたい》の詰所《つめしょ》に命令が伝えられ、八人が同行することになった。「皇帝《こうてい》なんてつらいもんだな、護衛《ごえい》なしでちびガゼル一匹《ぴき》追いかける自由もないんだからな」と、だれかがいった。

わたしも、たまたま最初に百人隊長の目にとまったせいで、八人のひとりに指名された。オームとトーモッドは離宮《りきゅう》での勤務《きんむ》に残ることになったが、オームは上官におべっかをつかう連中をおもしろくなく思っていたところだったので、同僚《どうりょう》が任務《にんむ》についているあいだ自分たちも狩《か》りにでる計画をたてていた。

八人が眠《ねむ》い目をこすって起きだしたのは、詰所《つめしょ》の高窓《たかまど》のむこうの空が明るくなりきらないころだった。ひと晩《ばん》じゅうともされていたランプの光が、まだ濃《こ》い影《かげ》を投げかけていた。

わたしたちは薄手《うすで》の麻《あさ》のチュニックのかわりに、着なれた革《かわ》の短上着に手をとおし、パンと肉を急いでほおばり、ほんのふた口ほどのビールで喉《のど》に流しこんだ。離宮《りきゅう》の前庭に出ると、ちょうど馬が引いてこられたところで、皮ひもにつないだ狩猟《しゅりょう》用のチータもいた。皇帝《こうてい》と側近があらわれて、緊張《きんちょう》していらだっている馬に乗った。お抱《かか》え猟師《りょうし》たちもすでに鞍《くら》についていた。それぞれ鞍《くら》のうしろに敷物《しきもの》を置き、そこにチータをしばりつけてある。チータ狩《が》りでつかう馬は、注意ぶかく馴《な》らして背中《せなか》に猛獣《もうじゅう》を乗せて運べるようにする。しかしどんな馬でも、生まれつき火をこわがるのといっしょで、ヒョウの仲間をおそれるものだ。チータが影《かげ》のように軽い身のこなしで馬の尻《しり》にとびのると、馬たちは全身をふるわせて白目をむく。わたしたち親衛隊《しんえいたい》も、鞍《くら》にとびのった。そのときのぞくぞくするほどの喜びは、いまでも覚えている。わたしたちにわりあてられた馬は、小馬よりたいして体高があるわけではないが、アラブ馬の血がはいっていたのだ。そんなすばらしい馬にまたがったのは、そのときがはじめてだった。まだ日も昇《のぼ》りきらないころ、わたしたちは出発した。離宮《りきゅう》の門をくぐり、大城壁《だいじょうへき》の門のうちでいちばん近い教会門を通り、つい最近までヴァイキング軍団《ぐんだん》の野営地につかわれていたのですっかり荒《あ》れた山あいの平地をぬけて、西の丘陵《きゅうりょう》地帯へむかった。

丘《おか》は茶色く干《ひ》からびていた。朝日を背《せ》にして進むわたしたちの影《かげ》がまだ前方に長く落ちて、はやる猟犬《りょうけん》のように先導《せんどう》していくというのに、もう地面から熱気がたちのぼっていた。それでも、白く干《ひ》あがった川床《かわどこ》の石の下には湿気《しっけ》が残っていたし、あちらこちらに小さな水たまりもあった。ゆうべの雨のなごりだ。そして夏の日ざしで乾《かわ》ききっていた世界に、もののにおいがもどってきていた。キョウチクトウの葉や下草のかすかな青くさいにおいが鼻につく。丘《おか》の斜面《しゃめん》のやぶでは、セージや乳香樹《にゅうこうじゅ》やローズマリーがさわやかな香《かお》りを吐《は》きだしていた。

草の香《かお》りだけではなかった。人間にはかぎとれなくても、チータにはわかる。かすかな風に鼻づらをあげて、表情《ひょうじょう》の読みとれない琥珀色《こはくいろ》の瞳《ひとみ》を遠くさまよわせている。チータの狩《か》りは、猟犬《りょうけん》をつかう狩《か》りとはまったくちがっているのがすぐにわかった。チータは集団《しゅうだん》で狩《か》りをする動物ではない。獲物《えもの》を追わせるときは、いっしょに何頭もではなく、一度に一頭か二頭だけひもを解《と》いてやるのだ。足の速さではどんな犬もチータにはかなわない。逃《に》げきる獲物《えもの》はほとんどなかった。たぶんそのせいだろうが、わたしはチータ狩《が》りがどうしても好きになれなかった。だいいち犬とならば心をかよわすことができるが、チータが相手では、とてもそんなことは考えられない。

この日は獲物《えもの》がたっぷりあったので何時間も狩《かり》をすることができた。荷運び用につれてきた小馬の背《せ》に獲物《えもの》を積んでミクラガルドへひきかえすころには、わたしたちの影《かげ》はまた地面に長くのびていた。ところが狩人《かりゅうど》たちがチータをひもでつなぐときになって、一頭いなくなっているのがわかった。呼《よ》んでも、角笛を吹《ふ》いてももどってこない。どうやら声も角笛の音もとどかないところに行ってしまったらしい。一行のほとんどはすでに皇帝《こうてい》にしたがって帰路についていた。残った五人ばかりが手わけしてチータをさがすことになった。ほとんどが狩人《かりゅうど》だったのに、なぜだかわたしもいっしょだった。群れからはぐれた牛をさがしだすのに慣《な》れていたせいで、はぐれたチータをさがしだすこつもわかっているつもりだったのかもしれない。それとも運命の女神《めがみ》がわたしの額《ひたい》に指をふれたのだろうか。

夕暮《ゆうぐ》れが近づくにつれて、ほんのかすかに吹《ふ》いていた風のむきが変わり、北から吹《ふ》くようになっていた。やはりかすかなそよぎにすぎなかったが、それでもその風が獲物《えもの》のにおいをはこんできて、チータをひきよせてしまったのだろう。そこで二、三人が北をさがすことになった。小馬は疲《つか》れて速度がすっかり落ちていた。チータが近くで獲物《えもの》を倒《たお》してむしゃぶりついているところをたまたま見つけるという幸運でもないかぎり、ひと晩《ばん》じゅう丘《おか》をさがしまわることになりそうだった。それでも、訓練された狩猟《しゅりょう》用のチータは貴重《きちょう》な獣《けもの》だし、ひどく危険《きけん》でもあるので、そのへんに野放しにするわけにはいかなかった。

わたしたちは分かれて、扇形《おうぎがた》に捜索《そうさく》をすすめた。じきに仲間同士声もとどかずすがたも見えなくなった。わたしは秋の色にそまりはじめたカバノキとシダの生えた風景のなかにいた。どこか故郷《こきょう》のイギリスを思わせるながめだった。ただ、はるか西に青くかすむトラキアの山々《やまやま》は、それまでに見たどんな山ともちがっていた。夕日の色も、シダの吐息《といき》に混《ま》じる乳香樹《にゅうこうじゅ》や野生のラヴェンダーの香《かお》りも、イギリスにはないものだった。ゆるく弧《こ》を描《えが》いた踏《ふ》みわけ道をくだっていくと、まばらに木が生えたあさい谷間にでた。谷のむこうには、ほこりっぽく干《ひ》からびたやぶの上の斜面《しゃめん》に、きれいに手入れされた緑のアーモンド園が広がっていた。農場か、あるいは金持ちが新鮮《しんせん》な食物をつくらせたり夏の別荘《べっそう》につかったりする小さな荘園《しょうえん》らしい。わたしは小馬をとめ、どちらへ進んだものかしばらく考えこんだ。夕暮《ゆうぐ》れの静けさがあたりをおしつつんでいた。ただセミの鳴き声が、まるで暑さと静けさを音にしたらこんなだろうと思わせるように聞こえていた。そのとき、踏《ふ》みわけ道が左にまわりこんでアーモンドの木立ちのむこうに消えたあたりから、ヤギかシカのおびえた鳴き声と、チータが威嚇《いかく》する、せきこむようなうなり声、それに女の悲鳴がほとんど同時にひびいてきた。

小馬の腹《はら》をかかとでけると、馬は前へとびだした。ひづめの下で小石がうしろへとびちった。チータが獲物《えもの》を襲《おそ》う音が、ふくれあがるように近くなった。道の曲がり目でぐっとたづなをしぼると、小馬は半分棒立《ぼうだ》ちになって急停止《きゅうていし》した。わたしは鞍《くら》からとびおりた。輪なわとチータをおびきよせるのにもってきた肉をほうりだす。もうこれを使っているひまはない。走りながら狩猟《しゅりょう》用のナイフをひきぬいて、がむしゃらにしげみをかきわけ、獲《え》物《もの》にとどめをさそうとうなる、チータの声のほうへ急いだ。においのいい草のしげみをぬけると、アーモンド園のはじのひらけた場所に出た。チータはそこにいた。

野生のオリーブの、節くれだった古木の根元に、少女がうずくまっていた。なにかにおおいかぶさって、チータから守ろうとしている。猛獣《もうじゅう》はかぎづめをむきだして、いまにもとびかかろうと身がまえている。少女の腕《うで》に赤い傷《きず》があるのが見えた。少女がかばっている薄茶色《うすちゃいろ》の毛の動物にも。わたしは駆《か》けこんだ勢《いきお》いのままとびかかった。こちらにむきなおりかけたチータのあごの下に狙《ねら》いをつけ、ナイフを突《つ》きさした。熱い血が噴《ふ》きだして、手にふりそそぐ。わたしはかまわず、チータの死骸《しがい》をひきずってオリーブの根元からひきはなした。

少女はうずくまったままわたしを見上げた。急にあたりが静まりかえった。少女のひじから手首についた三本の長い傷《きず》から血が噴《ふ》きだしている。すぐに手当てをしなければならない。

「腕《うで》が――ひどい血だ」わたしはナイフをさしだした。「スカートのすそをきってくれ」

「それはあとにして。マイアをたすけなくては」

「きみが先だ」わたしはいった。「自分でするか？　それとも、わたしがやろうか？」

少女はむだな言い合いをするような人間ではなかった――それはすぐにわかった。すっと立ちあがってナイフを受けとると、着物のすそに切れ目をいれ、青い布地《ぬのじ》を細長く裂《さ》きとった。男にはまねのできない、あざやかな手つきだった。わたしは布《ぬの》きれを受けとって少女の腕《うで》に巻《ま》きつけた。血止めのために、きつすぎるくらい固く結び目をつくる。「これでしばらくはもつ。あとで傷《きず》をあらって、ちゃんと包帯しなおせばいい」

少女は、痛《いた》いだろうに身じろぎもしなかった。しかししばり終わったとたんに、さっと手を引いてガゼルのわきにひざをついた。「きょうの狩《か》りはきっとすばらしかったのでしょうね」

「わたしじゃない、皇帝《こうてい》の狩《か》りだ」

「なら、皇帝《こうてい》が楽しまれたことを祈《いの》るわ」

「あのチータはかってに消えてしまったんだ」

「においをかぎつけたんだわ」少女は力なく答えた。両腕《りょううで》でガゼルをだいて、血がとびちった毛皮にほおずりする。「家から遠くへ出たことなんかなかったのに。お産をする場所をさがしていたのね――それでにおいをかぎつけられて……」

わたしもそばへひざをついた。ガゼルはたしかにお産のとちゅうだった。仔《こ》が生まれかけていた。けれど母親の美しい毛皮は首のところでひき裂《さ》かれ、赤くそまっていた。やさしい眼《め》にはもう膜《まく》がかかりかけていた。少女が名前をよぶと、ガゼルは首をもたげ、少女のひざにがくっと頭をおとした。全身に最期《さいご》の痙攣《けいれん》が走った。

少女はわたしを見上げた。ひどくおちついた顔だった。「死んだわ」

わたしはうなずいた。「かわいそうに。しかし、仔《こ》はたすけられるかもしれない」手ばやくさぐってみたが、まだ外からひっぱりだせるところまできていない。仔《こ》のいのちを救《すく》うなら、一秒もぐずぐずしてはいられなかった。前に一度、ガースじいさんがお産で死んだ母牛の腹《はら》から子牛をだすのを手伝ったことがあった。自分でも覚えているとは思わなかった光景が、ありありと思いだされた。

草の上からナイフをひろうと、刃《は》はまだチータの血でぬれていた。「ここはまかせて」

わたしは声をかけた。「きみは見ないほうがいい」まだやわらかいガゼルの死骸《しがい》を少女のひざからもちあげて、作業しやすいかたちに置きなおした。

少女はこばまなかった。声ひとつたてなかった。

夕暮《ゆうぐ》れの静けさのなかでセミが鳴きつづけていた。

わたしは手ばやく、注意ぶかくナイフをいれた。一気に深く切らなければならない。もたもたしているひまはないが、死んだ母親の腹《はら》にとじこめられた仔《こ》まで傷《きず》つけてはいけない。ナイフをわきに置き、切り口に両手をさしこんだ。仔《こ》をしっかりつかんで、ひっぱりだす。とちゅうで気をつけながらへ
その緒《お》も切った。牛やシカのお産では仔《こ》が産まれるときにへその緒《お》が切れるのだが、こういう場合はそうはいかない。両手にかすかな動きがつたわってきた。仔《こ》は生きていた。暑さで枯《か》れかけた草をひとにぎりむしりとって、黒っぽい羊膜《ようまく》をぬぐってやる。それから両手でじかに仔《こ》のからだをこすりつづける。するととつぜん、小さなからだがぶるっとふるえた。こんどは死の痙攣《けいれん》ではなく、いのちの動きだ。ガゼルはくしゃみをして、よわよわしく脚《あし》をけりだそうとしている。元気な雌《めす》だ！ ながめる余裕《よゆう》ができてみると、生まれたてなのに、もう美しかった。まだぬれている薄茶色《うすちゃいろ》の毛皮に、木もれ日のようなきいろい斑点《はんてん》とオリーブの葉のような淡《あわ》い緑のかげがついてい

る。わたしは立ちあがってふりかえった。少女は立って節くれだった古木の幹《みき》にもたれ、こちらを見守っていた。おちついた態度《たいど》だった。少女が目をそむけずに、最初から最後まで見ていたのがわかった。少女は両腕《りょううで》をさしだした。わたしはガゼルの仔《こ》をその腕《うで》にだかせた。

「ごめん、母親はたすけられなかったが、むすめを残してくれた」

少女はガゼルを見おろし、わたしの顔を見あげた。「ほんとうにありがとう、この子をたすけてくださって。けっして忘《わす》れないわ。生きているかぎり、ずっと」

少女には一種の静けさがただよっていた。こんな場面でこんなにおちついていられる女の子は多くはあるまいと、そのときも思ったものだ。そしてこのとき、その静かな空気のなかで、わたしははじめてまともに少女を見たのだった。

年はわたしと同じか、ひとつふたつ下ぐらいだろう。アーモンドのようにすんなりした顔は、やはりアーモンドの花のように白く、切れ長の黒い瞳《ひとみ》の色をきわだたせていた。口はきまじめにひきむすばれていた。刺繍《ししゅう》のスカーフでくるんでまとめていた黒髪《くろかみ》が、いまはほどけて肩《かた》にかかっていた。ひだのない青い衣《ころも》は農家の少女が着るような粗《あら》い織《お》りの布《ぬの》で、血がとび、大きなしみもできていた。けれどスカーフの刺繍《ししゅう》には金糸がまじっていた。

それだけでなく、少女が農家の娘《むすめ》でないことは、わたしにも見てとれた。

「家は？」アーモンドの木のあいだから家が湧《わ》いてでるわけでもあるまいに、わたしはあたりをすばやく見渡《みわた》してたずねた。「お礼なら、きみを無事に家までおくってからきかせてもらおう」

「ほかにもまだ、皇帝《こうてい》の狩《か》りではぐれたチータがいるの？」少女がいった。「そうね、とにかく、いっしょに家にきて血を洗《あら》ってちょうだい。わたしはこの子にミルクの吸《す》い方を教えてやらなければ」腕《うで》にだいた小さなガゼルを見おろし、それから死んだ母親を見やった。「マイアはだれかひとをよこして、埋《う》めてもらうわ——それに、チータも」

「あれはご主人のところへもってかえらないと」

「そんなことをして、めんどうなことにならない？」

「さあ。たしかに、めんどうなことになるかもしれないな」

「ともかく、家まできて」

わたしたちはアーモンド園をぬけ、そのむこうにあるオリーブ園の石垣《いしがき》をまわりこんで、少女の家にむかった。街なかの間口が狭《せま》くひょろ高い家と対照的な、幅《はば》のある低い家だった。四角い中庭の一辺が住居《じゅうきょ》になり、残りの三辺が納屋《なや》や家畜《かちく》小屋になっていた。中庭にはキョウチクトウの大木が石垣《いしがき》にかぶさるように枝《えだ》をひろげ、ペルシア産の目も覚めるような色あいの雄鶏《おんどり》が、地味な雌鶏《めんどり》のあいだを気どって歩きまわっていた。家の広間には明かりひとつなかったが、外の夕映《ゆうば》えをほんのりうつした薄闇《うすやみ》が部屋に広がっていた。奥《おく》から深鍋《ふかなべ》や浅鍋《あさなべ》ががちゃがちゃぶつかりあう音がひびいていた。「クロエ！」少女が呼《よ》んだが、応《こた》えはなく、鍋《なべ》がぶつかる音もやまなかった。

「耳が遠いの」少女が説明した。「ほかの者はみんな、下の果樹園《かじゅえん》でオリーブを摘《つ》んでいるし。だから、わたしの声はだれにも聞こえなかった――あなた以外にはね」少女はガゼルをわたしの腕《うで》にあずけた。「ここで待っていて。すぐもどるから」入り口わきのクッションを置いたベンチにわたしをすわらせると、奥《おく》へはいっていった。わたしはガゼルをひざにのせて待った。となりの部屋で少女が、大きな声でゆっくりとだれかに話しかけているのが聞こえた。鍋《なべ》がぶつかる音がやんで、雌鶏《めんどり》みたいにさわがしい嘆《なげ》き声にかわった。

少女はランプをもってもどってきた。テーブルに明かりが置かれると、夕闇《ゆうやみ》にとけていた部屋が金色の光のなかに浮《う》きあがった。部屋には正反対のものが同居《どうきょ》していた。まるでこの少女みたいだ。床《ゆか》はしっかり固めた土間なのに、粗《あら》いしっくい壁《かべ》のひとつには絹《きぬ》の壁掛《かべか》けがランプの明かりで金色に光っていた。ランプも青いうわぐすりをかけた陶器《とうき》だ。少女は明かりの下でじっとわたしを見つめた。くちびるのはしに、かすかに笑いが浮《う》かんだ。

「なにがおかしい？」

「ちょっと考えたの。お仲間の異教徒《いきょうと》親衛隊《しんえいたい》がいまのあなたのかっこうを見たらどう思うかって——だって、ほんとに血だらけよ」

わたしはまぬけな顔で口をぽかんとあけていたにちがいない。「どうしてわかった？」

「わたしだって生まれてこのかたこの農場でばかり暮《く》らしているわけじゃないのよ。カーン・ウラディミールの兵がコンスタンティノープルの街のあちこちで酔《よ》っぱらって騒《さわ》いでいるのを、冬のあいだ何度も見たわ。それにミケールじいが、きのう荷車に野菜を積んで町へ出て、皇帝《こうてい》のあたらしい親衛隊《しんえいたい》のうわさを聞いてきたの。あなたのベルトの留《と》め金は親衛隊《しんえいたい》のものだし、髪《かみ》もヴァイキングみたいにのばしている——そんなこんなを全部あわせて、見当をつけたの」

ふとった老婆《ろうば》が奥《おく》の部屋からすり足ではいってきた。顔にはふかいしわがよって、ひどく心をいためているようだった。手には浅い鉢《はち》と熱い湯のはいった水差しをもっている。少女が受けとって、テーブルのランプのとなりに置いた。

老婆《ろうば》は、少女の腕《うで》に応急《おうきゅう》で巻《ま》いた包帯をあきれたように見つめていた。「あれまあ、ばあやがなおしてさしあげましょ――もう、ほんとに、ひどい結び方だ！」

「ありがとう、クロエ――いいのよ、ひとりでできるから。外へいって、だれかにマイアを運ばせてちょうだい、さっき頼《たの》んだでしょう」

老婆《ろうば》があいかわらず雌鶏《めんどり》のようにぐちっぽく騒《さわ》ぎたてながらいってしまうと、少女は部屋のすみの櫃《ひつ》からあたらしい麻布《あさぬの》と、鼻につんとくる軟膏《なんこう》のはいった薬入れを出してきた。

それからやわらかくなった古布《ふるぬの》を床《ゆか》に敷《し》いて、まんなかをくぼませた。「さあ、その子をここへおろして。傷《きず》の手当てをしましょう。ひとりで無理ならかわりばんこに手伝えばいいわ。クロエは、なんでもいっしょうけんめいしてくれるけど、すごく不器用なの」

わたしはいわれたとおりテーブルに近よった。明るいランプの明かりのそばで血を洗《あら》い、傷口《きずぐち》をきれいにして、おたがいに軟膏《なんこう》をぬった。といっても、わたしのはほんのかすり傷《きず》で、血も大部分はチータのものだった。そうやって手当てしていると、戦闘《せんとう》のあとの戦友同士みたいな気がした。赤くそまった鉢《はち》の湯を見ていると、とつぜん、白い月の光に照らされたシトリク農場のリンゴ園でのことが思いだされた。

わたしが少女の腕《うで》の傷《きず》に包帯を巻《ま》きなおすと、少女は緑色のクリスタルの杯《さかずき》にぶどう酒をいれてもってきてくれた。わたしが飲んでいるあいだ、少女はガゼルを床《ゆか》からだきあげてひざにのせ、ミルクの椀《わん》にひたした指を吸《す》うよう上手に教えこみはじめた。わたしもおなじようにして、ずいぶんたくさんの子牛にミルクの吸《す》い方を教えこんだものだ。「ほうら、ミルクよ。おいしいのよ。いっぱい、お飲み。元気に、きれいになるよ……」

ふと、少女の声がふるえて、光るものがガゼルの頭に落ちた。少女は手の甲《こう》でさっと目をぬぐった。泣き顔なんか見られてたまるかと思っている子どものようなしぐさだった。けれど指のミルクのせいで、よけいに涙《なみだ》がこぼれてきた。わたしは杯《さかずき》を置いて立ちあがった。ほんとうはすこし安心もしていた。少女はそれまであまりにおちついて、感情《かんじょう》をおさえこんでいるように思えたからだ。といっても、どうしたらいいのか、まったくわからなかった。「マイアを思いだしたのかい？」わたしはたずねた。まったく、なんてばかなことをきいてしまったんだろう。

「三年もいっしょだったの。小川の岸で見つけたのよ。母親に置いていかれて――この子とたいしてちがわないくらい、とても小さかった――なのに……」

「わかるよ」わたしはいった。「なにかできることがあれば――なんでも、できることなら」

「あなたはこの子をたすけてくれたわ。この子もマイアと呼《よ》ぶことにするわ。そしてずっと忘《わす》れない、あなたがこの子をたすけてくれたこと」少女は目を上げた。「お名前を教えてくださる?」

「ジェスティン」わたしは答えた。「ジェスティン・イングリッシュマンと呼《よ》ばれることもある」

わたしは少女の名をたずねなかったし、少女も教えようとはしなかった。ガゼルの頭にふれると、涙《なみだ》の落ちたところがまだぬれていた。「この子がじょうぶに大きく育ちますよう」わたしは祈《いの》りをとなえた。

ひざにだいたガゼルの上にかがみこんでいる少女をランプの光の輪のなかに残して、わたしはひとりで暗くなりかけた中庭に出ていった。アーモンドの林をぬけてもどりながら、馬を見つけるのに夜中までかかるんじゃないかと心配していた。しかし狩猟《しゅりょう》用の小馬は、こういう場合の訓練ができていた。もとの場所からたいして動いていなかったし、口笛を吹《ふ》くとすぐにやってきた。野生のオリーブの根元に転がっていたチータの死骸《しがい》をもちあげて、鞍《くら》の前に横向きにほうりあげた。死んだガゼルは農場の男手でかたづけられていた。一度雨がくれば、草にちった血もあらいながされてしまうはずだ。

わたしは小馬にまたがり、都へ帰った。

その夜は、かなり不愉快《ふゆかい》な思いをすることになった。チータの死骸《しがい》をはさんで、狩猟係《しゅりょうがかり》の親方に弁明《べんめい》するはめになったのだ。

「ぐずぐずしてるひまはありませんでした。肉だの、輪なわだの、使っていられなかったんです。こいつを殺《ころ》さなければ、女の子が死んでました」親方からたっぷり小言をきかされたあとで、わたしもいいかえした。「そちらの狩人《かりゅうど》さえしっかりしていれば、こんなことには――」

親方が目をすがめた。「ふん。どうせ、おまえらもじきに、しっかり仕事をさせられることになるさ――おまえらの獲物《えもの》を追って、な」

「どういうことです？」

「うわさを聞いてないのか？　朝からその話でもちきりだったのに」

「これをとどけに、まっすぐここへきたんです」わたしはチータの死骸《しがい》を足でつついた。

「とちゅう、だれとも口をきいていません」

「うわさじゃ、おまえら異教徒《いきょうと》部隊は――まあ、小隊いくつかだけかもしれないが――トラキアにいるカルデアのジョンにあずけられるのさ。ブルガル人狩《が》りだ」

第十六章　暗い夜

わたしは百人隊長のトランド・エリクソンにもどってきた報告《ほうこく》をしにいった。船長時代から配下の者が気にいらないとすぐ手がでるので、鉄拳《てっけん》トランドの異名《いみょう》をとった男だ。荒《あら》っぽいが、人間そのものはわたしがこれまで知ったなかでも指折りの、すばらしい男だった。とにかく、隊長に事情《じじょう》を説明して、それから仲間のところへもどった。

詰所《つめしょ》はランプのけむりでうす青くもやがかかっていた。ベンチにすわる者、武具鍛冶《ぶぐかじ》の仕事場につづく戸口のあたりにたむろする者、詰《つ》め将棋《しょうぎ》をする者、武具《ぶぐ》の手入れをする者、みんな思いおもいにくつろいでいた。脚《あし》を投げだして床《ゆか》にすわりこみ、足の親指で拍子《ひょうし》をとりながらハンノキの笛を吹《ふ》いている者もいた。部屋を見まわしたがトーモッドはいない。それにオームのすがたもなかった。

ガンナ・ブータソンが将棋盤《しょうぎばん》から目を上げてわたしに気づいた。「おや、ジェスティンか。やっともどったな。チータは見つかったか？」

「ああ、見つかった。トーモッドは？」

「オームと、あと二、三人いっしょに出かけた。小隊の仲間がお気にめさなくて、もっとましな相手をさがしにいったんだろう」

「どこに？」

ガンナは肩《かた》をすくめた。だが、ベルトの留《と》め金に唾《つば》をつけてみがいていたウルフ・エイキンソンが教えてくれた。「銀の蜥蜴亭《とかげてい》だろ、きまってるさ」

「うわさを聞いたか？」だれかが口をはさんだ。

「うん、さっき聞いたところだ」なんだか急に、おちつかない気分になった。銀の蜥蜴亭《とかげてい》はもとからヴァイキング連中のたまり場だった。ブラシェルネス宮《きゅう》と皇宮《こうきゅう》のちょうど中間点にある。数日中にヴァリャーギ隊が分割《ぶんかつ》されて何個《なんこ》小隊かトラキアへ送られるといううわさが広まったら、トーモッドもアーンナスも、おたがいをさがしに酒場へむかうのではないだろうか。

「行ってみる」わたしはつぶやいた。

「さきに調理場によって、なにか腹《はら》にいれたほうがいいぞ」

「腹《はら》はすいてない」わたしは回れ右して外の庭をよこぎり、夜間の通用門へむかった。ブラシェルネス宮《きゅう》でも皇宮《こうきゅう》でも、大門は午後三時から翌日《よくじつ》の夜明けまで閉《し》められる。公式の国務《こくむ》が終了《しゅうりょう》したしるしで、それからあとは皇帝《こうてい》も宮廷《きゅうてい》の廷臣《ていしん》も自分のために時間をつかうのだ。大門が閉《し》まると、あとの出入りは脇門《わきもん》を使う。外へ出るのも、こんな夜おそくなってからでは、すこしめんどうなことになるかもしれない。しかし大門の守備隊《しゅびたい》には知り合いもいたし、ヴァリャーギ隊は結成当初からかなり好き勝手をとおしてきていた。おかげで、こんな時間に出歩くなんてお母ちゃんは知ってるのかとからかわれたくらいで（わたしは十九歳《さい》だったが、幼《おさな》くみられていたし、ひげもきいろい産毛《うぶげ》にしか見えなかった）、とくにめんどうなことにもならずに門を出て、銀の蜥蜴亭《とかげてい》へむかうことができた。

酒場についたのは、ずいぶん遅《おそ》い時間だった。それでも天井《てんじょう》の低い細長い部屋にはまだひとがいっぱいだった。大声のおしゃべり、ランプのけむり、ぶどう酒と汗《あせ》と、部屋の奥《おく》の炭火火鉢《ひばち》であぶっている肉のにおいが充満《じゅうまん》している。ところがここにも、トーモッドがいるようすはなかった。おなじ小隊の仲間が五人ほどすみでサイコロを使った賭《か》けをしているのが目にとまった。なかに、砂色《すないろ》の大きな頭が混《ま》じっている。オームだ。ひとごみのなかを、だれかのひじをよけたり、投げだした足をまたいだりしながらそちらへ急いだ。

オームが顔を上げた。わたしに気づいて、サイをふろうとした手をとめる。

「トーモッドは？」わたしはたずねた。

「帰りがおそかったな」

「チータが一頭、いなくなったんだ。トーモッドはどこ？」

「アーンナス・ヘリュフサンと出ていった」そう答えると、オームはサイをふった。

サイコロがからんと鳴り、いきなりあたりが静まりかえったような気がした。オームもわたしも、サイの目を読もうともしなかった。

「ふたりだけで――？」

オームがうなずいた。「トーモッドはアーンナスをさがしにきた。しばらくしてアーンナスもトーモッドをさがしにきた。いっしょに酒を飲んで、それからふたりで出ていった」

「トーモッドをひとりで行かせて、あんたは残って、ここでサイコロ遊びか？」

オームはとろんとした灰緑色《かいりょくしょく》の瞳《ひとみ》をわたしにすえて、砂色《すないろ》の眉《まゆ》をつりあげた。「おれは関係ない」

「そっちはね。だけど、こっちはあるんだ」

わたしは背《せ》をむけて戸口にむかった。

「坂をおりていったようだったぜ」だれかがうしろから大声でいった。

わたしは坂をくだって海側の城壁《じょうへき》へむかった。金角湾沿《きんかくわんぞ》いには埠頭《ふとう》がならんでいるが、こんな時間にあのあたりをうろついている人間はほとんどないだろう。じゃまをされずに、二年前キエフでやりかけたホルム・ギャンギングの決着をつけられる……。

通りは暗かった。辻々《つじつじ》の建物には、壁《かべ》に松明《たいまつ》がかかげられて、扇形《おうぎがた》の光が敷石《しきいし》の上にこぼれていた。けれど松明《たいまつ》と松明《たいまつ》のあいだには、ひっそりとした影《かげ》がのびていた。そのなかをまたべつの影《かげ》が動きまわる。やはり影《かげ》のようにひそやかな話し声が聞こえ、ときおり短く笑い声がはじけた。ダブリンのあの夜が、急にするどくよみがえってきた。曲がりくねった小路を、トーモッドをさがして走った夜。シャツの胸《むね》にトーモッドの琥珀《こはく》のお守りをかくして。あのときも、いまとおなじように不安でからだが冷たかった。

どこかから、がやがやしゃべる声が聞こえてきた。ヴァリャーギ隊の連中らしい――今夜は隊の者がずいぶん町へくりだして、皇帝《こうてい》のあたらしい親衛隊結成《しんえいたい》をいわってさかんに気炎《きえん》をあげている。

大城壁《だいじょうへき》の外にある漁船用の埠頭《ふとう》へつづく門をくぐると、飲みさわぐ声は遠くなった。海からの風が頬《ほお》をなでた。空に低くかかった月が、カタツムリの這《は》ったあとのような、かすかな冷たい光を投げかけていた。金角湾《きんかくわん》のむこうのガラタ地区には、家々《いえいえ》の明かりが、夜の闇《やみ》に針《はり》で穴《あな》をあけたようにぽつぽつと光っていた。埠頭《ふとう》につないだ船のあいだで、黒い水がひたひたと音をたてるのが聞こえた。遠くを荷車ががたがた通り、犬が吠《ほ》えた。いつもとおなじ、ミクラガルドの夜の音だ。地面に広げて乾《かわ》かしてあるマストや索具《さくぐ》や帆布《はんぷ》をよけていくと、トーモッドがいた。ひとりで、こちらに背《せ》をむけて立っている。倉庫の壁《かべ》のかどに街路灯の油つぼがとりつけてあり、明かりが埠頭《ふとう》のはしから水の上までこぼれていた。トーモッドは水面をじっと見おろしていた。足音でわたしだとわかったのだろう、近づいていくと、ちらりとこちらを見ただけですぐ視線《しせん》をもどしてしまった。下はまっ暗で、浮《う》いている船のあいだに動くものはなにもない。ただ水が係留《けいりゅう》用の杭《くい》をなめる音がするだけだ。アーンナスの気配もなかった。

「短刀が、やつのあばらの下にはいった」トーモッドが、あのおだやかな声でいった。「水に落ちる前には、すっかり息の根がとまっていたにちがいない」

わたしは黙《だま》ってうなずいた。飾《かざ》り鋲《びょう》をうった革《かわ》の長靴《ながぐつ》と剣帯《けんたい》と首にまいた黄金の首飾《くびかざ》りの重さだけでも、からだをまっすぐ水底までひきこむのにじゅうぶんなはずだ。

「終わったんだ」わたしはいった。なんだか急にからだの痛《いた》みが消えてしまったような、ほっとした気分だった。

なのに、おなじくらい大きな、悲しみに似《に》た気持ちも感じていた。

「あいつは腐《くさ》った魚をふんで、足をすべらせたんだ」トーモッドがいった。

とつぜん、埠頭《ふとう》のはしの横丁から一団《いちだん》の黒い人影《ひとかげ》がこぼれでた。声をはりあげて歌っている。酔《よ》っぱらったヴァリャーギ隊の連中だ。遠くからでも、闇《やみ》のなかでもすぐにそれとわかる。連中ががなっている歌は、キエフからの船の上でわたしも櫂《かい》を漕《こ》ぎながら歌ったおぼえがある。歌詞《かし》はすっかり変えられていたが、元歌の見当はだいたいついた。だいいち、いくら酔《よ》っているとはいえ、あんなばか騒《さわ》ぎができるのはヴァイキングだけだ。

トーモッドは手ににぎった短刀を見おろした。街路灯の明かりで見ても、柄《つか》まで赤くそまっているのがわかった。しかし刀身をぬぐうものは、なにもなかった。チュニックかズボンを使えば、雪原でオオカミが狩《か》りをしたときのように、はっきりと血のあとが残る。トーモッドは短力の手入れはあとにして、そのまま鞘《さや》にもどした。わたしたちは埠頭《ふとう》に背《せ》をむけ、大城壁《だいじょうへき》のほうへもどっていった。

血の復讐《ふくしゅう》は、すっかりかたがついた。これ以上、関係ないヴァリャーギ隊の連中を巻《ま》きこんでも、なんの足しにもならない。

つぎの日の昼には、皇宮《こうきゅう》からブラシェルネス宮《きゅう》へ、町を駆《か》けぬけてうわさがとどいた。わたしたちは離宮《りきゅう》の大食堂で豚肉《ぶたにく》と野菜の昼食をとっていた。とつぜん、ひとつの名をささやく声が波のように広がっていった。「アーンナス・ヘリュフサン——アーンナス・ヘリュフサンが……」

アーンナス・ヘリュフサンは、夜明けに発見された。漁師《りょうし》たちが船を出しにきて、もやい綱《づな》にひっかかっているのを見つけたのだ。肋骨《ろっこつ》の下をひと突《つ》きされていた。いまは軍の病院にいる。「だれのしわざだ？」おなじテーブルにいただれかが、うしろを通りかかった男のほうへ首をのばしてたずねた。

相手は足をとめて答えた。「物盗《ものと》りに襲《おそ》われたと、いってるそうだ——暗くて顔も見えなかった、また会っても見分けがつかないだろう、とな。それがおかしなことに、やつはまだ、黄金の首飾《くびかざ》りを身につけていたらしい」

「じゃまがはいるかなにかして、盗《と》らないで逃《に》げたんだな」

「傷《きず》はひどいのか？」

「いのちはたすかる」

「なら、腹《はら》の傷《きず》よりこころの傷《きず》のほうがでかい、ってことになるだろうな」テーブルのむかいで、オームがいった。目が合うと、砂色《すないろ》の眉《まゆ》をつりあげてみせた。

わたしのとなりではトーモッドがケシの実をまぶしたパンをほおぼっていた。口をいっぱいにしたまま、片手《かたて》でなにげなく袖《そで》をひっぱる。ひじの上にまいた血のしみた包帯が、袖《そで》がまくれて見えていないか確《たし》かめたのだ。

わたしはじっとしていた。動くことも話すことも、考えることさえもできなかった。ただすわって、腹《はら》をひざで一撃《いちげき》されたような感覚を味わっていた。


夕方になってようやく、トーモッドとふたりきりで話ができた。ふたりとも非番《ひばん》になって、テオドシウス帝《てい》の貯水池《ちょすいち》でからだを伸《の》ばしていた。入り口のアーチ門のまわりにはこちよい木蔭《こかげ》があり、短い草の上にすわることもできる。地下の貯水池《ちょすいち》から涼《すず》しい空気がたちのぼってくるようだった。わたしは斑点《はんてん》が浮《う》いたニレノキの幹《みき》にもたれてすわり、トーモッドは両腕《りょううで》をまくらに寝《ね》そべって頭上の枝《えだ》を見上げていた。女たちがからっぽの水がめをもって通りすぎ、夕餉《ゆうげ》の支度《したく》の水をたっぷり汲《く》んではもどっていった。

「どうするの？」ふたりともおなじことを思いながら長いこと黙《だま》っていたあとで、わたしがぽつりとたずねた。

「また、待つことになる」トーモッドが答えた。

「もう待ちすぎるくらい待ったけど」

トーモッドは腕《うで》まくらのままで顔をこちらにむけると、ハツカダイコンの値段《ねだん》の話でもするような調子でいった。「もっと長く待った男は大勢《おおぜい》いる。宿恨《しゅくこん》をはらすためだ」そこでとつぜん、ごろっと腹《はら》ばいになって、芝生《しばふ》にこぶしをたたきつけた。「やつにまだいのちの火が残っているかもしれないと、ちらっとでも思っていたら、降《お》りていってとどめをさしてやったのに。手負いの獣《けもの》に猟師《りょうし》がとどめをさすようにな。それなのに……」

「病院には見張《みは》りなんかいないんじゃないかな」ふと、口がすべった。

トーモッドは顔を上げてわたしを見つめた。「おまえには、できるのか？」

「わからない。自分の復讐《ふくしゅう》じゃないもの」考えもしないでぽろりといってしまった。しかしもう、とりかえしはつかなかった。

するどい沈黙《ちんもく》がおりた。それからトーモッドが口をひらいた。「そうだな、おまえのではない――こんなものは、べつに……」トーモッドの手がのびて、わたしの手首の小さな白い傷跡《きずあと》にふれた。

わたしは急いで手首をかえして、トーモッドの手首の傷《きず》に重ねあわせた。「いや、自分の復讐《ふくしゅう》だ。あなたの復讐《ふくしゅう》は自分の復讐《ふくしゅう》でもあるんだ。だけど――やっぱり、わからない」

トーモッドはだるそうな笑《え》みを浮《う》かべた。「この話はよそう。これはたしかに、わたしの復讐《ふくしゅう》なんだ。ゆうべなら、手負いの獣《けもの》にするように、やつにとどめをさせた。だがいまとなっては、もうおそい。とにかく待つしかない。やつが死ねば、どっちみちわたしの手にかかって死んだことになる。生きのびたら、また闘《たたか》えるようになるまで待つまでだ」

「二度と闘《たたか》えないからだになったら？　短刀であばらの下をやられると、あとをひくものだよ」

「やつが、生きのびても闘《たたか》えないからだになったら、神々《かみがみ》には正義《せいぎ》のかけらもないと知ることになるだろうな。そうなったら、おまえのホワイト・クリストニに改宗《かいしゅう》するかもしれん」

第十七章　トラキアの戦い

　わたしたちがトラキアに派遣《はけん》されるといううわさは、ほんとうだった。数日後には金色の刺繍《ししゅう》のチュニックをぬぎ、かわりにもとの戦闘《せんとう》用の鎖《くさり》かたびらを着こんで、わたしたちは行軍を開始した。これくらい南になると、冬もそれほど厳《きび》しくない。太陽が遠い季節にも、北国でのように戦争が一時中断《ちゅうだん》することはなかった。じっさい騎兵《きへい》にとっては、太陽が野山を焼きこがす夏の数カ月より冬のほうが馬に食べさせる青草に不自由しないのだ。とはいえ、やはり冬の寒さはこたえた。トラキアの山々《やまやま》にみぞれまじりの寒風が吹《ふ》きつける夜、わたしたちはかがり火のまわりで身をよせあい、マントをしっかりからだに巻《ま》きつけて、火に足をむけて眠《ねむ》ったものだ。そして身を切るような風のなかで小競《こぜ》り合《あ》いがくりかえされた。風は皮はぎナイフのように皮膚《ひふ》にくいこんだ。オオカミが騎兵《きへい》の戦列のそばまで近づいて吠《ほ》え声をあげるので、片時《かたとき》も気をゆるめることができなかった。

冬のあいだわたしたちは、ろくに支援《しえん》もなく闘《たたか》いつづけた。帝国正規軍《ていこくせいきぐん》として数百年の歴史をもつ騎兵《きへい》の一隊とわたしたち新参の異教徒親衛隊《いきょうとしんえいたい》が三個《こ》小隊。それでぜんぶだ。出撃《しゅつげき》のたびに、わたしたちは帝国《ていこく》最強とまでいわなくとも、もっとも勇猛《ゆうもう》な戦士《せんし》であることを証明《しょうめい》した。

数カ月のあいだ一度も大がかりな戦闘《せんとう》はなく、ひたすら小競《こぜ》り合《あ》いをくりかえすだけだった。ブルガル人と北から侵攻《しんこう》してくるハザール人を足どめして少々《しょうしょう》てこずらせてやるのが、わたしたちの任務《にんむ》だったからだ。春になればバシリウスがさらに大勢《おおぜい》をひきつれて参戦し、敵《てき》を西へ押《お》しもどすはずだった。当時わたしたちにはわからなかったが、この戦いはバシリウスが生涯《しょうがい》をかけた大事業の手はじめだったのだ。つまり、ユスティニアヌス大帝時代《たいてい》の国境線《こっきょうせん》までブルガル人を撃退《げきたい》し、西はマケドニアから東はダニューブ川まで、南は黒海からアドリア海にいたるまでの土地をビザンティン帝国《ていこく》の版図《はんと》としてとりもどすのだ。あれから三十年たったいま、バシリウスの野望は達成された。戦いにつぐ戦いの三十年だった。協定が結ばれては破《やぶ》られた。ブルガル軍の捕虜《ほりょ》はすべて、その先々《さきざき》で目をつぶされた。まったく皇帝《こうてい》バシリウスのやることは徹底《てってい》している！　だが僧侶《そうりょ》たちはこれも神のご意志《いし》だというのだ。ともかく、その神のご意志《いし》はなされたのだ。

けれどあの冬には、遠大な計画の全貌《ぜんぼう》などわかるはずもなく、都からなにひとつ便りもなかった。それでもわたしたちは、白い顔に黒いあごひげをたくわえ、腹《はら》に熱い炎《ほのお》を燃《も》やしたカルデアのジョンにしたがって局地戦をくりかえした。冬も終わり近いころ、補給便《ほきゅうびん》が前線までたどりついた。指揮官《しきかん》への指令のほかに都のうわさも伝えられたが、それはたちまち兵のあいだに広まって、あちこちの焚火《たきび》のまわりで大笑いのうずを巻《ま》きおこした。

バシリウスはどうやら、妹のアンナ皇女《こうじょ》が泣いてうったえたのにほだされて、カーン・ウラディミールとの取引を反故《ほご》にしようとしたらしい。ところが約束した花嫁《はなよめ》を送りだすのがすこし遅《おく》れるとにおわすと、ウラディミールはたちまち黒海にある帝国《ていこく》の港町ケルソネソスを占領《せんりょう》し、ミクラガルドもおなじ目に合わせてやると脅《おど》しをかけた。「おかげで、われらが皇帝《こうてい》はゆずらざるをえなくなった。そして愛《いと》しい姫君《ひめぎみ》をカーンの手に渡《わた》したわけだ」補給便《ほきゅうびん》の人足のひとりが、わたしたちの焚火《たきび》に呼《よ》ばれて話をきかせてくれた。

わたしもみんなといっしょに笑ったが、アンナ皇女《こうじょ》のことは、お気のどくに思った。もっとも聞いた話がほんとうなら、姫君《ひめぎみ》の生活はそう悪くなかったらしい。すくなくとも、将来《しょうらい》は自分の帝国《ていこく》を建設《けんせつ》できそうなほどりっぱな息子《むすこ》たちをもうけたのだから、皇女《こうじょ》という高い身分の女性《じょせい》としてもかなり満足がいくはずだ。それでなお、わたしがいまも皇女《こうじょ》をお気のどくだと思うのは、老人の感傷《かんしょう》というものだろう。

「皇帝《こうてい》は、意外と気が弱いんだな」オームが野豚《のぶた》の肉をほおばりながらいった。

「さあ、どうかな」やはりわたしたちの焚火《たきび》にくわわっていた補給便《ほきゅうびん》の護衛《ごえい》の騎馬兵《きばへい》が、ぶどう酒のはいった水差しに手をのばしながら、口をはさんだ。「皇帝《こうてい》が気が弱いってのなら、熊《くま》だって気が弱いことになる。ところが皇帝《こうてい》は熊《くま》よりずっと頭がいい。ブルガル人とハザール人だけでも手を焼くのに、カーン・ウラディミールの軍隊まで同時に相手にするには手勢《てぜい》が足りないと、わかっているのさ。おまけに味方の一部は――」

騎馬兵《きばへい》は急に口をつぐんだ。「味方の一部はなんだい?」オームがおだやかに先をうながした。

「やとったばかりの異教徒親衛隊《いきょうとしんえいたい》を、皇帝《こうてい》が信用してると思うかい?」人足がにやにやして答えた。

乱闘《らんとう》がはじまるかと思った。騒《さわ》ぎが起こらなかったのは、みんな疲《つか》れきっていて、闘《たたか》う相手ならほかにいたからだろう。しかしみんながその話にけりをつけたあとも、トーモッドは頭をぐっと上げ、左右の眉《まゆ》をまんなかでくっつきそうなほどよせて、相手を問いつめた。「われらの皇帝《こうてい》にはわからないのか? なるほど、一度口にした約束を反故《ほご》にしようとした男だからな。しかし剣《けん》の奉仕《ほうし》を買われたヴァイキングが、契約《けいやく》を反故《ほご》にすることはけっしてない」

「同族を敵《てき》にまわすことになってもか？」騎馬兵《きばへい》がいった。

「それぞれの契約《けいやく》にしたがうまでだ」トーモッドの声はおだやかだった。

「買い手も契約《けいやく》を守るかぎりはな」オームが口をはさんだ。「守らないなら、おれたちの剣《けん》にはべつの使いみちがある」喉《のど》に指をあてて、すっと横に引く。「だが、われらのちび皇帝《こうてい》は、契約《けいやく》は守る男だ。ときどきやむをえない事情《じじょう》で、気持ちがゆらぐとしてもな。ともかく――金を払《はら》ってくれるかぎりは、おれたちは皇帝《こうてい》に仕えるし、皇帝《こうてい》のために死ぬ覚《かく》悟《ご》もある。じっさい、もうずいぶん仲間が死んでいる。だから皇帝《こうてい》は、金とむらさきの天《てん》蓋《がい》の下で心配することなどなく、夜もぐっすり眠《ねむ》れるんだ」


春はいきなりやってきた。炎《ほのお》のような色の小さな花が、いっせいに咲《さ》きみだれる。イギリスの春には見かけない花だったし、小鳥がさえずりあう声も聞こえなかった。そして春とともに皇帝《こうてい》がようやく軍団《ぐんだん》をひきつれてやってきた。到着《とうちゃく》の日、野営地は命令を発するどなり声や、トランペットの合図や、馬のいななきとひづめの音でわきかえった。皇帝《こうてい》の青とむらさきの大天幕《てんまく》が設営《せつえい》され、最後の綱《つな》がぴんと張《は》られたとたんに、ヴァリャーギ隊の騎馬兵《きばへい》が天幕《てんまく》をぐるりとかこんで護衛《ごえい》に立った。三個《こ》小隊が皇帝《こうてい》の供《とも》をしてやってきて、冬じゅう戦っていた三個《こ》小隊と交代することになっていた。数日すればわたしたちは東へ帰り、皇宮《こうきゅう》でコンスタンティヌス帝《てい》を警護《けいご》する任務《にんむ》をひきつぐのだ。

その日の夕方、影《かげ》が地面に長くのびるにつれて、野営地はひとの動きがはげしくなった。みんなうろうろ歩きまわって友人をさがし、再会《さいかい》をはたした——さがすのは友人だけとはかぎらなかったが。わたしは野営地の武具鍛冶《ぶぐかじ》の仕事場にあつまった兵たちに混《ま》じって、順番がくるのを待っていた。盾《たて》の表の打ち出しのところにへこみがついたのを打ちなおしてもらおうと思ったのだ。武具鍛冶《ぶぐかじ》の仕事場では、ふいごの風にあおられた火がごうごうと音をたてて燃《も》えあがり、威勢《いせい》のいい鎚音《つちおと》がひびいている。だからどこの野営地でも、兵《へい》士《し》たちは鍛冶屋《かじや》に用があろうとなかろうと、よくまわりにたむろしている。修理《しゅうり》してもらうものがなくても、ひとが酒場にひきよせられるようなぐあいに、なんとなく鍛冶場《かじば》のほうへ足がむいてしまうのだ。オームとトーモッドもいっしょにいた。そこへ新顔が何人か、まだ夕食の残りをほおばったりしながらやってきた。皇宮警備《こうきゅうけいび》についていたヴァリャーギ隊員だ。わたしたちはまもなく、その仕事をひきつぐことになっている。

なかのひとりは薄切《うすぎ》りにした豚肉《ぶたにく》の大きな一片《ぺん》を手にしている。アーンナス・ヘリュフサンだった。

アーンナス・ヘリュフサン。本物か？　生きているのか？　たそがれの光と鍛冶場《かじば》の赤い光をうけたアーンナスは、生きている人間とも亡霊《ぼうれい》ともつかなかった。わたしのうなじの毛がざわっと逆《さか》だった。

だれかが声をあげた。「おい！　見ろよ、アーンナス・ヘリュフサンだぜ！」

「亡霊《ぼうれい》じゃないのか」ほかの声がいった。「おーい、あんたが金角湾《きんかくわん》で釣《つ》りあげられたとき、おれはあんたがまた剣《けん》をもてるようになるとは思わなかったぜ。虹《にじ》の橋のむこうへ渡《わた》っちまったんなら、べつだろうがな！」

「新品みたいじゃないか。それに食いっぷりもいい」オームがいった。

アーンナスは軟骨《なんこつ》のかけらを吐《は》きだして、にやっと笑った。「まあ、そうだな。ただときどき、あばらの下にひきつりがくる――笑ったときなんかに、蜂《はち》にさされたみたいにな。おかげで、あんなざまをさらしたことを忘《わす》れずにいられるのさ。ちょうどいいくらいだ」

トーモッドとアーンナスは目を合わせもしなかった。

鍛冶屋《かじや》がわたしにどなった。「おい、あんた！　そのへこみ、なおしたいのか、なおしたくないのか?」

盾《たて》を渡《わた》してふりむくと、アーンナスのすがたはもうなかった。「アーンナスは?」わたしはばかみたいにたずねた。

トーモッドがゆっくりこちらに目をむけた。ひきむすんだくちびるの両はじが、きゅっともちあがっていた。「ほかに用があるんだろう。顔見せもすんだしな。だがけっきょく、おれの神々《かみがみ》からホワイト・クリストニにのりかえる必要はまだなさそうだな」


二日後わたしたちは、ブルガル人が冬のあいだ死守してきた丘《おか》の上の町から敵《てき》を追いはらった。小さいが堅固《けんご》な砦《とりで》だった。わたしたちは夜明けとともに攻撃《こうげき》をしかけた。夜のあいだに雨があり、出撃《しゅつげき》のときには青草がさわやかに香《かお》っていたのを覚えている。

ブルガル人はわたしたちを迎《むか》えうつ用意ができていた。しばらくは激戦《げきせん》になった。町の住民は何カ月も前に殺《ころ》されるか追いはらわれるかしていた。半分崩《くず》れかけた壁《かべ》のあいだや狭《せま》い小路をつたって、わたしたちは闘《たたか》った。第一波の攻撃《こうげき》でオームがやられた。わたしたちは死をもいとわないという皇帝《こうてい》との契約《けいやく》をしっかり守っていたのだ。オームはわたしの目の前を走っていた。腹《はら》に槍《やり》をうけたとき、驚《おどろ》いたようなうなり声を発して、崩《くず》れおちた。

敵《てき》はオームのからだに足をかけて槍《やり》の穂先《ほさき》をひきぬいた――こんなときに妙《みょう》なことを覚えているものだが、ズボンに赤白青の線がはいっていた。きっと身分の高い武将《ぶしょう》だったにちがいない――つぎの瞬間《しゅんかん》、わたしの剣《けん》が男のわきの下に突《つ》きささった。けれどわたしはなにか感じる余裕《よゆう》もなく、鉄拳《てっけん》のトランドがふりまわす大まさかりのあとについて前進をつづけた。ものを考える時間なら、あとでたっぷりある。

敵《てき》は全滅《ぜんめつ》に近かった。正午までにどの通りも小路も血でよごれ、とくに戦闘《せんとう》がはげしかった戸口や街角には死体が積みかさなった。あたりには畜殺場《ちくさつじょう》のにおいがたちこめていた。わたしたちは逃走《とうそう》した敵《てき》を追って、斜面《しゃめん》のやぶにはいっていった。

小隊に判断《はんだん》がまかされていれば、ヴァリャーギ隊は追撃《ついげき》にでなかっただろう。よほど恨《うら》みがあるときはべつだが、ヴァイキングはふつう、逃走《とうそう》した敵《てき》に追い討《う》ちをかけたりしないものだ。しかし皇帝《こうてい》バシリウスはなんでも徹底《てってい》してやる男で、ことを中途半端《ちゅうとはんぱ》で終わらせたりしなかった。わたしたちにも追撃《ついげき》命令が出されていた。

こうした掃討《そうとう》作戦は、追う者にとっても追われる者とおなじぐらい危険《きけん》なものだ。とくに敵《てき》の本拠地《ほんきょち》で追跡《ついせき》がおこなわれる場合は。敵《てき》も味方も思いきりちらばって、孤立《こりつ》することになるからだ……まさにそんなぐあいに、午後もおそくなって影《かげ》が長くのびるころ、トーモッドとわたしとあと五人ほどの仲間は、狭《せま》い谷の入り口にやってきた。山のほうから流れおちてきた水が、岩の多い川床《かわどこ》に細い流れをつくっていた。夏になればからからに干《ひ》あがってしまうのだろう。こういう流れをイギリスではウィンター・ボーン、冬の小川と呼《よ》んでいる。おなじように季節によって消えたりできたりする水路が、このあたりにもたくさんあった。わたしたちは疲《つか》れて喉《のど》がかわいていたし、なかの三人は傷《きず》も負っていた。そこで、兜《かぶと》に水を汲《く》んで喉《のど》をうるおし、傷口《きずぐち》を洗《あら》ってきれいにした。

いまでも、疲《つか》れたり心配事があったり古傷《ふるきず》が痛《いた》むときには、あの谷間の夢《ゆめ》をみる。夢《ゆめ》のなかで谷間は、やわらかく澄《す》みきった、この世のものとは思えない光につつまれている。切りたった斜面《しゃめん》には背《せ》の低い木がぼろぼろのマントのようにはりつき、もろい岩肌《いわはだ》があちらこちらに突《つ》きだしていた。小川の曲がり目に野生のアーモンドの老木が生えていた。全体の四分の三は枯《か》れてしまっているのに、一本だけ残った大枝《おおえだ》には白い花が星のように雲のように満開になっていた。ハヤブサが一羽《わ》、頭上高く浮《う》かんでいた。小川は、はるか山《さん》頂《ちょう》の雪解《ゆきど》け水で青みがかっていて、氷のように冷たかった――そのおかげで、兜《かぶと》の汗《あせ》くさい革《かわ》と鉄の味も気にならなかった。トーモッドとわたしは、交替《こうたい》でわたしの兜《かぶと》を使って飲んだ――あのときの水のうまさは、いまでも覚えている。

そしてもうひとつ、トーモッドがかがんで水を汲《く》んだとき、鎖《くさり》かたびらの襟元《えりもと》がたれさがって、あの琥珀《こはく》のお守りがすべりでたことも。

「あとはもう見つかりそうもないな」エリク・ロングシャンクスが、投げ斧《おの》を芝土《しばつち》にうちこんで刃《は》のそうじをしながらいった。

トーモッドがお守りを胸《むね》にしまおうとしたとき、スウェインが叫《さけ》んだ。「見ろ！　上だ！」

全員の目がスウェインの指さす場所にあつまった。なにかが動いていた。はるか上の、ひとかたまりになったカバノキと杜松《ねず》のしげみのなかだ。ちらりとなにかが動いて消えてしまった、ひどく長く感じられた一瞬《いっしゅん》のあと、男がかくれ場からすがたをみせた。翼《つばさ》が折れた鳥のようにからだを傾《かし》げて走っている。岩の斜面《しゃめん》をよこぎって、しげみにとびこむ。敵兵《てきへい》を発見した合図の声があがった。わたしたちはいっせいに前へとびだし、乳香樹《にゅうこうじゅ》と杜《ね》松《ず》のしげみをかきわけて、谷の上流へ敵《てき》を追っていった。

一度か二度、わたしたちより先を走っている男のすがたが見えた。はじめ谷の斜面《しゃめん》をのぼろうとしていたが、身をかくすしげみをもとめて下へおりてきた。斜面《しゃめん》の下の流れに近いほうが、緑も濃《こ》い。足にけがをしているらしい敵《てき》など、すぐにも追いつけそうなものだ。

ところが、わたしたちの足も疲《つか》れきっていたし、仲間の三人は戦闘《せんとう》で傷《きず》も負っていた。とにかくあとを追っていくのがせいいっぱいだった。しげみをかきわけて走っているうちに、谷の地形が変わっていったが、わたしたちはほとんど気にもとめなかった。はじめは崖《がけ》が狭《せま》くなって頭上にせまり、それからまたひらけた場所に出た。気がつくと、壁《かべ》のように切りたった斜面《しゃめん》にはさまれた岩だらけの狭《せま》い谷間にきていた。まずい。しかもここは敵地《てきち》だ。しかしわたしたちは、ようやく敵兵《てきへい》を追いつめようとしていた。あと一息で、捕《と》らえられる。

なぜかわたしは走りながらうしろをふりむいた。するとうしろのしげみで、なにかがちらっと動いたのが見えた。夕方の日ざしに、剣《けん》の刃《は》がぎらりと光った。

「気をつけろ！　うしろにもいるぞ！」わたしはどなった。

ほとんど同時に、上の斜面《しゃめん》から石がなだれ落ちてきた。ひとつがエリク・ロングシャンクスの肩先《かたさき》にあたって、よろめかせた。もうひとつはスウェインの頭を直撃《ちょくげき》した。スウェインは喉《のど》を切られた雄牛《おうし》のように倒《たお》れた。即死《そくし》だったのか知るよしもないが、二度とスウェインと会うことはなかった。

あのときいったい何人のブルガル人がいたのだろう？　多くはなかったはずだ。しかしこちらはせいぜい七、八人で、しげみのあいだにちらりと見えた以外は、敵《てき》のすがたは見えず、わかっているのはただ、四方をかこまれているということだけだった。しかもいまいましい石がうなりをたてて落ちてきた。なんとしても、上からの攻撃《こうげき》をとめなければならない。わたしたちは目に見えない敵《てき》とむかいあって闘《たたか》おうと、斜面《しゃめん》をよじのぼりはじめた。けれど敵《てき》が落としてよこすのは小石ばかりではなく、手にあまるほどの岩のかけらも混《ま》ざっていた。こういうときかたまっているのは、羊がおとなしく殺《ころ》されるのを待つようなものだ。わたしたちは散開して走りだした。こんどは斜面《しゃめん》全体がわたしたちにむかって崩《くず》れおちてきたように思えた。角のとがった岩が、転がってくるのが見えた。走ってとびこえようとしたが、うまくいかなかった。岩は右のひざにぶつかった。痛《いた》みはなかった。はじめはただ、衝撃《しょうげき》としびれたような感じがしただけだ。気がつくと、ごわごわした下草に顔をつっこんで、倒《たお》れ伏《ふ》していた。立ちあがろうともがいたが、右脚《みぎあし》があるはずの場所に巨大《きょだい》な鉄球のおもりをつけて、地面につなぎとめられたようなぐあいだった。なんとかひじをついて上半身を起こした。首をねじって見ると、ひざはぐちゃぐちゃにつぶれた赤い塊《かたまり》に変わり、骨《ほね》の破片《はへん》が突《つ》きだしていた。

身をかくすしげみもない斜面《しゃめん》をだれかが這《は》いずるようにやってくる。トーモッドだ。おおいかぶさるようにして、岩が小さく屋根のように張《は》りだした下までわたしを引きずりあげてくれた。ブルガル人の兜《かぶと》がちらりと見えた。きれぎれの叫《さけ》びがあがる。接近戦《せっきんせん》がはじまったのだ。「短力を」わたしは声をしぼりだした。「自分の短力がほしい。あとはいいから、みんなのところへ」

「やつらとはどのみち、じきにヴァルハラで会える。おまえもわたしも同じ道を行くのだ」トーモッドは剣《けん》を手に、わたしをまたいで立ちはだかった。一瞬《いっしゅん》トラキアの山がゆらいでぼやけ、夜のダブリンの小路に変わった。そしてわたしの上に木のようにまっすぐ伸《の》びあがったトーモッドが、ヴァイキングの戦いの雄《お》たけびをあげるのが聞こえた。

やがて視界《しかい》が晴れて、ふたたび谷の斜面《しゃめん》が目に映《うつ》った。二スピアスロー（槍《やり》二投ぶん）ほどはなれたあたりに立つ人影《ひとかげ》が夕方の光でもはっきりと見てとれた。一瞬《いっしゅん》、おなじ小隊の仲間かと思った。ヴァリャーギ隊の剣帯《けんたい》をつけているのがわかったからだ。しかしその人《ひと》影《かげ》には、敵意《てきい》が感じられた……。

それはアーンナス・ヘリュフサンだった。手には投げ斧《おの》をにぎっている。

ブルガル人が迫《せま》るより数秒速く、アーンナスは岩と灰色《はいいろ》のしげみをぬって軽い足どりで駆《か》けおりてきた。頭上でふりまわしている斧《おの》の刃《は》が光を反射《はんしゃ》し、かれの手をはなれると回転しながら光る弧《こ》を描《えが》いて飛んでくるのが見えた。

投げ斧《おの》はたいてい、ひどくゆっくり飛んでくるように見える。ゆうゆうとよけられそうに思えるが、じっさいはそんなひまはない。

斧《おの》はトーモッドの肩《かた》と首のあいだに突《つ》きささった。

恐《おそ》ろしいあえぎ声があがり、とちゅうでとぎれた。血が、熱く赤いいやなにおいのするしぶきになってトーモッドとわたしにふりそそいだ。トーモッドはゆっくりとひざを折り、わたしの上にうつぶせに倒《たお》れた。斧《おの》の刃《は》が、まだ首に深々《ふかぶか》と突《つ》きささっていた。トーモッドのからだのむこうにアーンナスが立ちはだかっているのが見えた。わたしたちを見おろす顔は、生きた人間のものとは思えなかった。アーンナスに似《に》せてつくった仮面《かめん》。そのうしろに、悲しく恐《おそ》ろしい表情《ひょうじょう》をかくしている仮面《かめん》。つぎはわたしの番だ。わたしはトーモッドのからだの下敷《したじ》きになった右腕《みぎうで》を引きぬいて、短刀をぬこうともがいた――そのとき、夕方の空気を切り裂《さ》いて、帝国軍《ていこくぐん》のトランペットが鳴りひびくのがはっきり聞こえてきた。

アーンナスはトーモッドのからだをまたいだまま動きをとめた。わたしたちの目が合った。かれはくるりと背《せ》をむけて、斜面《しゃめん》のしげみにまぎれこんだ。待ち伏《ぶ》せしていた敵兵《てきへい》が、音もなくすみやかに撤退《てったい》する気配がした。わたしは妙《みょう》に冷静になり、アーンナスは帝国軍《ていこくぐん》とブルガル人の両方からのがれられるだろうかと考えた。勝ち目のなさそうな賭《か》けだ。

あたりは血まみれだった。トーモッドの血とわたしの血が、混《ま》ざりあって土にしみこんでいった。シトリク農場のリンゴ園のすみでも、ふたりの血が土にしたたったのを思いだす。だが、こんどはちがう――こんどのこれは……。

人びとが影《かげ》が舞《ま》うように走りまわり、武器《ぶき》がぶつかりあい、悲鳴があがってとちゅうでとぎれた。斜面《しゃめん》の下のほうで馬が小さくいなないた。すべてが、はるか遠くで聞こえる音の亡霊《ぼうれい》のように思えた。なにもかもが遠くのできごとで、さらに遠ざかっていくようだった。病気のときの混沌《こんとん》とした夢《ゆめ》のようだ。それからほんのすこし、夢《ゆめ》が鮮明《せんめい》になった。昼の光はうすれようとしていた。騎兵《きへい》の兜《かぶと》をつけた人影《ひとかげ》がわたしの上にかがみこんでいた。澄《す》んだ緑色の空を背景《はいけい》に、頭と肩《かた》が黒く影《かげ》になって見えた。トーモッドのからだの重みがとりさられた。声が聞こえた。「なんてこった！　ヴァイキングの投げ斧《おの》じゃないか！　仲間の手でやられたんだな！」

わたしのほうへかがみこんでいた男が答えた。「糾明《きゅうめい》はあとだ。もうひとりは息があるぞ」

ことばは意味のわからないうなりに変わり、闇《やみ》が落ちてきた。

第十八章　青草は風にかおる

　こうしてトーモッドはひとりでヴァルハラへ行ってしまった――いや、ひとりではない。たくさんの仲間とともに。しかし、わたしを残して。どのみちわたしは置いていかれたはずだったが、それがわかったのはずっとあとになってからだった。あの日トラキアの谷間で死んでいたとしても、わたしはべつの道をたどることになったはずだ――そう、赤い魔《ま》女《じょ》号の仲間たちとキエフの神殿《しんでん》でトールの環《わ》に誓《ちか》いをたてたとき、完全に道をはずれてしまったのでないかぎり。

　聖書《せいしょ》のなかに、救世主《きゅうせいしゅ》は「わが父の住まいには多くの館がある」といわれたと書いてある。そのことばからすると、トーモッドが虹《にじ》の橋を渡《わた》っていったヴァルハラも、館のひとつとしてあるのかもしれない。トーモッドもオームも独眼《どくがん》のハーカンもほかのみんなも、キリスト教徒の天国では満足できないかもしれないから。それにしても、異教徒《いきょうと》もまた唯《ゆい》一《いっ》の神がつくったのなら、あれだけたくさんの人間を地獄《じごく》に落として平気でいられる神など、信じたくない気がする。司祭に聞かせたら、そういうのは罪《つみ》ぶかい異端《いたん》的な考えだというだろう。だから司祭に話したことはない。わたしはただ神を信じ、神の慈悲《じひ》を乞《こ》うだけだ。

しかしこういう思いがわいてきたのは、いま述《の》べたように、ずっとあとになってからだった。

わたしはずいぶん長いあいだ、もやのなかを漂《ただよ》っているような状態《じょうたい》だった。ベレアの医《い》療《りょう》用天幕《てんまく》でのことは、古いあなだらけのマントのようにきれぎれにしか覚えていない。つぶれたひざの痛《いた》みをやわらげるのに与《あた》えられたケシの汁《しる》のせいもあると思う。ひざ、ひじ、手のひらのけがは、程度《ていど》はおなじでもほかのところの傷《きず》より痛《いた》みが強いといわれている。わたし自身がけが人の世話をするようになってからも、ずっと心にとめている教えのひとつだ。

つぎにはっきり覚えているのは、おそろしいほど青い空と、けが人をコンスタンティノープルへ運ぶ荷車の動くようすだ。牛の歩みにあわせて、車はがたがたゆれていた。青空がきびしい目つきでわたしを見おろしているようだった。聖《せい》エイレネ教会の屋根に描《えが》かれた全能《ぜんのう》の救世主《きゅうせいしゅ》のけわしいまなざしと、どこか似《に》ていた。わたしはあおむけに寝《ね》たまま、その青い凝視《ぎょうし》を見つめかえした。荷車はひどくゆれて、ぎくしゃく進んでいった。からだの下の動きにたえるには、気を張《は》っていなければならなかった。アブにもひどく悩《なや》まされた。首をさされて手ではらおうとすると、指にふれるものがあった。トールの鎚《つち》のかたちをしたトーモッドの琥珀《こはく》が、わたしのぼろぼろに裂《さ》けたシャツの下に押《お》しこんであった。トーモッドを殺《ころ》した斧《おの》の刃《は》が、皮ひもを断《た》ちきったのだろう。たすけだされたとき、わたしは手にこれをにぎっていた。そしてだれかが、わたしのものだと思って、血のついた皮ひもをわたしの首にむすびなおしてくれた。琥珀《こはく》は温かく息づいていた。まるでトーモッドのいのちの火が、この手のなかにあるようだった。琥珀《こはく》はいまもわたしのチュニックの下にある。そして、ふれると温かく息づいている。琥珀《こはく》のお守りは、別れの贈《おく》りもののようでもあり、義兄弟《ぎきょうだい》からたくされた遺言《ゆいごん》のようでもあった。琥珀《こはく》をにぎりしめ、荷車にゆられているうちに、あの復讐《ふくしゅう》への思いが、ようやくわたし自身のものになったのを感じた。以前は、心からそうとは思えなかったのに。だが、いまとなってはもう遅《おそ》い。アーンナスはとっくにだれかに殺《ころ》されているにちがいない。トーモッドを殺《ころ》したアーンナス——おまえは、わたしが殺《ころ》すはずだったのだ。

わたしは兄をうしなった。わたしは仇《かたき》をうしなった。そしてわたしは、進むべき道をうしなった。

わたしはけがから高熱を発し、生と死の瀬戸際《せとぎわ》をさまよっていた。死ねば自分がかかえている問題も、すべて終わりになるはずだった。熱がひいてからもずいぶん長く傷口《きずぐち》が膿《う》んで、なかなか治らなかったが、やがて傷《きず》も回復《かいふく》していった。しかし都の中心部にある軍病院で、もうこれ以上治療《ちりょう》してもよくはならないといわれたときには、そろそろまた秋がめぐってこようとしていた。どこへ行こうとなにをしようとわたしの自由だ。ただし仲間たちのもとへもどることだけはできなかった。つぶれたひざはまったく曲がらなくなっていた。死ぬまで片足《かたあし》を棒《ぼう》きれのようにふりまわしながらしか歩けない男など、ヴァリャーギ親衛隊《しんえいたい》に置いておくわけにはいかない。

ビザンティン帝国《ていこく》の兵士《へいし》にたいする待遇《たいぐう》はかなりいい。正規兵《せいきへい》には退役《たいえき》のときまとめてかなりの額《がく》の純金《じゅんきん》が支払《しはら》われる。しかし傭兵《ようへい》は世界のどこに行っても、あつかいがちがう。わたしたちは他国の領主《りょうしゅ》から金で剣《けん》の奉仕《ほうし》を買われたのだ。わたしたちは戦い、領主《りょうしゅ》は金を払《はら》う。戦利品もつかみどりが許《ゆる》される。これが契約《けいやく》だ。ところが年をとったりけがをして剣《けん》の腕《うで》が役にたたなくなると、金はもらえなくなる。ほかに仕事が見つかれば商売がえをするし、でなければ生まれた土地へ帰るか、物乞《ものご》いか追いはぎになるか、馬の水飼《みずか》い場に身投げするかだ。これもみんな契約《けいやく》のうちだし、それなりに公平でもある。しかしわたしは、この世に生まれて二十の夏をすごしただけだった。あきらめてごみために落ちるには、まだあまりにも若《わか》かった。

ヴァリャーギ隊員は気楽に好きなようにやっていて、食事や酒にはおしみなく金を使った。兵舎《へいしゃ》のまわりでこまごました用事をかたづけて金がもらえるかもしれない。しかしわたしは、他人の焚火《たきび》のそばをうろついてほどこしをもらう気はなかった。

では、どうする？　わたしはどちらへ進めばいい？

わたしは狭《せま》い混雑《こんざつ》した通りに立って、つえによりかかっていた――ひざは体重を支《ささ》えるのもやっとのありさまだった。この先どうしたらいいだろう。これからの人生が長いのか短いのか知らないが、わたしはなにをすればいいのだろう。ずっとわたしに欠けていた火、長いあいだ待ちのぞんでいた火が、ようやくいま、わたしの腹《はら》に燃《も》えていた。ただひとつ心にあったのは、アーンナス・ヘリュフサンをさがしだして殺《ころ》すことだけだった。もしも生きていればのことだが。そうはいっても、わたしにはまだ正気が残っていた。たとえひざのけがなくても、何カ月も前にほぼ確実《かくじつ》に死んでしまった男を敵地《てきち》のトラキア山中でさがしだそうとすれば、しまいには気が狂《くる》ってしまうにちがいない。アーンナスが生きているなら、きっとむこうがこちらをさがしだすだろう。そう、わたしには確信《かくしん》があった。アーンナスはかならずわたしを見つけだすはずだ……盲目《もうもく》のトーンがいったではないか、わたしの額《ひたい》にも血の復讐《ふくしゅう》のしるしがつけられたのだから……。

それでは、いったいわたしはなにをすればいいのだろう。

ふと、自分が小さな教会の戸口に立っていたのに気がついた。古びた病院の広い病室や回廊《かいろう》でかこまれた中庭で何カ月もすごしたあとだったので、街なかにうずまく人びとのたえまない往来《おうらい》にわたしはめまいを感じていた。なかばひとごみから逃《のが》れたい気持ちもはたらいて、わたしは生涯《しょうがい》でもほんのかぞえるほどの行動にでた。堂内にはいって、自分の進む道を問いかけたのだ。

教会のなかは涼《すず》しくうす暗かった。かすかだがかびくさい香《こう》とろうそくと、年をへた石の冷たいにおいがした。女性《じょせい》の絵の前に供《そな》え物のろうそくが何本かまたたいて、絵の顔の部分だけを照らしていた。黒髪《くろかみ》にアーモンド形の顔、大きな黒い瞳《ひとみ》、きまじめな口もと。聖母《せいぼ》のほかの部分には銀のおおいがしてあり、ろうそくのけむりで黒くいぶされていた。

画像《がぞう》だった。それはわかっていたが、どこかで見た顔のような気もする。どこでだったろう？　わたしは祈《いの》っていたのだと思う。あのときは祈《いの》りだとは思わなかった。絵の前に立って、つえの上で両手を組んだ。

「聖母《せいぼ》マリアさま、以前、ひとりの友のために、わたしはトールに誓《ちか》いをたてました。キエフのヴァイキングの神殿《しんでん》で。そのせいでいま、わたしは神から見はなされているのかもしれません。しかし、もし見はなされていないなら、どうか、お口ぞえください。あなたのお子に、わたしがここから出てなにをなすべきか示《しめ》してくれるようにと。わたしにはわからないのです。どうしたらいいのか、わからないのです」

わたしは絵の前にもう一本ろうそくを供《そな》えることすらしなかった。そのくらいのもちあわせはあったが、それは最後の給金の残りだった。やがてわたしは祭壇《さいだん》に背《せ》をむけて外の通りへもどっていった。

冷たい香《こう》のにおいのする、暗く静かな教会のなかにいたあとで街路にでると、外の光景と騒音《そうおん》とにおいが一気に襲《おそ》いかかってくるような気がした。ふわりと風がきた。夏のなごりの暖《あたた》かい風が、通りを吹《ふ》きすぎて土ぼこりを巻《ま》きあげ、何種類かの香《かお》りが混《ま》じった空気を運んできた。教会とくっついて建っている高い塀《へい》のむこうに、ここからは見えないが庭があるのだろう。だれかが水をまいたにちがいない。乾《かわ》いた大地に雨がしみこんだときの緑のにおいと、木々《きぎ》の葉のにおいがした。たちまちわたしは、広々《ひろびろ》とした緑の野山が恋《こい》しくてたまらなくなった。そして一年近く前の記憶《きおく》が心に浮《う》かびあがってきた。皇帝《こうてい》の狩《か》りの供《とも》をしたこと、秋の雨のあとで大地がたてるにおい――それに、そうだ、くもった銀の板におおわれた絵の、ろうそくのけむりに黒ずんだ顔がだれに似《に》ていたのか思いだした。野生のオリーブの木の下にいた少女、ガゼルを飼《か》っていた少女だ。人波と騒音《そうおん》でいっぱいの街路で、わたしはあの少女のおちついた態度《たいど》を思いだしていた。ほこりっぽい道のそばの木蔭《こかげ》のような、涼《すず》しさと静けさ……。

少女は生まれたばかりのガゼルに乳《ちち》をもってきた。それならあの農場には牛がいるのかもしれない。いないなら、わたしはヤギの世話を覚えればいい。もしかしたら農場でヤギ飼《か》いをさがしているかもしれない――あるいは農場のこまごました用事をかたづけたり、オリーブ摘《つ》みを手伝う人間を。

こうしてわたしはふたたび、故郷《こきょう》の村を出たときのように、風がさししめす道をたどってあたらしい生活に歩みだした。

第十九章　医師《いし》の家

わたしは市場の屋台でパンとイチジクを買って、わずかな身のまわり品といっしょにマントにくるみ、歩きだした。

ブラシェルネス宮《きゅう》のそばの教会門から都の外へ出たのは、すでに影《かげ》が長くうしろにのびる時刻《じこく》だった。わたしはうねる丘《おか》の道を西へむかった。同じ道を、馬の背《せ》にチータの死骸《しがい》を積んで東へむかったときは、それほど遠いとは思わなかったが、自分の足でたどってみると、けっこうな距離《きょり》があった。その夜はとちゅう、使っていない牛の囲《かこ》いのすみで寝《ね》た。

つぎの日の昼近くなってようやく、あの農場への分かれ道にたどりついた。右へ進み、アーモンド園をぬけて、石垣《いしがき》でかこまれたオリーブ園の横を通る。日ざかりで、外には人《ひと》影《かげ》はなかった。木蔭《こかげ》でいびきをかいている老人がひとり、あとはオリーブの枝《えだ》で鳴きつづけるセミの声だけだ。

中庭にはいっていくと、ちょうどふとっちょクロエが納屋《なや》から出てきたところだった。しっしっと声をあげて、勝手にはいりこんだらしい雌鶏《めんどり》の一団《いちだん》を追いたてている。最後にひと声しーっと雌鶏《めんどり》にあびせたところで、わたしに気づいて雌鶏《めんどり》のことは忘《わす》れてしまった。両手を腰《こし》にあてて、なんの用かと問いただした。わたしのことは覚えていないらしい。こちらも、相手が覚えているとは思っていなかった。

「おじょうさんに会いたいんです」わたしは答えた。

「なんだって？　だれだか知らないけど、はっきりいっておくれ——このごろは、だれもかれも、まともにしゃべらないんだから」

そういえばクロエは耳が遠いのだった。わたしは大声でくりかえした。「おじょうさんです、ガゼルを飼《か》っている」

「どならなくても、ちゃんと聞こえるよ！　ぼそぼそいうか、どなりだすかなんだから、だれもかれも！　あんたがいうのは、アレクシアじょうさまのことだろ？」

わたしはうなずいた。名前は知らなかったが、たぶんあの少女はアレクシアじょうさまなのだろう。

「おるすだよ」クロエがいった。「いまは都においでだ」

「都からやってきたのに……」

「遠いのに、むだぼねだったね」そういってから、わたしが歩き疲《つか》れてくたびれはてているのに気がついたのだろう。それと、すっかり途方《とほう》にくれたのが、顔にあらわれたのかもしれない。クロエの態度《たいど》がやわらいだ。「ほんとにまあ、その脚《あし》でねえ——遠かっただろう、そんな顔をして。日陰《ひかげ》にすわって、まずは喉《のど》を冷やすといいよ」

キョウチクトウの下にベンチがあった。わたしはありがたく腰《こし》をおろして、痛《いた》む脚《あし》を前に伸《の》ばした。クロエが素焼《すや》きの杯《さかずき》に氷のように冷たい水を汲《く》んできてくれた。わたしは飲みほして、杯《さかずき》を返した。「きっとこちらだろうと思ったんです——まだ暑い日がつづくから——」

クロエも腰《こし》をおろして、アーモンドの籠《かご》をひきよせた。雌鶏《めんどり》にじゃまされるまで、殻《から》をむいていたのだろう。石で殻《から》をわって、茶色のかけらをむいていく。「そんなことないさ。夏のあいだだって、こっちと都と行ったり来たりしてなさるよ」

「いまはむこうなんですね」わたしはわかりきったことをくりかえした。

「そうさ、おとうさまとね。だんなさまは、おじょうさまを長く手ばなしておけないのさ。ご自分は、こっちへおいでになるひまなんか、ほとんどないし。都には病人がいっぱいいるからねえ。そして町の評判《ひょうばん》じゃ、アレクシアス・ディミトリアデスより腕《うで》のいい医者はいないんだそうだ。コンスタンティノープルでいちばんさ」クロエはそこでことばをとめて、手元から目を上げた。「あんた、ほんとはだんなさまに用があるんじゃないのかい？その脚《あし》のことでさ」

わたしは首をふった。「この脚《あし》はもうどうにもならないんです。ここへ来たのは――アレクシアおじょうさんが、なにか仕事をさせてくれないかと思って――仕事をみつけなきゃならなくて、おじょうさんと、この農場のことを思いだしたんです」しどろもどろなのはわかっていたが、疲《つか》れきっていて、どうしようもなかった。

クロエは雌《めす》クジャクのような金切り声をあげた。「あんたぁ！」するとセミのように乾《かわ》いて筋《すじ》ばった感じの小男がさっきとべつの戸口からあらわれて、あくびをすると、いったいどうしたんだと文句《もんく》をいった。

クロエは頭でわたしのほうを示《しめ》した。「アレクシアじょうさまに用で来たんだよ――仕事がほしいんだってさ」

小男はわたしを頭から足までながめた。わたしは疲《つか》れた脚《あし》で立ちあがった。そうするのがよさそうに思えたからだ。

「生きものの世話なら得意です。それに、農場の仕事はたいていこなせます」わたしはいった。

男は貧弱《ひんじゃく》なあごひげをひっぱった。「アレクシアじょうさまは、あんたを知っていなさるのかい?」

「会ったのは一度です。一年近く前に。でも、きっと覚えていてくれると思います。皇帝《こうてい》のチータが一頭、狩《か》りのあとで逃《に》げだして――」

「ああ、皇帝《こうてい》があたらしくやとった異教徒親衛隊《いきょうとしんえいたい》の男が、じょうさまがチータに襲《おそ》われたとこをたすけたとかいう話だな」

「チータが襲《おそ》ったのはガゼルのほうです」

クロエがきいきい声を張《は》りあげた。「そういや、このひとだよ! いま、よく見たら、そうだ!」耳の遠い人間にはよくあることだが、ほんとうに関心があることには、とつぜん聞こえがよくなるのだ。

男はしばらく黙《だま》りこんで、もう一度じっくりわたしをながめた。「あんた、異教徒親衛《いきょうとしんえい》隊《たい》にいるのか? そんなふうには見えんが」

「いまはちがいます。前は――ひざをやられるまでは親衛隊《しんえいたい》にいました。春にトラキアでやられたんです」

男はなおもあごひげをひっぱりながら、考えこんでいた。「兵隊の苦労話なんぞ、いくらでもつくれるからなあ――」

「作り話だというんですか？」

男は鼻をならした。「そうはいってない。だが、そうでないともいってない。どっちみち変わりはないのさ。おれの下には若《わか》い者がふたりいて、それでまにあってる――ぎりぎりなんとかってとこだ。ひとりふえて困《こま》るってことはないが、おれに決められることじゃない。もうひとり雇《やと》うなら、だんなさまかアレクシアじょうさまのお許《ゆる》しがいる」

「すみませんでした、つまらないことで昼寝《ひるね》のじゃまをして。失礼します」

「あわてなさんな。あんた、アレクシアじょうさまを頼《たよ》ってきたんだろ――都へもどって、じょうさまに頼《たの》んでみるんだな。そして羊皮紙のきれはしにでも、じょうさまの名前を書いてもらってきな。おれは字は読めないが、アレクシアじょうさまが自分の名前を書いたものなら、見ればわかる――そしたら、ここで仕事をしてもらう――しっかり働いてくれるんならな」

「都のどこへ行けばアレクシアおじょうさんに会えますか？」

「ゴールデン・マルベリー・ツリー街だ。大競技場《だいきょうぎじょう》のそばさ。通りをのぼって、右側のいちばん奥《おく》の家だ。あのあたりで聞けばすぐわかる。お医者の家といえばいいんだ」

「では行ってみます」

「そうするこった」

クロエがひざからアーモンドの籠《かご》をもちあげて乱暴《らんぼう》な手つきで足もとにおろしながら、口をはさんだ。「その前に、お腹《なか》になにかいれて、ひと晩《ばん》やすんでってもらうよ。まったく、ミケールったら。客人に一夜の宿を貸《か》すのに、じょうさまのお許《ゆる》しはいらないだろう」

ふとっちょクロエは親切にしてくれた。わたしに食事を出し、こわれた馬具をなおしておくれと仕事も用意し、ブドウのつるをはわせた東屋《あずまや》に古い布《ぬの》をもちこんで寝場所《ねばしょ》をつくってくれた。朝には、出かける前にパンとオリーブとうすいぶどう酒を出してくれた。

「気を落とすんじゃないよ。あんたの話がほんとなら。あたしはほんとだと思ってるがね。あんたの顔をよく見れば見るほど、そう思うよ。アレクシアじょうさまはきっと、あんたを覚えてなさるし、ちゃんとお礼をなさるだろう。そしてだんなさまが、おたすけくださるよ。借りをそのままにするような方々《かたがた》じゃないからね」

クロエは親切でいってくれたのだ。しかし、わたしはそんなつもりでここへ来たわけではなかった——礼をもらおうとか、貸《か》しがあるとか、そんなふうに考えてはいなかったのだ。ここへ来たのは、乾《かわ》いた草が雨をすいこんだにおいを風が運んできたから。それにくすんだ聖母像《せいぼぞう》の静かな表情《ひょうじょう》がガゼルの少女のおもかげと重なったから。それで農場のことを思いだして、ここでなら手にも心にもなじんだ仕事をもらえるのではないかと考えていたのだ。クロエが親切でいってくれたことばは、腹《はら》に一撃《いちげき》くらったような衝撃《しょうげき》だった。みじめな、いやな気分だった。さっきまで透明《とうめい》ですっきりしていたものが、いきなり泥《どろ》まみれのもつれた塊《かたまり》に変わったような気がした。あの小さな暗い教会で祈《いの》ったことや、夏の香《かお》りを運んできた風がなんだっていうんだ。あんなふうに自分の人生を決めたなんて、ほんとうにばかだった。だいじな金をろうそくなんかにつかわなくて、よかった！　そんなことを考えながら、わたしは朝食をむりやり飲みくだした。すっかり食欲《しょくよく》がなくなっていた。それでも忘《わす》れずにクロエに礼をいうと、けっきょく都へむかって歩きだした。

朝早く出発したので、道のほとんどは市場へいく荷車に便乗させてもらえた。おかげで正午をたいしてまわらない時刻《じこく》には黄金門のわきの通用口をくぐっていた。

都のはしからはしまで通っている中央大路は、どことなくいつもよりひとがすくないように思えた。ふしぎに思いながら大競技場《だいきょうぎじょう》のそばまでやってくると、高々《たかだか》とそびえる列柱でかざられた壁《かべ》の内側から、大喚声《だいかんせい》がきこえてきた。戦車競走の日だったのだ。都の人間の大半が競技場《きょうぎじょう》にくりだして、青だ緑だと声援《せいえん》をおくっているのだろう。競走のあとはいつも市内のあちこちで集団《しゅうだん》のけんか騒《さわ》ぎが起きるのは、昔もいまも変わらない。しかし、そのときはまだ、通りは妙《みょう》に静かだった。

　わたしは聖《せい》ソフィア寺院のすこし手前で横道におれ、またべつの横道にはいった。都をまたいで通っている白い石の水道橋のアーチをくぐると、それまでほとんど来たこともない町並《まちな》みにはいりこんでいた。香料屋《こうりょうや》の店先にいた男に道をたずね、丘《おか》の上へつづく静かな通りへやってきた。丘《おか》の上にはばら色がかった教会の丸天井《まるてんじょう》をかこんで、細い糸杉《いとすぎ》が何本もまっすぐにのびていた。

　ゴールデン・マルベリー・ツリー街かい？　ああ、ここだよ。通りすがりの男が答えた。なのにわたしは、背《せ》をむけてふらふらとべつの方向へ歩きだした。あちらこちらの通りをあてもなく行ったり来たりした。どこかの教会の石段《いしだん》にすわりこんで、スズメが道ばたに落ちている乾《かわ》いた馬糞《ばふん》をつつくのをながめた。街角に店開きした旅の占《うらな》い師《し》の口上に耳をかたむけたり、べつの街角で足をとめて馬乳酒《ばにゅうしゅ》を呼《よ》び売りしている商売人の声を聞いたりした。しかし夕方近いころ、気持ちとはうらはらに、わたしはゴールデン・マルベリー・ツリー街へもどってきていた。のろのろと坂をのぼって、右側のいちばん奥《おく》の家へむかう。通りはすでに影《かげ》のなかだった。けれど建物の上のほうの階には、蜂蜜《はちみつ》をながしたような濃《こ》い金色の日の光があたっていた。通りのいちばん奥《おく》にある医師《いし》の家は、間口の狭《せま》い背《せ》の高い建物で、おなじ通りのやはり間口が狭《せま》く背《せ》の高い家々《いえいえ》よりもさらに高くのびあがっていた。戸口がアーチ型《がた》に切ってあるのをのぞけば、都のほかの家とおなじ造《つく》りだ。通りに面した一階と二階は窓《まど》のない壁《かべ》だけで、その上に小さなのぞき窓《まど》がある。そしていちばん上の二階ぶんでいきなり、植物が花をつけるように、張《は》り出し窓《まど》や繊細《せんさい》な格子《こうし》細工のバルコニーがいくつもならんでいた。バルコニーには明るい色の花をつけたつる草の鉢《はち》が置かれ、手すりから緑がこぼれてたれさがっていた。わたしは下に立って、高い木の枝《えだ》を見上げるときのように思いきりのけぞった。

長い旅をしてきたような気がした。いまそれが終わろうとしている。どうして、ここへ来てしまったのだろう。狭《せま》い通りをひとまたぎしてアーチ型《がた》の戸口に立ち、扉《とびら》をたたいてアレクシアおじょうさんに会いたいといえばいいだけなのに、わたしにはできなかった。少女はきっとわたしをたすけてくれるだろう。しかしわたしが物乞《ものご》いをしにやってきたと思いはしないだろうか。運がつきたので、チータを殺《ころ》したことを恩《おん》にきてくれると期待してきたのだと、そう思われないだろうか。もっといやなのは、自分にはそんなつもりはぜんぜんなかったと、はっきりいいきれないことだった。少女がこんど農場へもどれば、わたしが会いにきたことを知らされるだろう。だが、かまうものか。そのころには、わたしはどこかへ行ってしまっているだろう。どこかはわからない。どこだってかまわない。しかし二度と教会なんかに、自分の道をさがしにはいかないぞ。

どのくらいそうやって見上げていただろう。長いあいだではなかったと思う。上のほうの窓《まど》はまだ、西の空の太陽を反射《はんしゃ》して輝《かがや》いていた。バルコニーの格子《こうし》や花の鉢《はち》が、しっくい塗《ぬ》りの壁《かべ》を背景《はいけい》に、くっきりと見えていた。下の小窓《こまど》の厚《あつ》いガラスのむこうでなにかが動いたように思った。ぼんやり白く見えたのは、ひとの顔だったかもしれない。しかし目をすえて見たときには、影《かげ》は消えていた。

家に背《せ》をむけたのとほとんど同時に、幅《はば》の狭《せま》い扉《とびら》がひらいて、去年のクルミのようにしなびた小柄《こがら》な老女が出てきた。通りをはさんでわたしに会釈《えしゃく》する。わたしが足をとめないのを見ると、ぱたぱたとあとを追ってきて、わたしの袖《そで》をとらえた。

「主人が、おはいりくださいといっております」

わたしは足をとめて、老女を見おろした。「主人って？」

「アレクシアおじょうさまです。あなたをお連れするようにと――」

「行かないといったら？」

「かならずお連れするよういわれたんです！」ひきずっていきそうなほどの勢《いきお》いだった。それから老女は目をふせていった。「主人があなたに申しあげるようにと――どうか、おはいりください、お目にかかりたいから、と申しつかりました」

わたしはまだ迷《まよ》っていた。それでもけっきょく老女について通りをよこぎり、石壁《いしかべ》の奥《おく》にはめこまれた扉《とびら》をくぐった。

第二十章　もうひとつの道

扉《とびら》をはいると飾《かざ》り柱がならんだ控《ひか》えの間になっていた。片側《かたがわ》に上へ通じる階段《かいだん》がある。上の階は住居《じゅうきょ》だろう。そしてガラスのむこうにちらりと顔がのぞいたように思えた小窓《こまど》もあるはずだ。けれど老女は上へ行かずに家の奥《おく》へ進んだ。美しいタイル張《ば》りの床《ゆか》を歩くと、それまで気にもとめなかったことだが、左右の足音がひどくふぞろいなのに気がついた。奥《おく》のアーチをぬけると中庭になっていた。

細長い庭はすでに影《かげ》が高く這《は》いあがり、涼《すず》しかった。幅《はば》のせまい花壇《かだん》にバラとキョウチクトウと小さく刈《か》りこんだザクロの木がバランスよく植えられていた。壁《かべ》にはめこんだライオンの頭像《とうぞう》の口から水があふれ、その下の水盤《すいばん》には空が映《うつ》っていた。水盤《すいばん》の広いふちに若《わか》い女性《じょせい》がすわっていた。ひだのない黒っぽい服に青い房飾《ふさかざ》りがついている。コンスタンティノープルの婦人《ふじん》たちがよくやるように、髪《かみ》はゆいあげ、その上に細い縞《しま》もようの絹《きぬ》のスカーフをねじって巻《ま》きつけてある。くちびるには紅《べに》をつけ、細くひいた眉《まゆ》はカブトムシの羽根のような濃《こ》い黒で、きれいに弧《こ》を描《えが》いていた。まぶたは緑にぬられている。一年仔《いちねんご》のガゼルがそばにいなければ、ひと目見てあの少女とはわからなかっただろう。ガゼルは耳をぴんと立て、黒い瞳《ひとみ》で警戒《けいかい》するようにわたしを見つめていた。

少女は長いあいだ黙《だま》ってわたしを見つめ、わたしも少女を見つめていた。それから少女が口をひらいた。「やはりあなただったのね」

しゃべりだしたとたんに、あの野生のオリーブの木の下にいた少女の顔がもどってきた。「あのときのあかんぼうだな。元気そうだ」わたしは少女のとなりのガゼルを見やりながら答えた。

少女はやさしくガゼルの頭にふれ、一歩こちらへ踏《ふ》みだした。「あなたは、そうではなさそうね。なにがあったの？　そのけがは？」

「今年の春トラキアでやられた。病院をでて、まだ二日なんだ」

「なのによく、都のわたしの家がわかったのね」

「知ってたわけじゃない――たまたま通りかかったんだ」わたしは急いでいった。このつぎ少女が農場へ行くころには、わたしはよそにいるだろう。そのときなら、わたしが農場まで会いにいったと知られたってかまわない。しかし、いまはだめだ。神よ、どうかいまは知らせないでください！

少女はさらに近づいて、まっすぐわたしを見つめた。「たまたまじゃないでしょ。ずいぶん長く家の前に立って見上げていたわ。なんだか決心がつかないみたいに。わたし、ずっと見ていたの。ほんとうにあのときのひとなのか、はっきりしなかったから。アンナがなかへ案内するまで、わからなかったわ」

わたしは荷物をおろしながら、空いている手の甲《こう》で額《ひたい》をこすった。それですこしは頭がはっきりするような気がしたのだ。疲《つか》れて、頭がうまく働かなかった。「うん――ほんとうは知っていた――調べたんだ。ミクラガルドをはなれる前に、どんな家だか見ておきたいとおもって」

「はなれるって、どこへ行くの？」

「わからない。うんと遠くへ」

「旅なら、もうしてきたんじゃない？　いなか道を歩いてきたのでしょう。服がほこりまみれだもの。農場までわたしに会いにいって、クロエとミケールからこの場所を教わったんでしょ。そのあとであなたは不安になった。ちがう？　不安と、自尊心《じそんしん》がわいてきた。

どうして不安になんかなったの、ジェスティン・イングリッシュマン？」

そのとき、だれかが表の戸口からはいってくる音が聞こえた。

「そこにすわって」アレクシアおじょうさんがいった。「すぐにもどるから」

わたしはいわれたとおり水盤《すいばん》のふちに腰《こし》をおろして、荷物をわきに置いた。ひどい疲労《ひろう》がおしよせて、自尊心《じそんしん》も不安も感じていられなかった。農場まで会いにいったことを見破《みやぶ》られたのがどうした。相手がどう思うかなんて気にしたってしょうがない。くたびれはてて、もうそんなことなど考えていられなかった。なんだか雲のなかにいるような気がした。わたしはかがんで腕《うで》でひざをだきかかえ、目の前の地面を見つめていた。頭のなかはからっぽだった。

わたしの背中《せなか》では、ライオンの口からほとばしる水が音をたて、ほかの物音を消してしまっていた。少女が家にはいる足音も、それについていったガゼルのひづめの音も聞こえなかった。しばらくしてもっと重い足音が近づいてきたはずだが、それにも気がつかなかった。ただ急に、目の前の敷石《しきいし》の上に真紅《しんく》の革長靴《かわながぐつ》の足があらわれた。目を上げると、ひどく背《せ》の高い男がまぢかに立っていた。とても背《せ》が高く、ほんのすこし前かがみの姿勢《しせい》になっていた。白髪《しらが》まじりの髪《かみ》とあごひげのせいで、あさぐろい顔がよけいに黒くみえた。

砂漠《さばく》のアラブ人のように、瞳《ひとみ》の奥《おく》に太陽がひそんでいるようだった。

「娘《むすめ》から聞きました。ヴァリャーギ親衛隊《しんえいたい》のジェスティン・イングリッシュマンくんですね。去年、皇帝《こうてい》の狩猟《しゅりょう》用チータから娘《むすめ》を救《すく》ってくださった」

「ええ」

「ほんとうに、ヴァリャーギ隊員とは思えない」男の声は深く、喉《のど》の奥《おく》をふるわすような音が混《ま》じっていた。

「なぜです?」わたしはいい返した。「わたしたちは荒《あら》っぽい人間かもしれませんが、女の子がチータに襲《おそ》われて、ナイフのひと突《つ》きでたすけられるのに、黙《だま》って見ていたりはしませんよ」

「たしかに。とはいえ、死んだガゼルの腹《はら》から子どもを生きたまますけだせる人間は、お仲間のなかにたくさんはいないでしょう。それも帝王《ていおう》切開そっくりのやり方でね」

「以前、ずっと牛の世話をして暮《く》らしていたんです。親方は五つの荘園《しょうえん》でいちばん腕《うで》のいい牛の医者でした。親方の手伝いで、前にもやったことがあるんです。あのやり方にちゃんとした名前があるとは知りませんでしたが」

わたしはなんとかからだを引っぱって立ちあがろうとした。もがいていると、肩《かた》に手が置かれた。「どうぞそのままで。その脚《あし》でずいぶん無理をしたのだから。退院《たいいん》してまだ二日だというのに」

そんなことまで、もう聞いているのか。それでも、とにかくわたしは立ちあがった。これからどんなことをいわれるか見当はついていた。でもそのことばはすわったままでなく、立って聞きたいと思っていたからだ。

「農場で牛飼《うしか》いの口があるかもしれないと思ったのだね？」

わたしはまっすぐ目を見つめて答えた。「そうです」

「そしてミケールが、わたしの許《ゆる》しがなくてはあたらしくひとを雇《やと》うことはできないといって、きみをこちらへよこしたのだね？」

「どうしてここまで来てしまったのか、自分でもわかりません。おじゃまするつもりはありませんでした」

「そうらしい。娘《むすめ》の話では、きみは立ち去ろうとしていた。それでアンナに追いかけさせた。そのまま行ってしまったら、じつに残念に思ったろう。わたしはきみに感謝《かんしゃ》を示《しめ》す機会をひたすら待っていたのだから」

「お礼をききたくて来たんじゃありません」わたしはほとんどやけになっていった。「物《もの》乞《ご》いにきたんでも、貸《か》しを返してもらいにきたんでもない」

「クロエだな、そんな考えをきみの頭に吹《ふ》きこんだのは？　心は黄金だが、どうもことばが足らなくてね」医師《いし》はほほえんだ。ふだんあまり笑わないひとがたまに浮《う》かべた笑《え》みらしく、頬《ほお》の筋肉《きんにく》がぎこちなく、ゆっくり動いて笑顔《えがお》に変わった。「ジェスティン・イングリッシュマンくん、きみは、わたしの人生で仕事をべつにすればたったひとつのかけがえのないものを救《すく》ってくれた。借りがあまりに大きくて、とても返せないほどになると、ひとはただ礼をいうしかない」

「それならいうかがいました。では、もうこれで」

「まあまあ、そう急がないで」医師《いし》はわたしの肩《かた》に手を置いたままだった。のぞきこむ瞳《ひとみ》が、わたしの瞳《ひとみ》をがっちりとらえていたので、たとえ目をそらしたくてもできなかっただろう。「わたしは、きみが物乞《ものご》いにきたのでもないし、娘《むすめ》のいのちを救《すく》った代償《だいしょう》をもとめてきたのでもないことくらいわかっているし、そのことをきちんと示《しめ》したつもりだ。こんどはきみが、わたしたちがきみに施《ほどこ》しをしようとか、ふくれあがった自尊心《じそんしん》を傷《きず》つけようとはしていないとわかっていることを示《しめ》してくれる番だ。きみはヴァリャーギ隊の勤《つと》めを終えて、仕事をさがしている。ちっとも恥《は》ずかしいことではない。そのこともあとで話しあうとして、いまはまず、旅のほこりを落として食事をともにしよう。アンナが浴室に案内して、きれいなチュニックも出してくれる」

なにがどうなったのかよくわからないうちに、一時間後には、わたしは湯で旅のほこりを洗《あら》い流し、自分でもっていた唯一《ゆいいつ》の替《か》えの肌着《はだぎ》の上にアレクシアス・ディミトリアデスのチュニックを着こんで、この家の主人と夕食のテーブルについていた。チュニックはまずまず大きすぎはしなかった。家の裏手《うらて》のイチジクの木の下にテーブルが出された。枝《えだ》を刈《か》りこんで手入れされた木の下は、涼《すず》しく気持ちよかった。

アレクシアがアンナの手を借りながら給仕《きゅうじ》してくれた。だいたい見当はついていたが、奴隷《どれい》もひとりかふたり使っているだけの小さな家だった。それからアレクシアもいっしょに食卓《しょくたく》をかこみ、アンナはよたよたと暗がりにひっこんでいった。ガゼルはゆだんなく身がまえた細身の犬のようなかっこうで、ご主人さまの足元にすわりこんでいた。

おだやかな時間がすぎていった。テーブルに落ちたランプの火影《ほかげ》もほとんど動かず、頭上のイチジクの葉をゆらす風さえなかった。固ゆでのアヒルの卵《たまご》を食べおわって、アンナがテーブルに運んできたコイの丸焼きにとりかかろうとしたとき、大競技場《だいきょうぎじょう》のほうからどよめきが伝わってきた。しばらく前からかすかに聞こえていたのが、急に大きくなったのだ。ディミトリアデスがため息をついた。「はじまった。都のこのあたりの医者で、戦車競走のあと夕食を最後まで楽しめる者などいるのかな」

「われた頭に包帯をするのは外科《げか》の仕事よ」アレクシアが答えた。「そんな仕事で手をよごすのをことわりさえすれば、おとうさまもゆっくりお食事できるわ。きょうのデザートはイチジク入りのハチミツ菓子《がし》よ」

「われた頭に包帯をするのも内科の仕事のうちだ。イチジク入りのハチミツ菓子《がし》を食べても、味を楽しめるとは思えないな」

アレクシアは父親にほほえみかけた。「そうおっしゃると思っていたわ。魚をどうぞ、おとうさま。そろそろ、最初のけが人がいつ玄関《げんかん》にやってきてもおかしくないんですもの」

まさにそのとおり、コイを食べおわらないうちに玄関《げんかん》の扉《とびら》をたたく音が聞こえてきた。すぐにアンナが小走りにやってきた。「青と緑です」何度となくおなじことを口にしたことがありそうな、慣《な》れたようすだった。

「けがのぐあいは?」ディミトリアデスはもう席から立ちあがっていた。

アンナは首をふった。「わかりません。連れてきた仲間は、玄関《げんかん》で帰ってしまいました

——ひどい血です」

「処置室《しょちしつ》へいれてくれたかね？」

アレクシアも立ちあがっていた。「お手伝いするわ——アンナ、マイアをおねがい」それからなかば背《せ》をむけたまま、わたしをふりかえった。「父の助手が、二、三日前にやめたばかりなの。戦車競走の夜はたいてい、刺《さ》し傷《きず》がひとりではすまないものだし。わたしも父の手伝いはできるけど、なにかあったときのために、もうひとり男手があるとたすかるわ。めんどうもしょっちゅうだから。来てくれる？」

わたしは立ちあがった。「もちろん、行くよ」

ディミトリアデスのうしろにアレクシアがしたがい、わたしはそのあとをついていった。中庭から家にはいって、控《ひか》えの間の階段《かいだん》の裏《うら》にある戸をあける。扉《とびら》のむこうは四角い部屋で、吊《つ》りランプがいくつもさがり、まんなかにテーブルが置かれ、壁《かべ》には戸棚《とだな》や櫃《ひつ》がずらりとならんでいた。ベンチに男がすわりこんでいる。前かがみに頭をかかえこんだかっこうで、手をはなしたら肩《かた》から頭が転がりおちるとでも思っているみたいだ。指のあいだから血が噴《ふ》きだし、髪《かみ》はぬれてべったり固まっていた。レンガかなにかでなぐられたようすだった。

ディミトリアデスは男に近づくと、男の手に自分の手を重ね、頭からそっと引きはなした。「見せなさい」

「緑のやつらのひとりにやられたんだ」男ははっきりしない声でいった。「あいつめ地獄《じごく》へおちろ！」

ディミトリアデスは髪《かみ》をかきわけて、ぎざぎざに切れた傷口《きずぐち》をたしかめた。「よしよし、もうすこし右にそれていたら、地獄《じごく》へいくところだった――これなら、そうひどいことにはならない」

アンナがボウルに湯をいれて運んできた。アレクシアが受けとってテーブルにおろし、父が血のりでかたまった髪《かみ》を刈《か》って傷口《きずぐち》を洗《あら》うあいだ、男の頭をささえてやる。こういう仕事もずいぶん慣《な》れたようすだった。はじめはわたしのたすけが必要になりそうだとは思えなかった。ディミトリアデスが蒸留《じょうりゅう》したヤシ酒で傷《きず》の消毒《しょうどく》をはじめると、男は雄《おす》の子牛のようなうめき声をあげた。そこへまた、玄関《げんかん》の扉《とびら》をたたく音が聞こえてきた。こんどの男は友人ふたりにかつぎこまれて、部屋のすみにぬれた大麦の束のようにほうりだされた。三人とも酔《よ》ってべろべろだった。それでも友人たちは、けがの説明をすると外へ出ていった。もっとも、説明などなくても男が左腕《ひだりうで》の肩《かた》からすこし下がったところをナイフで刺《さ》れているのは、すぐわかった。しかもけがした男は、なおももめごとを起こしたくてうずうずしていた。

男はベンチで頭の傷《きず》の手当てをされているほうの男の腕《うで》に、くしゃくしゃになった青い布《ぬの》きれがまいてあるのに気づくと、ふらふらと立ちあがって襲《おそ》いかかろうとした。「ちくしょう！　詐欺師《さぎし》め！　馬に薬をのませやがったな、ひと目見ればおれにはわかるんだ！」男はベルトにさしたナイフを手さぐりした。

けが人が人殺《ひとごろ》しをしようとするのを押《お》さえるのは、なかなかたいへんな仕事だ。手荒《てあら》にすれば、けががひどくなるかもしれない。それでもわたしは、なんとか男を押《お》さえこんだ。小男だったおかげで、たいしためんどうもなく、もとどおりすわらせることができた。

「いいか」わたしはいってやった。「あんたは、自分のからだにあいた穴《あな》をふさいでもらいにきたんで、ひとのからだによぶんな穴《あな》をあけにきたんじゃないんだ」

ディミトリアデスが、手当てしている傷《きず》から目も上げずに、静かなおもしろがっているような口調でいった。「まさにそのとおり。さて、服の袖《そで》を切っておいてくれ――そのひとのナイフを使えばいい」わたしが命じられたとおりにするあいだ、男はわたしをにらみつけ、ぶつぶつとおどし文句《もんく》や呪《のろ》いの言葉を吐《は》きちらしていた。

「そうしたら——こんどは傷《きず》を洗《あら》っておいてくれ。こっちがすんだら、傷口《きずぐち》をみるから」

ディミトリアデスが声をかけてよこした。

アンナがすでに湯と海綿《かいめん》を用意してくれていたので、わたしはさっそく、海綿《かいめん》でふかい傷《きず》から噴《ふ》きだす血をぬぐいはじめた。

「おれ、死ぬのか?」ボウルの湯がまっ赤にそまるのを見て、男が聞いた。

「いつかはな。きょうかもしれないが、こっちの知ったことじゃない。しかし、まあ、ここに来たからには……」そこまでいいかけて、男と目が合った。むかし世話していた牛の眼《め》とおなじ表情《ひょうじょう》だった——けがの痛《いた》みと、なれない感覚におびえている眼《め》だ。牛たちは、人間が死の恐怖《きょうふ》と呼《よ》んでいる未知のものへの恐《おそ》れなどまったく知らないはずなのに。わたしは、おどしをかけるのはやめにした。「だれだって、いつかは死ぬ。だがきょうは、静かにしていればだいじょうぶだ」

わたしは傷《きず》をぬぐいおえた。出血はほぼおさまってきた。ディミトリアデスが、最初の患者《かんじゃ》の頭に包帯するのはアレクシアにまかせて、ふたりめの手当てにとりかかった。

その夜ディミトリアデスとわたしとアレクシアは、五人の男の手当てをした。なかのひとりは腹《はら》とまたぐらをけられていたので、奥《おく》の小さな部屋にひと晩泊《ばんと》めておくことになった。見えない部分にも傷《きず》を受けていそうだったからだ。あとの者は手当てがすむとそれぞれ家に帰された。

すっかりかたがつくと、ランプに照らされた部屋そのものが、なんだかため息をついたように思ったのを覚えている。まるできつい仕事を終えた人間が、かがめていた背中《せなか》を伸《の》ばしてため息をつくように。手当てをしているあいだも疲《つか》れはおぼえたが、仕事がすっかり終わってはじめて、自分がどれだけ疲《つか》れきっていたか思いしらされた。「チュニックに血がついてしまいました。すみません」わたしはいった。

ディミトリアデスは、あの、ゆっくりひろがる笑《え》みをみせた。「よくあることだよ」

アンナがまた湯を運んできた。こんどはわたしたちが手を洗《あら》うためだった。

「もどって、お食事のつづきをなさる?」アレクシアが問いかけた。

ディミトリアデスは首をふった。「寝《ね》る前に、いくつか覚え書きをつくらないと。それにもう遅《おそ》い」

アレクシアはため息をついた。「アンナにスープとイチジクのお菓子《かし》を書斎《しょさい》まで運ばせます」

「ここへ運ばせてくれ。書き物は下へもってきて、しばらくようすをみることにする」医《い》師《し》は目顔《めがお》で奥《おく》の小部屋をさした。

「わかりました。では、あなたはこちらへ、ジェスティン・イングリッシュマン」

けれどわたしは空腹《くうふく》をとおりこしてしまっていた。それになんだか、ふしぎな気分も感じていた。夕方からずっとけがの手当てをしているうちに、長いあいだわたしのなかで眠《ねむ》りこんでいたものが眼《め》を覚ましたような感じだった。わたしはトーモッドといっしょにいるために兵士《へいし》になった。ずっとそうやって生きてきた。すくなくとも自分では、ヴァイキング流の生き方が自分の生き方なのだと思っていた。ところがいま、わたしはとつぜん、もうひとりのジェスティンにもどっていた。ガースじいさんのあとをついで、牛の病気のことなら五つの荘園《しょうえん》でいちばんの目利《めき》きになったかもしれないジェスティンだった。わたしには、もうひとりの自分になじむ時間が必要だった。

わたしはためらった。ディミトリアデスはタオルでひじから先をふきながら、こちらを見た。わたしのとまどいを、なんとなくわかってくれたらしかった。

「すこしいいかな」医師《いし》は口をはさんだ。「どうやら、ジェスティン・イングリッシュマンと、いま話をしておいたほうがよさそうだ」

アレクシアが出ていくと、ディミトリアデスはわたしを連れて奥《おく》の小部屋へはいった。

狭《せま》い寝台《しんだい》に寝《ね》かされた男は、重くひきずるような呼吸《こきゅう》をつづけていた。部屋はとても静かで、男の呼吸《こきゅう》する音だけが聞こえていた。寝台《しんだい》の上の高いところに、小さな窓《まど》がひとつだけ切ってある。石灰《せっかい》をぬった壁《かべ》は白く、窓《まど》はすっかり夜の闇《やみ》の色に変わっていた。簡素《かんそ》な黒い木の十字架《じゅうじか》の下に灯《あか》りが置かれ、クロッカスのようなきいろい炎《ほのお》をあげていた。この部屋でどれだけのひとが死んだのだろう、また生まれてきたひともいるのだろうか。ふと、そんな思いが心に浮《う》かんだ。この部屋はひとの生死にとても近い場所なのだろう。

ディミトリアデスはかがみこんで患者《かんじゃ》の首のつけ根の脈《みゃく》をさぐった。それからからだを起こして、わたしをふりむいた。「今夜は手伝ってもらって、ありがとう。きみには治療《ちりょう》の才がある」

「たかが、牛を相手に学んだことです」

「いや、牛を相手に腕《うで》をみがいたのかもしれないが、才能《さいのう》は神からの贈《おく》りものだ」わたしの顔を見つめながらしばらくためらっていたが、心を決めたように言葉をついだ。「一時間——いや二時間前は、きみにこんなことをいおうとは思ってもみなかった。ついさっきまでは、きみがゆっくり眠《ねむ》ってあしたの朝になったら話をきりだそうかと思った。しかしどうやら、いま話をしておいたほうがよさそうに思う」

わたしは黙《だま》って待った。部屋の静けさがわたしに重くのしかかってくるような気がした。

医師《いし》は一瞬《いっしゅん》ことばを切って、先をつづけた。「助手につかうのは奴隷《どれい》ではなく自由市民がいいというのがわたしの持論《じろん》なんだ。数日前、助手がやめてしまった。自由市民だったから、まあしかたがないが、わたしより高く給金を払《はら》ってくれる医者をさがすつもりになったらしい。今夜までその代わりは見つからなかった。ところがいま、どうやらひとり見つかったように思うのだ」

わたしは医師《いし》を見上げた。疲《つか》れて頭がうまく働かなかった。わたしがその候補《こうほ》だと考えていいのか、確信《かくしん》がもてなかった。「それはあの――わたしのことですか?」

「もし引きうけてくれるのなら。前の助手もいい腕《うで》をしていた。やってみるだけのことはあると思う」

「牛しか相手にしたことがないんです」わたしは念を押《お》した。

「前の助手はいい腕《うで》だったが――わたしが一から仕込《しこ》んだのだ。きみにもおなじように教えるつもりだ」

「しかし――わたしがどういう人間かまったく知らないのに――」

「助手にきてくれといえるくらいには、知っているよ。それ以上のことは、いつか君がその気になれば話してくれるだろう」そこで医師《いし》はふっと笑った。十字架《じゅうじか》の下のランプの灯《あか》りで、眼《め》のまわりのこまかなしわが浮《う》きあがって見えた。「とにかく、ためしてみてはどうだろう？　ひと月、いや、ふた月。その期間がすぎて、もしうまくいかないようだったら、農場でミケールの手伝いをしてもらう件《けん》を考えてみればいい」

第二十一章　秋の雨

そんなわけでわたしはゴールデン・マルベリー・ツリー街でアレクシアス・ディミトリアデスの助手を務《つと》めることになった。数日考えたあとで、あの小さな暗い教会へ出かけ、おだやかな表情《ひょうじょう》の聖母像《せいぼぞう》の前にろうそくを買って供《そな》えた。わたしは祈《いの》った。「わたしをまだ見はなしていらっしゃらないのなら、どうか、わたしの感謝《かんしゃ》をおいれください」そして付けくわえた。「けれどどうか、わたしがアーンナス・ヘリュフサンを待ちうける身だということは、忘《わす》れさせないでください。わたしの額《ひたい》につけられたしるしを、けっして忘《わす》れることがありませんよう」じっさいはこんな祈《いの》りで救世主《きゅうせいしゅ》やその母をわずらわす必要などないことは、自分でもわかっていた。トーモッドはトラキアの丘《おか》に掘《ほ》られたあさい墓《はか》に眠《ねむ》っている。それを忘《わす》れないかぎり、アーンナス・ヘリュフサンへの報復《ほうふく》を忘《わす》れることなどありえない。そしてトーモッドはすでにわたしの一部なのだ……。

はじめのうちは、使い走りとあとかたづけがわたしの仕事だった。薬や器具をつめた箱をもって、毎朝ディミトリアデスが聖《せい》セバスティアヌス修道院付属《しゅうどういんふぞく》の大病院へ行くのについていった。器具をきれいにして、きちんとそろえた。すこしたつと、かんたんな薬の調合をまかされた。それから、ディミトリアデスが傷《きず》を縫合《ほうごう》するあいだ切り口を押《お》さえているのも、わたしの役目だった。そのあいだずっと、ディミトリアデスの手元を注意深くながめ、おちついた口調の説明に耳をかたむけていた。これは心臓病《しんぞうびょう》の徴候《ちょうこう》だとか、あれは耳の内部の病気がおもてにあらわれたのだとか、この症状《しょうじょう》なら下剤《げざい》を処方《しょほう》するだけでよいが、ああいう症状《しょうじょう》はすぐではなくても死につながる、といったことを学んでいった。また、ショウノウ精油《せいゆ》やクマツヅラとノコギリソウの煎《せん》じ薬の薬効《やっこう》など、薬草の知識《ちしき》も教わった。わたしはよく働き、よく学んだ。自分でも悪い出来ではなかったと思う。二カ月めの終わりになっても、わたしの胸《むね》にもディミトリアデスの胸《むね》にも、農場でミケールの手伝いをする話は思い浮《う》かばなかった。

もうひとつべつの勉強にも励《はげ》んでいた――医術《いじゅつ》のためにぜひ必要な勉強だった。アレクシアからギリシア語の読み書きを教わっていたのだ。以前にわずかばかり学んだことがある文字とは形からしてまったくちがうギリシア語で、アラブの医師《いし》フナイン・イビン・

イーサークの著作《ちょさく》や、ラーゼスの医学全書の翻訳書《ほんやくしょ》を読んだ。いまでも重要な医学書のほとんどがアラビア語かペルシア語からの翻訳《ほんやく》だというのは悲しいことだ。また、アレクシアの父親の蔵書《ぞうしょ》から、医学の知識《ちしき》とも実践《じっせん》ともかかわりのない、たとえばはるか昔の詩人ホメロスの作品をただ楽しみのために選んで読んだ。

そんなふうにして秋がすぎ、冬が春に変わり、家の裏手《うらて》の枝《えだ》を刈《か》りこんだイチジクがいっきに若芽《わかめ》を吹《ふ》いて緑の炎《ほのお》につつまれたようになった。夏がはじまろうとしていた。農場から週に一度卵《たまご》や野菜を運んでくるミケールが、またやってきた。ただしこんどは、つぎの朝ミケールが農場にもどるときアレクシアもいっしょに行くことになっていた。

空気があたためたミルクのような肌《はだ》ざわりの夕方だった。イチジクの大きな葉のあいだからタマゴ型《がた》の木《こ》もれ日《び》が、テーブルにひらいた『イーリアス』のページに落ちていた。風はなく、ページに落ちる夕方の最後の日の光もほとんど動かなかった。高いところにある軒下《のきした》の巣で、ツバメのヒナがさえずっていた。赤いザクロの花のあいだではミツバチの重い羽音がひびいていた。そのとき急に、明日の朝アレクシアが農場へ行ってしまったら、この夕方の読書がどんなになつかしくなるだろうと、つよく思った。

ページから目を上げて、われにもなく口走っていた。「本の虫というほど本好きじゃないけれど、夕方いっしょに本が読めなくなるのは残念だな」

「あなたはもう、ひとりでも読めるわよ」アレクシアはきまじめに答えた。「それにわたしは、すぐもどってくるわ。夏のあいだ行ったり来たりしてすごすの。おとうさまを夏じゅうひとりにはできないから」

「おとうさんも、たまには農場へ行くのかい？」

「めったに行かないわ。いそがしいからとおっしゃって。たしかにそうなんだけど、でも――農場ではおかあさまを思いだすからなの。おかあさまは、むこうでわたしを産んで、亡《な》くなった。だから、おとうさまはそうしょっちゅう農場へはいらっしゃらないの。あんまり悲しくなるから」アレクシアは、そばに横になっているガゼルの耳をやさしくなでてやった。「先を読みましょう。でないと、暗くなっても読みおわらないわ」

そこでわたしは先をつづけた。『イーリアス』第二十二巻《かん》、アキレウスが殺《ころ》された友人パトロクラスの復讐《ふくしゅう》をとげるくだりだった。

「アキレウスはヘクトールがみごとな青銅《せいどう》の武具《ぶぐ》に身をよろっているのを見た。偉大《いだい》なるパトロクラスをたおしてはぎとったものだった。鎧《よろい》は全身をぴったりとおおい、すきまがあるのはただ、肩《かた》から首へ鎖骨《さこつ》がのびる喉《のど》の部分のみ。急所のひとつだ。ヘクトールが撃《う》ちかかる。王子アキレウスは槍《やり》でヘクトールの喉《のど》を突《つ》いた。穂先《ほさき》は喉《のど》のやわらかい肉をくしざしにして……」

その先は読めなかった。わたしはことばをとぎらせ、ひざをこすった。古傷《ふるきず》が痛《いた》んだ。いまでも、とくに仕事がきつかった日にそうなるように。

「どうしたの？」アレクシアがいった。「ひざがどうかしたの？」

わたしは首をふった。「疲《つか》れただけだよ。病院にいた小さな女の子が、きょう——たすからなくて——おとうさんにも、どうにもならなかったんだ」

「おとうさまは、神さまではないもの」アレクシアの静かな声はいつも、暑く乾《かわ》いた道の涼《すず》しい木蔭《こかげ》のように思われた。「それにしても、やはり最初に会ったとき思ったとおり、あなたはほんとうにヴァリャーギ隊の兵士《へいし》らしくないひとね」

わたしたちは目と目を見合わせた。アレクシアはテーブルにひじをついて、細いあごを手のひらでささえていた。その瞳《ひとみ》はじっとわたしを見つめている。

「異教徒親衛隊《いきょうとしんえいたい》で剣《けん》をふるうがらではなかったろうな。友人が入隊したのでなければ」わたしは答えた。「だけどあんがい、おもしろくやっていたんだ。あのころのことを忘《わす》れたいとは思わない」

「そのお友だちはどうしたの？　いまは都にいないの？」

「死んだんだ。トラキアで。そのとき、このひざもやられた」

アレクシアの顔がさっと赤らんだ。「ごめんなさい、ほんとうに。聞いていけなかったわね。あしたは農場へいくんだと思ったら、つい口がすべってしまったみたい」

「いや、いいんだ」わたしはいった。「もう、だいじょうぶだから」

それからわたしは、いろんなことをアレクシアにしゃべった――たぶんやはり、翌日《よくじつ》には、はなればなれになると思ったせいだろう。他人にはまったく関係ない、自分にとってだけたいせつな思い出が口からあふれだした。子どものころのこと、海賊《かいぞく》にさらわれたこと、ダブリンの奴隷《どれい》市場でトーモッドが金貨六枚《まい》とオオカミの毛皮のマントでわたしを買いとったこと。シトリク農場へもどり、血の復讐《ふくしゅう》の誓《ちか》いをたてて北から仇《かたき》を追ってきたこと。そしてトラキアの戦場で待ち伏《ぶ》せされたことまで。

しゃべりおわったあと、わたしたちはしばらく黙《だま》りこんでいた。アレクシアはトーモッドとおなじで、黙《だま》っていても気づまりにならない相手だった。アレクシアは、そっと本を閉《と》じてささやいた。「ではあなたにも、パトロクラスのようなひとがいたのね」

ほぼ一年がたつころには、ヴァリャーギ隊でのことは一年どころか何年もむかしのことのように思われた。町で知った顔をみることもあったが、あの当時でさえヴァリャーギ隊員は自分たちだけの輪をつくりはじめていた。いまではかれらは、都の一画に町をつくりあげている。自分たちの教会をもち、友情《ゆうじょう》も仲間としてのふかい絆《きずな》も、自分たちのあいだでだけかわされる。当時はまだそれほどあからさまではなかったが、そのきざしはあらわれていた。親衛隊《しんえいたい》の一員であるあいだは同族であり家族であるとみなされるが、除隊《じょたい》したあとはひとりで生きていかなければならない。だから通りですれちがったり、酒場ですぐとなりにすわっているのに気づいても、かれらはわたしとは別の世界の人間で、たがいになにを話せばいいかさえわからなかった。名を呼《よ》びあい、うわべは親しげな言葉をふたこと三ことかわすと、あとは目をそらしてしまう。いつでも、そんなぐあいだった。

わたしはあたらしい世界でぽつぽつ友人ができていた。そのほかの時間は、仕事に精《せい》を出した。いまではディミトリアデスが留守《るす》のときは、傷《きず》の手当てやかんたんな内科治療《ちりょう》をまかされていた。といっても、仕事の大半はやはり使い走りと、縫合《ほうごう》のときの傷《きず》の保定《ほてい》だった。全体として、ディミトリアデスの便利な三本めの腕《うで》といった感じだった。処置室《しょちしつ》の奥《おく》の小さな白い部屋で、病人やけが人につきそってひと晩《ばん》すごすこともたびたびあった。

そういう寝《ね》ずの番をしたあとのある朝、ディミトリアデスがいった。「覚えているかな、二年近く前に、君には医術《いじゅつ》の才能《さいのう》があるといっただろう。するときみは、多少の知識《ちしき》があるとしても、ガースじいさんの牛を相手に学んだことだと答えた。わたしはすでに、ガースじいさんが知っていたよりはるかに多くのことを教えた。きみには才能《さいのう》がある。前よりはっきり、それがわかった」

わたしは黙《だま》って立ったまま、つぎのことばを待った。

「さらに訓練をつめば、医術《いじゅつ》ではわたしと腕《うで》をならべるようになるだろう」ディミトリアデスはほほえんだ。「いや、わたしより腕《うで》をあげるかもしれない。教え子が師匠《ししょう》を追いぬいた例はたくさんある。男ならだれでも、自分の技《わざ》をうけつぐ息子《むすこ》がいればと望むものだ。わたしには息子《むすこ》がないが、そのかわりに、きみにわたしが知っているすべてを伝えられたらと思っている」

わたしはなおも黙《だま》っていた。いま思えば、ディミトリアデスが口にする以前から、かれの気持ちはわかっていた。それでもやはり、わたしには用意ができていなかった。心の半分は「これがおまえの道だ！　この道を進むのだ！」とさけんでいたが、もう半分は「この道を進めば、おまえはディミトリアデスとむすびつくことになる。それだけでなく、これからの生き方そのものを変えることになるのだぞ」といっていた。わたしはいまも、血の復讐《ふくしゅう》のしるしを額《ひたい》につけていた。それはすべてに優先《ゆうせん》する使命だった。

わたしは首をふった。

「なぜだね？」一瞬《いっしゅん》とまどって、ディミトリアデスがたずねた。

「前の助手は自由市民で、なにをするのも自由だから、もっといい条件《じょうけん》をもとめて、ここをやめたということでした」わたしはことばを選びながら、はじめに聞いた話をもちだした。「あなたの弟子《でし》になれば、好きかってにやめるわけにはいかないと思います。しかし、わたしは自由でないと困《こま》るんです。とにかく、当分のあいだは、自由でないと」わたしはことばをさがしてもがいた。「いえ、じつをいうと、わたしは自由ではないのです。つまり、いまも古い約束にしばられているんです」

「しばらくここをはなれて、どこかへ行く必要があるのなら——」

「ちがうんです」わたしは必死で説明しようとした。「ちょっと行ってもどってくる、などということではすまないんです。医術《いじゅつ》の道を選ぶなら、自分のすべてをささげて道を進まなくてはならない。ですが、いまは、そうはできないんです。ほかに、なによりも優先《ゆうせん》しなければならないことがあるから」

「それはなんなのだ、話してくれないか？」

話すことはできなかった。なぜだろう。アレクシアには話せたのに。

「助手としてつかっていただけるなら、よろこんで仕事をつづけるつもりです」

ディミトリアデスは長いあいださぐるようにわたしを見つめ、ゆっくりとうなずいた。

「ならばそうしよう。だがいつか、その『古い約束』から開放されたら、教えてくれるね」


こうしてディミトリアデスの助手として仕事をつづけ、数カ月がすぎたが、わたしたちのどちらも、医師《いし》になるという話をふたたびもちだそうとはしなかった。が、忘《わす》れたわけではなかった。わたしはディミトリアデスについて医術《いじゅつ》の勉強をしたくてたまらなかった。しかしそれは無理だ。やるのなら、全身全霊《ぜんしんぜんれい》をあげてでなければ。わたしは血の復讐《ふくしゅう》を誓《ちか》った。人殺《ひとごろ》しがなによりもまずいちばんにくる人間が、病人への奉仕《ほうし》に自分をまるごとささげる生活を選べるわけがない。

さらに何カ月かがすぎ、秋がめぐってきた。わたしの人生を変えたできごとの多くが、夏の終わりから秋のはじめにおこった。秋の雨が、空気に湿気《しっけ》と肌寒《はださむ》さをもたらした。玄《げん》関《かん》の間の上の部屋に火鉢《ひばち》が用意された。ひさしぶりに火の温《ぬく》もりを感じるのは気分のいいものだ。まっ赤におこった熾《おき》の上に、オリーブの薪《まき》がのせられて、透明《とうめい》な青い炎《ほのお》をあげていた。流木の炎《ほのお》と似《に》た色だが、流木とちがって海の塩が音をたててはぜたりしない。アレクシアとわたしは夕方の読書を再開《さいかい》していた。いまではたいてい、楽しむために本を読んだ。この日の夕方のようにディミトリアデスがおそくなってから往診《おうしん》に出かけ、わたしが供《とも》を命じられないようなとき、わずかな時間をともに本を読んで楽しんだ。

玄関《げんかん》の扉《とびら》をたたく音がした。話し声が聞こえ、アンナのひきずるような足音が階段《かいだん》をのぼってきた。階段《かいだん》から部屋へつづくアーチをくぐったときには、急いでのぼってきたせいで少し息をきらしていた。「ジェスティン・イングリッシュマン、玄関《げんかん》に男のひとが訪《たず》ねてきています。雨なのに、なかへはいろうとしないんですよ。あなたを呼《よ》んできてくれといっています」

わたしは階段《かいだん》をおりて玄関《げんかん》の間をよこぎった。タイルの床《ゆか》を歩くとやはり左右の足音がふぞろいなのが耳についたが、だいぶ前から気にならなくなっていた。扉《とびら》はひらいており、表の通りは青いたそがれの色だった。冷たい空気がながれこんできたが、静かな秋の雨の音のほかは、あたりはひっそりとしていた。男が待ちうけていた。湿《しめ》った夕闇《ゆうやみ》のなかに、さらに濃《こ》い影《かげ》となって立っている。男がぬっと戸口にはいってきて、室内のランプの灯《あか》りのなかに立った。ずぶぬれのぼろをまとい、やせおとろえたようすはまるで、埋《う》められて何日もたってから墓《はか》からぬけだしてきたかと思うほどだった。話をするのも苦しそうな息もたえだえのようすで男がいった。「生きていれば、きっとおれを待っているはずだと思っていた。待つのは長かったか？　アーンナス・ヘリュフサンだ」

第二十二章　最後の復讐《ふくしゅう》

男が口をひらく一瞬《いっしゅん》前に、相手がわかった。目よりも速く、頭が反応《はんのう》した。そしてほとんど同時に思った。ナイフがない！　アンナの話から、危険《きけん》のにおいをかぎつけてもよさそうなものだったのに。危険《きけん》に反応《はんのう》する部分が眠《ねむ》りこんでいたにちがいない……。ランプの灯《あか》りが、アーンナスのナイフに反射《はんしゃ》した。横にとびのいた瞬間《しゅんかん》、刃《は》が風をきって肩先《かたさき》をかすめた。

うしろのほうでアンナが刺《さ》された豚《ぶた》のような悲鳴をあげていた。わたしはアーンナスの利《き》き腕《うで》にとびつくと、相手の手首をつかみ、うしろにねじあげようとした。アーンナスは伝説の狂戦士《ベルセルク》のようなすさまじい力で抵抗《ていこう》した。わたしは左腕《ひだりうで》で首をしめられ、息がつまった。しかしわたしも、腕《うで》を相手の喉《のど》にあて、力をふりしぼってあごを押《お》しあげた。ふたりとももつれあうようによろけるうちに、アーンナスがせきこみはじめ、指がゆるんでナイフがはじけとんだ。ほとんど同時にアーンナスのからだから力がぬけ、崩《くず》れおちそうになった。わたしはまともなほうの脚《あし》を相手のひざのうらに突《つ》きいれ、足ばらいをくわせた。アーンナスが下になって、わたしたちはいっしょに床《ゆか》に倒《たお》れた。ナイフが手のとどくところにあれば、そこですべてが終わったはずだった。しかしナイフはけりとばされて、部屋の奥《おく》まですべっていっていた。わたしはまともなひざを曲げてアーンナスにのしかかり、アンナに、わめくのをやめてランプをもってこい、とどなった。アーンナスは玄関《げんかん》の敷居《しきい》の上に倒《たお》れ、からだが半分外に出ていた。わたしはアーンナスを控《ひか》えの間に引きずりいれた――アンナの悲鳴を聞いて、アレクシアが駆《か》けおりてきた。そしてランプをとると、アーンナスをはさんでわたしのむかいにひざをついた。

アーンナスは、骨《ほね》の上にびしょぬれのぼろきれをかぶっているとしか思えなかった。ランプの灯《あか》りで見ると、目のまわりのくぼみや突《つ》きだした頬骨《ほおぼね》の下が大きな影《かげ》になっている。口のはしに血と膿《うみ》がわずかににじんでいたが、いまの乱闘《らんとう》が原因《げんいん》ではなさそうだ。アーンナスの目がひらいた。まっすぐわたしを見つめている。片方《かたほう》は青、片方《かたほう》は灰色《はいいろ》の瞳《ひとみ》が、土色のまぶたの奥《おく》で熱く燃《も》えていた。

「けりを、つけにきた」息苦しそうなのはさっきとおなじだが、ことばがはっきりしなくなっている。「だが、来るのが遅《おそ》すぎたようだな」

アーンナスはわたしに始末をつけさせようとしていた。すっかり覚悟《かくご》ができているようだ。ナイフに手をのばすのは、かんたんだ……。

「その話はあとだ」わたしは答えると、アレクシアにいった。「ベッドに運ぶ必要がある。このぬれたぼろをぬがせないと。それでなくてもかなり弱っている」それは、ディミトリアデスの訓練で身につけた声だった。心の奥底《おくそこ》では、冷たい声がささやいていた。「運命の女神《めがみ》ノルヌが、こいつをおまえの手にゆだねたのだ。殺《ころ》してしまえ。じつにかんたんだ。そうすれば血の復讐《ふくしゅう》がほんとうに終わる」心の半分はその声を押《お》しのけ、あとの半分はじっと耳をかたむけていた。

アーンナスを抱《だ》きあげると、あまりに軽くて怖《こわ》くなるほどだった。手早く処置室《しょちしつ》の奥《おく》の白い壁《かべ》の部屋に運びこみ、簡易寝台《かんいしんだい》に寝《ね》かせてぬれたぼろをぬがせ、毛布《もうふ》でくるんだ。

あばらの下の左よりに、古傷《ふるきず》が白い線になって残っていた。それを見ているうちにトラキア戦線の鍛冶場《かじば》でアーンナスがいっていたことばが思いだされた。「新品同様だ。ただときどき、あばらの下にひきつりがくる——笑ったときに、蜂《はち》に刺《さ》されたみたいにな」トーモッドの短剣《たんけん》が肺《はい》までとどいて、何年もあとまで治らない傷《きず》をあたえたにちがいない。

あるいは一度くっついたものの、なにかの拍子《ひょうし》に内部の傷跡《きずあと》がふたたび口をあけたのかもしれない。外側の傷《きず》は、ポプラの葉脈《ようみゃく》のような細く白い光沢《こうたく》のある線が残るだけになってはいる。いまアーンナスは肺炎《はいえん》をおこしている。それは疑《うたが》いがない。そのうえかなり飢《う》えている。アレクシアがアンナをおちつかせてもどってくると、わたしはスープを頼《たの》んだ。ふたりがかりでほんのすこし飲ませたころには、アーンナスはふたたび半ば意識《いしき》をなくしていた。当面の手当てがすむと、自分にできるかぎりで、身体のどこがどのくらい悪いのか突《つ》きとめようとした。

アーンナスはひどくやせていた。喉《のど》のつけ根にふれるまでもなく、見るだけで脈《みゃく》がかぞえられた。速い。速すぎる。呼吸《こきゅう》も苦しげで、息を吸《す》いこんでも空気が肺《はい》にはいっていかず、とちゅうでナイフで断《た》ちきったようにとぎれてしまう。毛布《もうふ》にくるんだときは汗《あせ》をかいていたが、いまはからだをふるわせている。ひどい悪寒《おかん》がなかなかおさまらず、狭《せま》い簡易寝台《いしんだい》までいっしょに振動《しんどう》した。なのにふれてみると、からだはさっきと変わらず燃《も》えるように熱かった。そのときになって気づいたが、アーンナスはもうろうとしながらも、痛《いた》みにひきずられるかのように、ほんのすこし左にからだをまるめていた。わたしはディミトリアデスから、人間のからだの内部の音を聞きわける方法を教えこまれていた。片手《かたて》の指をのばして胸郭《きょうかく》に当て、その上をもう一方の手の指でたたいてみるのだ。いまそれをためしてみると、左側のあばらの下からはどこも、重いしめった音が返ってくる。健康なら軽いとんとんという音が聞こえなければならないのに。

指先に気持ちを集中していたせいで、足音も気配も感じなかったが、ディミトリアデスがいきなり、となりにあらわれた。アーンナスにかがみこんで額《ひたい》に片手《かたて》を当て、それからいのちの糸がもつれあって痛々《いたいた》しく脈《みゃく》うっている首のつけ根にふれる。そして「だれだね？」とひとことだけ、たずねた。

「ヴァイキングと暮《く》らしていたころ知っていた男で、アーンナス・ヘリュフサンといいます。肺炎《はいえん》をおこしています」

ディミトリアデスはアーンナスの両脇《りょうわき》に手を当てて、苦しげな息の出入りを確認《かくにん》した。

「仇敵《きゅうてき》かね？」

「いえ」わたしは答えた。

「友人ではあるまい――アンナが、ナイフがどうとかいっていた」

「錯乱《さくらん》していたんです」

「なるほど。錯乱《さくらん》してなお、運よくこの家までたどりついて、きみの名を告《つ》げて面会をもとめたと?」ディミトリアデスの手はあちこち動いて、アーンナスを診察《しんさつ》していた。「いや、これ以上聞くまい」それからいましがた、わたしがしていたように、のばしてひろげた指をべつの指で軽くたたたいて音に耳をすませた。左のあばらの下を何度もくりかえしたたいている。返ってくるのはやはり、あの重くにぶい音だ。肺《はい》に空気ではなく水がたまっているのだ。それからディミトリアデスの指は、小さな銀色の傷跡《きずあと》のそばの、左胸《ひだりむね》の一点にくりかえしもどっていった。

アーンナスがせきこんだ。血の混《ま》じった膿《うみ》が口からこぼれた。わたしは汚《よご》れをぬぐってやった。

「そのとおり、肺炎《はいえん》だ」ディミトリアデスはまるで、わたしがたったいま自分の診断《しんだん》を口にして、そのあとの会話などなかったかのようにつづけた。「原因《げんいん》はなんだね?」

こんなときにもディミトリアデスはやはり教師《きょうし》だった。

「ここの傷《きず》だと――」このくらいなら、答えてもだいじょうぶだろう。

医師《いし》はうなずいた。「それが第一の原因《げんいん》だ。おそらく二年は経過《けいか》している。いまでは肺《はい》膿瘍《のうよう》を起こしている。おそらくかなり長く潜伏《せんぷく》していたのだろう。けれどいまは、完全に症状《しょうじょう》があらわれている。そこを見のがしてはいけない」

「わたしはまだ経験《けいけん》があさくて、とても先生のようには音を聞きわけられません」

「患者《かんじゃ》の手に気づかなかったか？　では、よく見ておきなさい」

アーンナスの手を観察すると、まっすぐのびるはずの爪《つめ》が先端《せんたん》で内側にまるまり、爪《つめ》のつけ根と第一関節のあいだがふくれあがってこぶのようになっていた。肺膿瘍《はいのうよう》でなぜ指がこうなるのかわからないが、いつか原因《げんいん》が突《つ》きとめられる日がくるかもしれない。「見ました。このつぎは忘《わす》れずに見ます」わたしは答えた。

ディミトリアデスは簡易寝台《かんいしんだい》にかがみこんでいたからだを起こした。わたしも一歩さがった。「ここにとどめておくしかない」医師《いし》はいった。「病院へ移《うつ》したいが、いま動かせばたすかるものもたすからなくなる」

「望みがありますか？」

医師《いし》は一瞬黙《いっしゅんだま》りこんだ。「ラザロも生きかえった。膿瘍《のうよう》をやぶって膿《うみ》を出せれば……アマニ湿布《しっぷ》をやってみよう。うまくいくかわからないが、害にはならないし、すこしは楽にしてやれるかもしれない」話しながらゆるやかな袖《そで》を折りかえしはじめた。

「どうぞやすんでください、先生」わたしはいった。じっさいディミトリアデスは疲《つか》れていまにも崩《くず》れおちそうに見えた。「わたしでなんとかなりますから」

医師《いし》はためらった。「たしかにこの段階《だんかい》なら、まかせてもおなじだが」

ふと気がつくとアレクシアが戸口に立っていた。まるでぜんぜん音を出さずに呼《よ》びかけられたような気がした。視線《しせん》を感じたのかもしれない。わたしをじっと見つめる目に、奇《き》妙《みょう》な問いかけるような表情《ひょうじょう》が浮《う》かんでいた。アレクシアには、ディミトリアデスにはいえなかったアーンナス・ヘリュフサンとのいきさつを話してある。一瞬《いっしゅん》ふたりの視線《しせん》がからみあった。それからアレクシアは気がすんだかのように目をそらした。

ディミトリアデスはわたしに指示《しじ》をあたえていた。湿布《しっぷ》の仕方、患者《かんじゃ》が眠《ねむ》れなかったり苦痛《くつう》がひどくなったときはケシの汁《しる》を飲ませること、トルコ人がアルタム・コークと呼《よ》んでいるインド産の薬草の根を乾《かわ》かしてつけこんだオイルが、熱さましと胸《むね》にたまった液《えき》を外にだす効果《こうか》があること。

「しかしすこしでも悪い変化があったら、すぐわたしを呼《よ》ぶように」老いた医師《いし》はいった。

「おいで、アレクシア。いまのところ、おまえが手伝う仕事はない」

こうしてわたしはひとりになった。これまで何度となく、この部屋で病人やけが人を看《み》たときとおなじだ。ちがいはひとつ、今回の患者《かんじゃ》がアーンナス・ヘリュフサンだということだった。

わたしは立ったままアーンナスを見おろしていた。この男はトーモッドを殺《ころ》した。いま、復讐《ふくしゅう》はアーンナスとわたしのあいだの問題なのだ。トラキア山中での待ち伏《ぶ》せ以来ずっと、アーンナスはひどい苦難《くなん》に耐《た》えながら、わたしを殺《ころ》すという考えを心に養ってきたにちがいない。ちょうどわたしが都にいて、アーンナスへの復讐《ふくしゅう》を考えつづけていたように。それを終わらせるのは、あっけないほどかんたんなはずだ。いまアーンナスの喉《のど》に手をかけてほんのすこし押《お》してやるだけでいい。手の下でアーンナスのいのちが消えていくのがはっきりわかるはずだ。だが、もう遅《おそ》い。わたしにとっても、アーンナスにとっても、遅《おそ》すぎた。わたしにはそれがわかっていた。

気分が悪くなって、からだがふるえた。額《ひたい》に輪がはまって、きつくしめつけられているようだった。どのくらいそうやって立っていただろう。気がつくと、シャツの胸《むね》に手をさしこんでトーモッドの琥珀《こはく》をにぎりしめていた。首にかけた皮ひもには、あのときの血がついたままだ。わたしは、一本一本指を引きはがすように、にぎっていたこぶしをひらいた。すっかりこわばって、自分の手とは思えなかった。そして台所へ行ってアンナに湯をもらい、夜中にまた必要になったら自分で沸《わ》かすから火を落とさずにおくよう頼《たの》んだ。

それから処置室《しょちしつ》にもどってアルタム・コークをいくらかアーンナスにのませ、アマニ油と湿布《しっぷ》用の麻布《あさぬの》を用意した。

夜はのろのろとすぎていった。アーンナスの容態《ようだい》は安定せず、ふるえと発汗《はっかん》が交互《こうご》にやってきた。うわごとを口走ったが、いまかれがさまよっている薄闇《うすやみ》の世界では意味があることばも、こちら側にいる人間には聞きわけるのもむずかしかった。わたしは湿布《しっぷ》を替《か》え、アーンナスのからだを焼きつくそうとする熱をさますために、背中《せなか》をさすってぬるい薬湯を飲ませた。せきがでて血を吐《は》けば、口元をぬぐってやった。できることはあまりない。ただ待って、なにか変化がないか見守るしかなかった。

夜ふけに変化があらわれた。好転のように思えた。とつぜんアーンナスの呼吸《こきゅう》がふかくなった。この夜のあいだ、はじめてのふかい呼吸《こきゅう》。せきとともに、血の混《ま》じった大量の膿《うみ》がでた。湿布《しっぷ》が効《き》いて膿瘍《のうよう》がやぶれたのだ! せきがおさまった。わたしはそれまで背中《せなか》をささえてやっていたアーンナスをもとどおり寝《ね》かせて、吐《は》いたものをかたづけた。ディミトリアデスを呼《よ》ぶべきだろうか。いや、膿瘍《のうよう》がやぶれたのだから、その必要はないだろう。膿《うみ》がすっかりでてしまえば、熱もひいていくはずだ。これで望みがでてきた。ついさっきまでなかった望みが。だからといって、疲《つか》れて休息が必要なディミトリアデスの眠《ねむ》りをじゃますることはない。

アーンナスの呼吸《こきゅう》ははるかにらくになっていた。まもなく熱も、下がりはじめた。一時間ほどたったころ、つぎの投薬のために薬を計量してふりむくと、アーンナスが目をあいてこちらを見つめていた。やせおとろえた顔のなかで目のまわりは黒い隈《くま》になっているが、意識《いしき》は完全にもどってはっきりしていた。

「おまえが、こんなところでこんな――仕事をしているとはな」低い乾《かわ》いた声で、アーンナスがいった。

「しゃべってはいけない」わたしは答えた。自然に声がでた。それまでもずいぶん多くの病人におなじことをいってきたのだ。

アーンナスは短い笑いをもらした。「おれはしゃべりたいんだ。そしてやりたいようにやる――できるうちは、な。こうなったら、たいして――ちがいはない」

「そんなことはない」わたしは答えた。「容態《ようだい》はよくなっている。これを飲むように――喉《のど》をらくにして胸《むね》にたまった膿《うみ》をだしやすくする薬だ」わたしはアーンナスを起こして肩《かた》でささえ、アルタム・コークを口元にもっていった。アーンナスがわたしを見た。わたしも見つめかえした。その一瞬《いっしゅん》、わたしたちは敵《てき》ではなかった。一時的な休戦協定がむすばれた感じだった。アーンナスが薬を飲み、わたしはもとどおりかれを寝《ね》かせてやった。

アーンナスはなおもわたしから目をはなさなかった。「ずっと考えていた、こうやってまた――会うことを――ブルガル人に捕《とら》われているあいだ、ずっと。そう、つかまってたんだ。なんで――殺《ころ》されなかったか、わからない。ただ、やつらは――荷を運ぶ馬が足りなかった……それでおれは、小馬のかわりに荷をしょって、歩かされた――ずっと、春になって逃《に》げだすまで。嵐《あらし》の雷《かみなり》で、小馬が暴走《ぼうそう》した。それで――おれも逃《に》げた。二度とそんな機会はないと――わかっていた」

「どうしてわたしがミクラガルドにいるとわかった？」

「わかってたわけじゃない。だが、ひざがつぶれたからには――もうトラキアの戦線にはいないだろうと思った。そしておまえがまだ――地面の上にいるなら、都をさがすのが――いちばんだろうと思った。帰りつくのに――ひと夏かかった。だがとにかく、三日前に都にたどりついた――まっすぐ、ヴァリャーギの兵舎《へいしゃ》に行って、おまえのことを聞いてみた。何人かおまえを知っているやつがいた。鉄拳《てっけん》のトランドが――居場所《いばしょ》を、教えてくれた――」

「兵舎《へいしゃ》まで行ったのか？　トーモッドが死んだときのことを知っている連中がいるとわかっているのに？」

「そうだ。おれは、こんなすがただし、見やぶられる心配は、まずないとわかっていた――自分で名のりでもしなければ、な」

「だが、わたしはわかった。夕闇《ゆうやみ》のなかでもな。おまえが名のる前に」

アーンナスは、わたしの顔に目をあてたまま、しばらく黙《だま》っていた。「おれにも、わかった」ようやく口を開くと、いった。「おれとおまえのあいだには、愛とおなじぐらい強いむすびつきがあるからな」

朝までに熱は順調に下がり、アーンナスはきれぎれに眠《ねむ》った。

「肺《はい》にまた水がたまったりしなければ、きみが敵《てき》ではないといっているこの男がたすかる望みはあるぞ」ディミトリアデスが、アーンナスの胸《むね》に当てた指をたたいて、音に耳をすませながらいった。

その日は、いつもの仕事をしていても、なにもかもがほんとうに目の前で起こっているとは思えなかった。そのせいでディミトリアデスの患者《かんじゃ》を死なせることはなかったと思うが、わたしの心の半分はずっと、処置室《しょちしつ》の奥《おく》の狭《せま》い白い部屋へとんでいた。部屋ではアレクシアとアンナが、アーンナス・ヘリュフサンの看病《かんびょう》をしているはずだった。昼のうちに三度、わたしはひまをぬすんで、自分の目で容態《ようだい》を確《たし》かめにいった。はじめの二度はなにもまずいことはなさそうだった。しかし夕方にふたたび熱が上がりはじめ、夜にわたしが看護《かんご》をかわったときにはアーンナスはひどく衰弱《すいじゃく》していた。膿瘍《のうよう》はやぶれて一時的に回復《かいふく》はしたが、あくまでも一時的なものにすぎなかった。

「あと一日、もつかどうか」簡易寝台《かんいしんだい》にかがみこんでいたディミトリアデスが背《せ》を伸《の》ばした。「いつかこの病気に打ち勝つすばらしい武器《ぶき》が見つかるかもしれない。いまわたしたちにできるのは、負けを受けいれて、せめて最期《さいご》をできるだけ安らかに迎《むか》えさせてやることくらいだ」ディミトリアデスは背《せ》をむけて出ていった。わたしはまた、僧房《そうぼう》のようなこの部屋でアーンナスとふたりになった。壁《かべ》のランプの灯《あか》りで、十字架《じゅうじか》の影《かげ》が天井《てんじょう》まで伸《の》びていた。

最初の夜とおなじように時間はのろのろとすぎていった。夜明けすこし前、アーンナスはケシの汁《しる》の眠《ねむ》りから覚めた。意識《いしき》ははっきりしていて、自分からしゃべりだした。声は乾《かわ》いて弱々《よわよわ》しく、聞きとるためには寝台《しんだい》の上に身をのりださなければならなかったが、ことばは乱《みだ》れていなかった。最初は水をくれといっただけだった。ふたくち、みくちすするのを手伝って、もとどおり寝《ね》かせると、アーンナスがわたしの手首を押《お》さえた。「トーモッドから聞いているか。もう昔のことだが、あいつとヘリュフとおれは――よく三人で、商人に話をせがんで、おれたちもひともうけしようと――黄金の都ミクラガルドへ行こうと、いっていたんだぜ」

「聞いている」

アーンナスのくちびるに苦しげな笑《え》みが浮《う》かんだ。わたしは口のはしに湧《わ》いてきた血をぬぐってやった。「そうだろうな……ひともうけはできなかったが、それでも――おれたちは三人でミクラガルドへ来たんだよな。まあ――おなじ三人じゃあなかったが」

アーンナスは目を閉《と》じて、しばらくうとうとしたようだった。それからまた、大きく目をひらいて、はっきりとわたしの顔を見た。「おとといの夜――まだ二日しかたっていないんだよな？――おれは、おまえをやれなかった。あのとき、おまえにやられると思ったのに。それが――当然なんだ、それにおれは――覚悟《かくご》はできていた。どうして、やらなかった？」

「わからない」わたしは答えた。

「おまえと――あの灰色《はいいろ》のひげのじいさんが――ふたりでおれの――いのちをもたせようとがんばっていた――なにか、うんとだいじなことみたいに。スヴェンデールの村で――

老いた父オオカミが殺《ころ》された。あんなことは起こらなかったみたいに。なぜだ、ジェスティン？」

「わからない」わたしはおなじことばをくりかえした。「あんたの神とわたしの神の前にでても、わからないだろう」

「やわになったな」アーンナスがあざけるようにいった。「いつも鎖《くさり》かたびらを身に着けていたころにくらべると、ずいぶんやわになった」

「そうかもしれない」

アーンナスはまた黙《だま》りこんだ。ばかにするようなことを口にしたものの、そのうらのふかいところでひどく心を悩《なや》ませているのがわかった。しばらくしてアーンナスが口をひらいた。「あのとき終わりにしてくれればよかった。あの——戸口のところで。おれはどのみち死ぬんだ。いまおれは、つまらん死にかたをしようとしている——牝牛《めうし》みたいな死にかただ。こんなことになるとは思ってもみなかった。だが——おまえは、それを狙《ねら》って手をださなかったのかもな。みごとな復讐《ふくしゅう》だ——だが、ナイフのほうが、きれいにけりがついたのに……」

アーンナスの息はますます苦しそうだった。わたしはかれを抱《だ》きおこして肩《かた》によりかからせた。息がにおった。口から死臭《ししゅう》がたちのぼっているようだった。アーンナスは苦しい息の下からきついことばを吐《は》いたが、本気だったとは思わない。なぜなら、わたしの肩《かた》に頭をあずけて、友人のようにもたれていたからだ。それはともかく、わたしは最期《さいご》が迫《せま》っているのを見てとった。自分の潔白《けっぱく》を信じさせようとして時間をむだにしている場合ではない。「つまらない死にかたなんかじゃない！」わたしはいった。「聞け！　聞いてくれ、アーンナス！　トーモッドのひと刺《さ》しは、殺《ころ》すのに時間がかかった。だが、時間がかかったからって、つまらない死にかたになるわけじゃない。戦争や復讐《ふくしゅう》で負った傷《きず》がもとで死んだヴァイキングはこれまでもたくさんいる。アーンナス・ヘリュフサンも、かれらの仲間として席を要求できるんだ！」

わたしは大きな声で、簡潔《かんけつ》に話した。手遅《ておく》れになる前に、アーンナスの耳にとどかせたかった。しゃべっているのは、ふしぎなことに、医師《いし》の助手のジェスティンではなく、赤い魔女《まじょ》号に乗り組み、キエフでホルム・ギャンギングに出ていき、異教徒親衛隊《いきょうとしんえいたい》ですごしたころのジェスティンだった。「トーモッドに会ったら、わたしのことを伝えてくれ。そして、こういってくれ。老いた二頭の父オオカミはヴァルハラで高く頭《こうべ》をあげて席についている。復讐《ふくしゅう》は名誉《めいよ》という花を咲《さ》かせて終わった。かれらの息子《むすこ》たちは、父の名誉《めいよ》のためにりっぱな働きをしたと！」

アーンナスにはわたしのことばがとどいたと思う。わかってくれたと思う。しかしアーンナスはせきこみはじめ、口から鮮血《せんけつ》があふれた。

強烈《きょうれつ》な痙攣《けいれん》が全身をめぐり、とつぜん部屋に静けさが落ちた。苦しげな呼吸《こきゅう》の音がとだえた。わたしはまた、医師《いし》の家でつちかってきた、あたらしいジェスティンにもどっていた。アーンナスの心臓《しんぞう》にふれてみる。鼓動《こどう》はとまっていた。わたしはかれのからだを寝台《しんだい》に横たえた。夜明けが近かった。ひと晩《ばん》じゅう降《ふ》っていた雨はあがり、高い小さな窓《まど》のむこうは明け方のうすみどりに明るんでいた。雨にぬれた庭のどこかで、小鳥が一羽《わ》歌っていた。

わたしは立ったままアーンナス・ヘリュフサンを見おろし、部屋の静けさと小鳥の声を耳にいれていた。心臓《しんぞう》のあたりが奇妙《きみょう》に冷たくうつろな感じだった。復讐《ふくしゅう》は終わった。かつての誓約《せいやく》は消えた。わたしは自由だ。そしてこれまで生きてきたいつのときよりも、ひとりぼっちだった。

かすかな物音にふりむくと、アレクシアが戸口にいた。ランプの灯《あか》りがとどくぎりぎりのところに立っている。髪《かみ》は長くゆるやかに肩《かた》に垂《た》れていた。アレクシアのそんなすがたを見るのは、これがはじめてだった。そしてはじめて、アレクシアを見ても、あのくもった銀の額縁《がくぶち》にはめられた聖母《せいぼ》の顔を思いださなかった。ただ、そばにいてほしいと思った。そしてアレクシアはここにいた。

「このひとの同族のなかには、あなたがかれを手にかけた、というひとがいるでしょうね。それに、それがあなたの権利《けんり》だし、義務《ぎむ》だというひとも」

わたしは答えた。「わたしはトーモッドを裏切《うらぎ》った。どうしても殺《ころ》せなかったんだ」

「あなたにはできないとわかっていた。だからこそ、このひとをあなたにまかせたの。おとうさまにも黙《だま》っていた――わたしにはわかっていたから。そして、あなたは自分で、そのことに気づかなければならないと思ったの」

「きみがまちがっていたら、どうした？」

「もしまちがっていたら、わたしも死んでいたでしょう」

アレクシアは狭《せま》い部屋をよこぎって近づくと、両手をあげてわたしの顔をはさんだ。指の感触《かんしょく》もわからないほど、そっと。「ヒタキツグミが歌っているわ。夜が明けたのよ、ジェスティン・イングリッシュマン。あたらしい日がはじまったの」

わたしのしたことが正しかったのか、まちがっていたのか、いまもわからない。ひとつの世界でまちがっていることが、べつの世界では正しい。わたしは血の誓《ちか》いをたてた義兄《ぎきょう》弟《だい》トーモッドを裏切《うらぎ》った。そのことは、けっして忘《わす》れることがない。しかしなにもかもが、いまでは遠い。遠い昔のことになってしまった……。

わたしはその日遅《おそ》く、ディミトリアデスにたずねた。「わたしはかつての誓約《せいやく》から自由になりました。以前のお気持ちは、変わっておられませんか？」

「変わっていないとも」ディミトリアデスが答えた。「きみにはたっぷり働いてもらうぞ。どんな奴隷《どれい》もあじわったことがないほど、きつい仕事だ。そして最後は、わたしにまさる医師《いし》になるのだ」

仕事のきつさについていえば、まさにそのとおりだった。

ヴァリャーギ隊員が通う聖《せい》マリア・ヴァランガリカ教会の丸屋根のむこうで、夕明かりはすでに蛾《が》の羽根のようなたそがれの色に変わった。きょうはアレクシアがろうそくをもってくるのが遅《おそ》いようだ。家事でてまどったのだろう。だがいま、階段《かいだん》をのぼってくる足音が聞こえる。ほのかな明かりが足音の先にこぼれている。きいろい灯《あか》り。いまごろイギリスの岬《みさき》ではおなじきいろのハリエニシダの花が咲《さ》きみだれていることだろう。

アレクシアの足音で、すこし気がせいているのがわかる。まだ不安を感じるのだろうか？　心配することなどないのに。わたしは夕闇《ゆうやみ》のなかで思い出にふけっているだけ。老人が若《わか》い日を想い、若《わか》い日の仲間を想《おも》う、ただそれだけだ。

もう、あたらしい港をめざしてあたらしい旅に出たりすることはない。わたしの居場所《いばしょ》はここにあるのだから。

訳者あとがき

ローズマリー・サトクリフというと、歴史《れきし》児童文学作家というレッテルをはられることが多いが、そのほとんどが冒険《ぼうけん》小説だと思う。もちろん、歴史《れきし》的なことはよく調べてあって、かなり正《せい》確《かく》に書かれている。しかしサトクリフの作品の魅力《みりょく》は、なんといっても、その力強くうねるような物語、生と死を賭《か》けた迫真《はくしん》のドラマ、胸《むね》おどる冒険《ぼうけん》ロマンにあるような気がする。

おそらくサトクリフは、歴史《れきし》の本をたんねんに読みながら、そこを舞台《ぶたい》に思い切り想像《そうぞう》の翼《つばさ》を羽ばたかせ、思う存分《ぞんぶん》、主人公を動かして、壮大《そうだい》なロマンを作り上げていったのだろう。いや、もしかしたら想像《そうぞう》から生まれた主人公や登場人物が勝手放題に動きまくり、サトクリフはそれを驚《おどろ》きながら、わくわくしながら書きとめていったのかもしれない。とにかくサトクリフが、人並《ひとな》みはずれた想像力《そうぞうりょく》をもっていたのはたしかだろう。

それからもうひとつの魅力《みりょく》は、登場人物のひとりひとりがていねいに、そして生き生きと描《えが》かれていることだと思う。まるでその人の語りかけてくる声がきこえてくるかのようだ。

サトクリフの作品が読者をいっきにその世界に引きずりこんでしまうのは、そういった理由があるからなのだろう。

この『ヴァイキングの誓《ちか》い』も、まさにそういうサトクリフらしい作品のひとつといっていい。舞台《ぶたい》は十世紀《せいき》末から十一世紀《せいき》初めにかけてのヨーロッパ。主人公の少年はいきなりヴァイキングにさらわれ、奴隷《どれい》としてアイルランドに連れていかれて売られるが、ある事件《じけん》をきっかけに、自分の主人と兄弟の誓《ちか》いをすることになり、ヴァイキング同士《どうし》のすさまじい復讐《ふくしゅう》の戦いに巻《ま》きこまれる。そして主人公を待っていたのは、ユトランド半島から黒海までの、思いもよらない冒険《ぼうけん》の旅だった。


さて、この作品で繰《く》り返し出てくる「ヴァイキング」というのは、北欧《ほくおう》、つまりスカンジナビア半島やユトランド半島に住んでいた人々《ひとびと》で、船を巧《たく》みにあやつってヨーロッパ各地にいっては商売をしたり、海賊《かいぞく》・略奪行為《りゃくだつこうい》をしたりしたので有名。またその船は両端《りょうたん》が反った独得《どくとく》の細長い形をしていて、帆《ほ》とオールの両方で進むように作られていた。大型《おおがた》のものなら漕《こ》ぎ手が四十人、その他の乗組員が四十人くらい。もちろん全員が戦士《せんし》でもあった。

また「ビザンティン帝国《ていこく》」というのは、三九五年にローマ帝国《ていこく》が東西に分裂《ぶんれつ》したときの東側のほう。「東ローマ帝国《ていこく》」と呼《よ》ばれることもある。首都はコンスタンティノープルだが、ここは昔ビザンチウムと呼《よ》ばれていて、これが帝国《ていこく》の名前になった。一四五三年に滅亡《めつぼう》。

最後になりましたが、編集《へんしゅう》の松井英夫さんと、原文とのつきあわせをしてくださった桑原洋子さんに、心からの感謝《かんしゃ》を！

二〇〇二年八月八日

金原瑞人

本書は二〇〇二年刊『ヴァイキングの誓い』の新版です。

ローズマリー・サトクリフ（1920-92）
Rosemary Sutcliff

イギリスの児童文学者、小説家。幼いときの病がもとで歩行が不自由になる。自らの運命と向きあいながら、数多くの作品を書いた。『第九軍団のワシ』『銀の枝』『ともしびをかかげて』（59年カーネギー賞受賞）（以上、岩波書店）のローマン・ブリテン三部作で、歴史小説家としての地位を確立。数多くの長編、ラジオの脚本、イギリスの伝説の再話、自伝などがある。

金原瑞人

法政大学教授、翻訳家。訳書は児童書、ヤングアダルト小説、一般書、ノンフィクションなど、550点以上。訳書に『豚の死なない日』（白水社）、『国のない男』（中公文庫）、『月と六ペンス』（新潮文庫）、『どこまでも亀』（岩波書店）など。エッセイ集に『サリンジャーに、マティーニを教わった』（潮出版）など。監修に『13歳からの絵本ガイド　YAのための100冊』（西村書店）などがある。

久慈美貴

翻訳家。訳書に『ケルト神話　黄金の騎士フィン・マックール』（共訳、ほるぷ出版）、「〈四つの人形のお話〉シリーズ」（徳間書店）、「アリーの物語」II-IV（PHP研究所）、『逃れの森の魔女』（共訳、青山出版社）などがある。

サトクリフ・コレクション
ヴァイキングの誓い［新版］

2002年 9月30日　初版第1刷発行
2020年 3月20日　新版第1刷発行

著者　ローズマリー・サトクリフ
訳者　金原瑞人・久慈美貴
発行者　中村宏平
発行所　株式会社ほるぷ出版
〒101-0051　東京都千代田区神田神保町3-2-6
TEL. 03-6261-6691　FAX. 03-6261-6692
https://www.holp-pub.co.jp/
印刷・製本　中央精版印刷株式会社

NDC933　304P　188×128mm
ISBN978-4-593-10160-3